おーい　でてこーい

ショートショート傑作選

星　新一／作

加藤まさし／選　あきやまただし／絵

講談社 青い鳥文庫

もくじ

あきやまただし／イラスト

※本書《ほんしょ》は、「星新一《ほししんいち》ショートショート1001」（新潮社《しんちょうしゃ》　刊《かん》）を底本《ていほん》としました。表記等《ひょうきとう》は、原本《げんぽん》どおりとしています。ただし漢字《かんじ》のふりがなは編集部《へんしゅうぶ》の判断《はんだん》でふってあります。

おーい　でてこーい

台風《たいふう》が去《さ》って、すばらしい青空《あおぞら》になった。都会《とかい》からあまりはなれていないある村《むら》でも、被害《ひがい》があった。村《むら》はずれの山《やま》に近《ちか》い所《ところ》にある小《ちい》さな社《やしろ》が、がけくずれで流《なが》されたのだ。

朝《あさ》になってそれを知《し》った村人《むらびと》たちは、

「あの社《やしろ》は、いつからあったのだろう。」

「なにしろ、ずいぶん昔《むかし》からあったらしいね。」

「さっそく建《た》てなおさなくては、ならないな。」

と言《い》いかわしながら、何人《なんにん》かがやってきた。

「ひどくやられたものだ。」

「このへんだったかな。」

「いや、もう少《すこ》しあっちだったようだ。」

その時《とき》、一人《ひとり》が声《こえ》を高《たか》めた。

「おい、この穴《あな》は、いったいなんだい。」

みんなが集《あつま》ってきたところには、直径《ちょっけい》一メートルぐらいの穴《あな》があった。のぞき込《こ》んでみたが、なかは暗《くら》くてなにも見《み》えない。なにか、地球《ちきゅう》の中心《ちゅうしん》までつき抜《ぬ》けているように深《ふか》い感《かん》じがした。

「キツネの穴《あな》かな。」

そんなことを言《い》った者《もの》もあった。

「おーい、でてこーい。」

若者《わかもの》は穴《あな》にむかって叫《さけ》んでみたが、底《そこ》からはなんの反響《はんきょう》もなかった。彼《かれ》はつぎに、そばの石《いし》ころを拾《ひろ》って投《な》げこもうとした。

「ばちが当《あた》るかもしれないから、やめとけよ。」

と老人《ろうじん》がとめたが、彼《かれ》は勢《いきお》いよく石《いし》を投《な》げこんだ。だが、底《そこ》からはやはり反響《はんきょう》がなかった。村人《むらびと》たちは、木《き》を切《き》って縄《なわ》でむすんで柵《さく》をつくり、穴《あな》のまわりを囲《かこ》った。そして、ひ

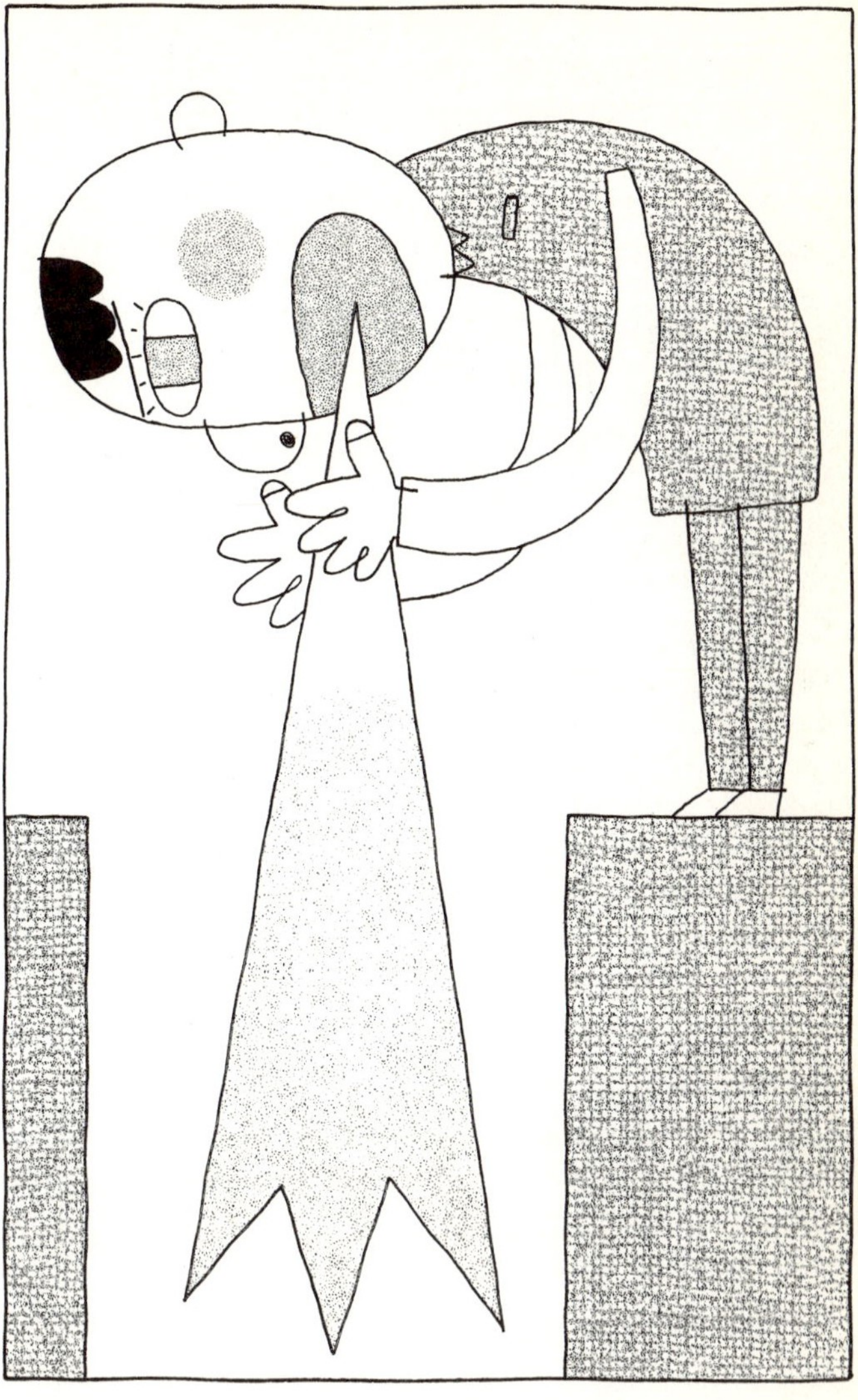

とまず村《むら》にひきあげた。

「どうしたもんだろう。」

「穴《あな》の上《うえ》に、もとのように社《やしろ》を建《た》てようじゃないか。」

相談《そうだん》がきまらないまま、一日《にち》たった。早《はや》くも聞《き》きつたえて、新聞社《しんぶんしゃ》の自動車《じどうしゃ》がかけつけた。まもなく、学者《がくしゃ》がやってきた。そして、おれにわからないことはない、といった顔《かお》つきで穴《あな》の方《ほう》にむかった。

つづいて、もの好《ず》きなやじうまたちが現《あら》われ、目《め》のきょろきょろした利《り》権屋《けんや》みたいなものも、ちらほらみうけられた。駐在所《ちゅうざいしょ》の巡査《じゅんさ》は、穴《あな》に落《お》ちる者《もの》があるといけないので、つきっきりで番《ばん》をした。

新聞記者《しんぶんきしゃ》の一人《ひとり》は、長《なが》いひもの先《さき》におもりをつけて穴《あな》にたらした。ひもは、いくらでも下《さが》っていった。しかし、ひもがつきたので戻《もど》そうとしたが、あがらなかった。二、三人《にん》が手伝《てつだ》って無理《むり》に引《ひ》っぱったら、ひもは穴《あな》のふちでちぎれた。

写真機《しゃしんき》を片手《かたて》にそれを見《み》ていた記者《きしゃ》の一人《ひとり》は、腰《こし》にまきつけていた丈夫《じょうぶ》な綱《つな》を、黙《だま》ってほどいた。

学者《がくしゃ》は研究所《けんきゅうじょ》に連絡《れんらく》して、高性能《こうせいのう》の拡声器《かくせいき》を持《も》ってこさせた。底《そこ》からの反響《はんきょう》を調《しら》べようとしたのだ。音《おと》をいろいろ変《か》えてみたが、反響《はんきょう》はなかった。学者《がくしゃ》は首《くび》をかしげたが、みんなが見《み》つめているので、やめるわけにいかない。

拡声器《かくせいき》を穴《あな》にぴったりつけ、音量《おんりょう》を最大《さいだい》にして、長《なが》いあいだ鳴《な》らしつづけた。地上《ちじょう》なら、何《なん》十キロと遠《とお》くまで達《たっ》する音《おと》だ。だが、穴《あな》は平然《へいぜん》と音《おと》をのみこんだ。

学者《がくしゃ》も内心《ないしん》は弱《よわ》ったが、落《お》ち着《つ》いたそぶりで音《おと》をとめ、もっともらしい口調《くちょう》で言《い》った。

「埋《う》めてしまいなさい。」

わからないことは、なくしてしまうのが無難《ぶなん》だった。

見物人《けんぶつにん》たちは、なんだこれでおしまいかといった顔《かお》つきで、引《ひ》きあげようとした。その時《とき》、人垣《ひとがき》をかきわけて前《まえ》に出《で》た利権屋《りけんや》の一人《ひとり》が、申《もう》し出《で》た。

「その穴《あな》を、わたしにください。埋《う》めてあげます。」

村長《そんちょう》はそれに答《こた》えた。

「埋《う》めていただくのはありがたいが、穴《あな》をあげるわけにはいかない。そこに、社《やしろ》を建《た》てなくてはならないいんだから。」

「社《やしろ》なら、あとでわたしがもっと立派《りっぱ》なのを、建《た》ててあげます。集会《しゅうかい》場《じょう》つきにしましょうか。」

村長《そんちょう》が答《こた》えるさきに、村《むら》の者《もの》たちが、

「本当《ほんとう》かい。それならもっと村《むら》の近《ちか》くがいい。」

「穴《あな》のひとつぐらい、あげますよ。」

と口々《くちぐち》に叫《さけ》んだので、きまってしまった。もっとも、村長《そんちょう》だって、異議《いぎ》はなかった。

その利権屋《りけんや》の約束《やくそく》は、でたらめではなかった。小《ちい》さいけれど集会《しゅうかい》場《じょう》つきの社《やしろ》を、もっと村《むら》の近《ちか》くに建《た》ててくれた。

新《あたら》しい社《やしろ》で秋祭《あきまつ》りの行《おこな》われたころ、利権屋《りけんや》の設立《せつりつ》した穴埋《あなう》め会社《がいしゃ》も、穴《あな》のそばの小屋《こや》で小《ちい》さな看板《かんばん》をかかげた。

利権屋《りけんや》は、仲間《なかま》を都会《とかい》で猛運動《もううんどう》させた。すばらしく深《ふか》い穴《あな》がありますよ。学者《がくしゃ》たちも、少《すく》なくとも五千メートルはあると言《い》っています。原子炉《げんしろ》のカスなんか捨《す》てるのに、絶好《ぜっこう》でしょう。

官庁《かんちょう》は、許可《きょか》を与《あた》えた。原子力《げんしりょく》発電会社《はつでんがいしゃ》は、争《あらそ》って契約《けいやく》した。村人《むらびと》たちはちょっと心《しん》配《ぱい》したが、数千年《すうせんねん》は絶対《ぜったい》に地上《ちじょう》に害《がい》は出《で》ないと説明《せつめい》され、また、利益《りえき》の配分《はいぶん》をもらうことで、なっとくした。しかも、まもなく都会《とかい》から村《むら》まで、立派《りっぱ》な道路《どうろ》が作《つく》られたのだ。

トラックは道路《どうろ》を走《はし》り、鉛《なまり》の箱《はこ》を運《はこ》んできた。穴《あな》の上《うえ》でふたはあけられ、原子炉《げんしろ》のカスは穴《あな》のなかに落《お》ちていった。

外務省《がいむしょう》や防衛庁《ぼうえいちょう》から、不要《ふよう》になった機密書類箱《きみつしょるいばこ》を捨《す》てにきた。監督《かんとく》についてきた役人《やくにん》たちは、ゴルフのことを話《はな》しあっていた。作業員《さぎょういん》たちは、指示《しじ》に従《したが》って書類《しょるい》を投《な》げこみながら、パチンコの話《はなし》をしていた。

穴《あな》は、いっぱいになるけはいを示《しめ》さなかった。よっぽど深《ふか》いのか、それとも、底《そこ》の方《ほう》でひろがっているのかもしれないと思《おも》われた。穴埋《あなう》め会社《がいしゃ》は、少《すこ》しずつ事業《じぎょう》を拡張《かくちょう》した。

大学《だいがく》で伝染病《でんせんびょう》の実験《じっけん》に使《つか》われた動物《どうぶつ》の死体《したい》も運《はこ》ばれてきたし、引《ひ》き取《と》り手《て》のない浮浪者《ふろうしゃ》の死体《したい》もくわわった。海《うみ》に捨《す》てるよりいいと、都会《とかい》の汚物《おぶつ》を長《なが》いパイプで穴《あな》まで導《みちび》く計画《けいかく》も立《た》った。

穴《あな》は都会《とかい》の住民《じゅうみん》たちに、安心感《あんしんかん》を与《あた》えた。つぎつぎと生産《せいさん》することばかりに熱心《ねっしん》で、あとしまつに頭《あたま》を使《つか》うのは、だれもがいやがっていたのだ。この問題《もんだい》も、穴《あな》によって、少《すこ》しずつ解決《かいけつ》していくだろうと思《おも》われた。

婚約《こんやく》のきまった女《おんな》の子《こ》は、古《ふる》い日記《にっき》を穴《あな》に捨《す》てた。かつての恋人《こいびと》ととった写真《しゃしん》を穴《あな》に捨《す》てて、新《あたら》しい恋愛《れんあい》をはじめる人《ひと》もいた。警察《けいさつ》は、押収《おうしゅう》した巧妙《こうみょう》なにせ札《さつ》を穴《あな》でしまつして安心《あんしん》した。犯罪者《はんざいしゃ》たちは、証拠物件《しょうこぶっけん》を穴《あな》に投《な》げ込《こ》んでほっとした。

穴《あな》は、捨《す》てたいものは、なんでも引《ひ》き受《う》けてくれた。穴《あな》は、都会《とかい》の汚《よご》れを洗《あら》い流《なが》してくれ、海《うみ》や空《そら》が以前《いぜん》にくらべて、いくらか澄《す》んできたように見《み》えた。

その空《そら》をめざして、新《あたら》しいビルが、つぎつぎと作《つく》られていった。

ある日《ひ》、建築中《けんちくちゅう》のビルの高《たか》い鉄骨《てっこつ》の上《うえ》でひと仕事《しごと》を終《お》えた作業員《さぎょういん》が、ひと休《やす》みしていた。彼《かれ》は頭《あたま》の上《うえ》で、

「おーい、でてこーい。」

と叫《さけ》ぶ声《こえ》を聞《き》いた。しかし、見上《みあ》げた空《そら》には、なにもなかった。青空《あおぞら》がひろがっているだけだった。彼《かれ》は、気《き》のせいかな、と思《おも》った。そして、もとの姿勢《しせい》にもどった時《とき》、声《こえ》のした方角《ほうがく》から、小《ちい》さな石《いし》ころが彼《かれ》をかすめて落《お》ちていった。

しかし彼《かれ》は、ますます美《うつく》しくなってゆく都会《とかい》のスカイラインをぼんやり眺《なが》めていたので、それには気《き》がつかなかった。

愛《あい》の鍵《かぎ》

ひとびとは、それぞれ、ひとつの言葉《ことば》を頭《あたま》の中《なか》に持《も》っていた。絶対《ぜったい》に忘《わす》れてはいけない、また他人《たにん》にしゃべってはいけない言葉《ことば》を。べつに、重大《じゅうだい》な意味《いみ》を含《ふく》んだ文句《もんく》ではない。それでも、大切《たいせつ》な言葉《ことば》だった。

それは鍵《かぎ》だった。新《あたら》しい鍵《かぎ》。カバンにも、自動車《じどうしゃ》にも、自分《じぶん》の室《へや》のドアにも、昔《むかし》のような鍵穴《かぎあな》はなくなって、小《ちい》さな耳《みみ》の形《かたち》をしたものがついている。それに口《くち》をつけて、ある文《もん》句《く》をささやけば開《ひら》く。

ある人《ひと》のは「チューリップが咲《さ》いた。」と言《い》えば開《ひら》いたし「しっかりしなくちゃあ。」と言《い》うのもあった。なかには「王《おう》さまの耳《みみ》はロバの耳《みみ》。」などと、こったのもあった。

鍵《かぎ》をなくしてさわぐこともなくなったし、錠前《じょうまえ》破《やぶ》りの名人《めいじん》だって、手《て》のつけようがない。べらべらとむやみにしゃべったところで、偶然《ぐうぜん》に的中《てきちゅう》する確率《かくりつ》など、ゼロに等《ひと》しい。

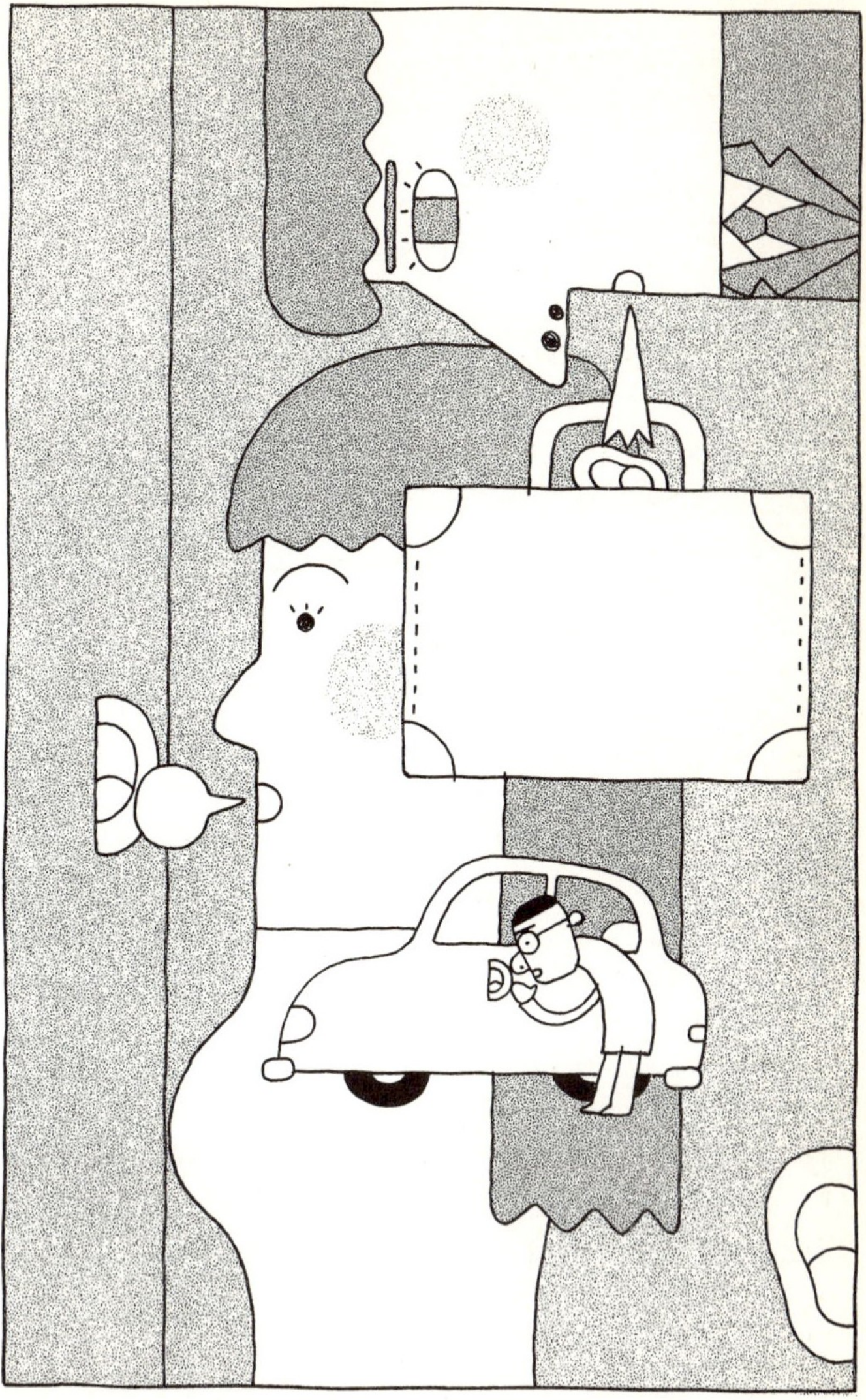

昔《むかし》の鍵《かぎ》にくらべて、はるかに安全《あんぜん》だった。本人《ほんにん》が、自分《じぶん》から教《おし》える場合《ばあい》を除《のぞ》いては。

たまには不意《ふい》に記憶喪失症《きおくそうしつしょう》となって、あけることができず、ドアを警官《けいかん》の立会《たちあ》いでこわすこともあるが、めったにないことだ。それよりも、酒《さけ》の勢《いきお》いで、ついその文句《もんく》を口《くち》に出《だ》してしまうことのほうが、しばしば発生《はっせい》した。

しかし、帰《かえ》ってから、酔《よ》いがさめて、後悔《こうかい》したりあわてたりする必要《ひつよう》はない。内側《うちがわ》から字《じ》を入《い》れ替《か》えて、別《べつ》の文句《もんく》になおせばいい。また、神経質《しんけいしつ》にいつしゃべるかもしれないと心配《しんぱい》する人《ひと》は、その文句《もんく》をまったく意味《いみ》のない、たとえば目《め》をつぶってタイプをたたいたようなものにしておけばよい。そして、その文句《もんく》を腕時計《うでどけい》の裏側《うらがわ》にでも書《か》いておけば、安《あん》心《しん》だ。

だから、他人《たにん》の部屋《へや》のドアをあけようと試《こころ》みる者《もの》は、いなかった。

その女《おんな》も、そんな鍵《かぎ》のついた部屋《へや》に住《す》んでいた。若《わか》く美《うつく》しかった。美《うつく》しいといっても、それは彼女《かのじょ》が恋《こい》をしていたから、いきいきとして美《うつく》しく見《み》えるのかもしれない。

また、その恋《こい》も、順調《じゅんちょう》に進《すす》んでいるようだった。いくつかとしうえの彼《かれ》と、毎週《まいしゅう》二、三回《かい》はいっしょに食事《しょくじ》に行《い》ったり、踊《おど》りに行《い》ったり、夏《なつ》だったらボートに乗《の》ったりして夜《よる》を過《す》し、楽《たの》しく青春《せいしゅん》を味《あじ》わっていた。

しかし、彼女《かのじょ》も今晩《こんばん》は、気《き》が沈《しず》んでいた。彼《かれ》と口論《こうろん》をしてしまったのだ。つまらないことからだった。喫茶店《きっさてん》で待《ま》ち合《あ》わせるのに、おくれたのだ。

「待《ま》たせて、ひどいじゃないか。」

「そんなに怒《おこ》らなくても、いいじゃないの。」

「ぼくは仕事《しごと》を、無理《むり》に切《き》りあげて出《で》て来《き》たんだぜ。」

「あたしだって、あなたと会《あ》うのでお化粧《けしょう》してたのよ。」

「そんなの、前《まえ》からわかってることじゃないか。」

いままでは、どちらかがきげんの悪《わる》い時《とき》は、どちらかがなだめ、うまくいって来《き》たのだが、どうしたことか、議論《ぎろん》になってしまった。

「あたし帰《かえ》るわ。」

と言《い》って立《た》ち上《あが》る彼女《かのじょ》に、彼《かれ》は手《て》をかけようとしたが、肩《かた》にはとどかなかった。イヤリングに触《ふ》れ、それは床《ゆか》に落《お》ちた。

「それじゃあ、帰《かえ》ればいいよ。」

すべては、ゆきがかりだった。

彼女《かのじょ》は、帰《かえ》り道《みち》で後悔《こうかい》した。もう会《あ》えないのね。あたしが早《はや》くあやまればよかったんだわ。だけど、どうしても、あたしはあやまれない。わがままなのかしら。いまからでもあやまりに行《い》けばいいと、わかっているのに、それができない。あしたからは、つまらない口《ひ》がつづくのだわ。若《わか》いうちはだれでも、あやまるのが苦手《にがて》だ。

ひきずるように足《あし》を運《はこ》んで、自分《じぶん》の部屋《へや》の前《まえ》に来《き》た。ドアの耳《みみ》に口《くち》を寄《よ》せて「きょうは本当《ほんとう》にたのしかったわ。」と言《い》わなければ、開《ひら》かない。その言葉《ことば》は、いまの彼女《かのじょ》には言《い》いにくかった。しかし、言《い》わなくては部屋《へや》に入《はい》れない。しばらくたたずんでいたが、やっと、書《か》かれたものを読《よ》むような調子《ちょうし》で、声《こえ》を押《お》し出《だ》した。

ゆっくり開《ひら》いたドアを内側《うちがわ》からしめると、この文句《もんく》を変《か》えようと思《おも》った。しかし、適当《てきとう》な文句《もんく》が浮《う》かばない。だけど、変《か》えなくてはならない。

ぼんやりと字《じ》をいじっているうちに、字《じ》は「悪《わる》かった、ごめんなさい。」と並《なら》んでいた。いまさら、こんなことを言《い》っても仕方《しかた》がないのに、あたしもばかね。だけど、あすから、この言葉《ことば》を言《い》ってすごすわ。

つぎの朝《あさ》。彼《かれ》は、彼女《かのじょ》の部屋《へや》の前《まえ》に立《た》っていた。彼《かれ》もあやまるのは苦手《にがて》だった。しかし、やっぱり会《あ》いたかった。うちにいても落《お》ちつかない。イヤリングを届《とど》けるのだ、と自《じ》分《ぶん》をなっとくさせて、たずねて来《き》たのだった。

ベルを押《お》そうとしたが、手《て》は動《うご》かない。いかにも先《さき》にあやまりに来《き》たようで、いやだった。やっぱり出来《でき》ない。イヤリングは、ドアの耳《みみ》につけて帰《かえ》ろうときめた。ポケットから出《だ》して、とりつけた。

楽《たの》しかった日々《ひび》が、思《おも》い出《だ》された。公園《こうえん》のベンチに並《なら》んで腰《こし》かけ愛《あい》をささやいた時《とき》の、彼女《かのじょ》の耳《みみ》が思《おも》い出《だ》された。だが、もうおそい。きのう、すなおに許《ゆる》せなかった自分《じぶん》の性格《せいかく》が、残念《ざんねん》でならなかった。なぜ言《い》えないのだろう。イヤリングをつけ終《お》わると、無意識《むいしき》のうちに、ドアの耳《みみ》に口《くち》をよせた。

ドアはゆっくりと開《ひら》いた。部屋《へや》の中《なか》でぼんやりしていた彼女《かのじょ》は、彼《かれ》を見《み》つけ、はじかれたように、彼《かれ》にとびついて泣《な》いた。声《こえ》は出《で》なかったが、心《こころ》の中《なか》では鍵《かぎ》の文句《もんく》を叫《さけ》んでいた。

ドアは開《ひら》き切《き》り、耳《みみ》の形《かたち》をした鍵穴《かぎあな》につけられたイヤリングは、かすかに揺《ゆ》れていた。

肩《かた》の上《うえ》の秘《ひ》書《しょ》

プラスチックで舗《ほ》装《そう》した道《どう》路《ろ》の上《うえ》を、自《じ》動《どう》ローラースケートで走《はし》りながら、ゼーム氏《し》は腕《うで》時《ど》計《けい》に目《め》をやった。

四時《じ》半《はん》。会《かい》社《しゃ》にもどる前《まえ》に、このへんでもう一軒《けん》よってみるとするか。ゼーム氏《し》はこう考《かん》えて、ローラースケートの速《そく》力《りょく》を落《お》とし、一軒《けん》の家《いえ》の前《まえ》でとまった。

ゼーム氏《し》はセールスマン。左《ひだり》手《て》に大《おお》きなカバンを下《さ》げている。このなかには、商《しょう》品《ひん》がつまっているのだ。そして、右《みぎ》の肩《かた》の上《うえ》には、美《うつく》しい翼《つばさ》を持《も》ったインコがとまっている。もっとも、このようなインコは、この時《じ》代《だい》のすべての人《ひと》の肩《かた》にとまっている。

彼《かれ》は玄《げん》関《かん》のベルを押《お》し、しばらく待《ま》った。やがてドアが開《ひら》き、この家《いえ》の主《しゅ》婦《ふ》が姿《すがた》をあらわした。

「こんにちは。」

と、ゼーム氏《し》は、口《くち》のなかで小《ちい》さくつぶやいた。すると、つづいて肩《かた》の上《うえ》のインコがはっきりした口《く》調《ちょう》でしゃべりはじめた。

「おいそがしいところを、とつぜんおじゃましまして、申《もう》し訳《わけ》ございません。お許《ゆる》しいただきたいと思《おも》います。」

このインコはロボットなのだ。なかには精巧《せいこう》な電子《でんし》装置《そうち》と、発声器《はっせいき》と、スピーカーをそなえている。そして、持《も》ち主《ぬし》のつぶやいたことを、さらにくわしくして相手《あいて》に伝《つた》える働《はたら》きを持《も》っている。

しばらくすると、主婦《しゅふ》の肩《かた》にとまっているロボット・インコが答《こた》えてきた。

「よくいらっしゃいました。だけど、失礼《しつれい》ですけど、あたくし、もの覚《おぼ》えがよくございませんので、お名前《なまえ》を思《おも》いだせなくて……。」

ゼーム氏《し》の肩《かた》のインコは首《くび》をかしげ、彼《かれ》の耳《みみ》にこうささやいた。

「だれか、と聞《き》いているよ。」

このロボット・インコは、相手《あいて》の話《はなし》を要約《ようやく》して報告《ほうこく》する働《はたら》きもするのだ。

「ニュー・エレクトロ会社《がいしゃ》のものだ。電気《でんき》グモを買《か》え。」

彼《かれ》のつぶやきに応《おう》じて、インコは礼儀《れいぎ》正《ただ》しく話《はな》した。

「じつは、わたしはニュー・エレクトロ会社《がいしゃ》の販売員《はんばいいん》でございます。もちろん、ご存知《ぞんじ》のこととぞんじますが、長《なが》い伝統《でんとう》と信用《しんよう》を誇《ほこ》る会社《かいしゃ》でございます。ところで、きょうおうかがいしたのは、ほかでもございません。このたび、当社《とうしゃ》の研究部《けんきゅうぶ》が、やっと完成《かんせい》いたしました新製品《しんせいひん》をお目《め》にかけようと思《おも》ったわけでございます。それは、この電気《でんき》グモでございます……。」

ここでゼーム氏《し》はカバンをあけ、なかから金色《きんいろ》に光《ひか》る昆虫《こんちゅう》のクモのような、小《ちい》さな金属《きんぞく》の機械《きかい》をとりだした。肩《かた》のインコは、しゃべりつづけた。

「……これでございます。背中《せなか》などかゆくなった時《とき》に、下着《したぎ》のなかにそっとしのばせますと、かゆい部分《ぶぶん》にひとりでたどりつき、この手《て》で快《こころよ》くかいてくれます。便利《べんり》なものでございましょう。おたくのような上品《じょうひん》なご家庭《かてい》には、ぜひ一個《こ》おそなえになられたらよろしいとぞんじまして、とくにお持《も》ちいたしたわけでございます。」

ゼーム氏《し》のインコの話《はなし》が終《お》わると、主婦《しゅふ》の肩《かた》のインコが、ゼーム氏《し》に聞《き》こえない小声《こごえ》で彼女《かのじょ》の耳《みみ》にささやいた。

「自動式《じどうしき》の孫《まご》の手《て》を買《か》え、と言《い》っています。」

主婦《しゆふ》が「いらないわ。」とつぶやいたので、インコはそれをくわしくしゃべった。

「すばらしいわ。おたくの社《しや》は、つぎつぎと新製品《しんせいひん》をお作《つく》りになられるのね。だけどうちでは、とてもそんな高級品《こうきゆうひん》をそなえるほどの余裕《よゆう》が、ございませんもの。」

ゼーム氏《し》のインコは「いらないそうだ。」と要約《ようやく》し報告《ほうこく》したが「そこをなんとか。」という彼《かれ》のつぶやきで、インコの声《こえ》は、一段《いちだん》と熱《ねつ》をおびた。

「でもございましょうが、こんな便利《べんり》な品《しな》はございません。手《て》のとどかない背中《せなか》もかけますし、お客《きやく》さまの前《まえ》でも、気《き》づかれません。それに、仕事《しごと》を中断《ちゆうだん》しての、つまらない労力《ろうりよく》がはぶけます。お値段《ねだん》もぐっとお安《やす》くいたしてあります。」

「ぜひ買《か》え、と言《い》っていますよ。」

「うるさいわね。」

主婦《しゆふ》の肩《かた》のインコは、彼女《かのじよ》とささやきあってから、こう答《こた》えた。

「でも、あたくしは、品物《しなもの》を買《か》う時《とき》には、すべて主人《しゆじん》と相談《そうだん》してから、買《か》うことにしておりますの。あいにく、主人《しゆじん》がまだ帰《かえ》ってまいりませんので、いまはちょっと、きめかねるんですの。今晩《こんばん》でも、よく話《はな》してみますから、また、おついでの時《とき》にでも、お寄《よ》りになっていただけません。あたくしは欲《ほ》しいんですけれど、それがだめなのよ。本当《ほんとう》に残念《ざんねん》ですわ。」

ゼーム氏《し》のインコは、それを彼《かれ》に要約《ようやく》した。

「帰《かえ》れとさ。」

ゼーム氏《し》はあきらめ、電気《でんき》グモをカバンにしまいながら、つぶやいた。

「あばよ。」

肩《かた》のインコは別《わか》れのあいさつを、ていねいにつげた。

「さようでございますか。ほんとに残念《ざんねん》でございます。では、近《ちか》いうちに、またおうかがいさせていただくことにいたしましょう。どうも、おじゃまいたしました。どうか、ご主人《しゅじん》さまにも、くれぐれもよろしく。」

玄関《げんかん》を出《で》たゼーム氏《し》は、インコを肩《かた》にとまらせたまま、ふたたびローラースケートのエンジンを強《つよ》め、会社《かいしゃ》にもどった。

机《つくえ》にむかって、電子計算機《でんしけいさんき》のボタンを押《お》し、きょうの売上《うりあ》げの集計《しゅうけい》をしていると、

「おい、ゼーム君《くん》。」

と、部長《ぶちょう》の肩《かた》のインコが呼《よ》んだ。

「やれやれ、また、お説教《せっきょう》か。」

ゼーム氏《し》がつぶやくと、肩《かた》のインコは部長《ぶちょう》に答《こた》えた。

「はい。すぐにまいります。ちょっと、机《つくえ》の上《うえ》の整理《せいり》をすませまして……。」

やがて、ゼーム氏《し》は部長《ぶちょう》の机《つくえ》の前《まえ》に立《た》った。コーヒーのかおりがした。噴霧器《ふんむき》で口《くち》のなかにシュッとやったのだろう。部長《ぶちょう》の肩《かた》のインコが、もっともらしくしゃべった。

「いいかね、ゼーム君《くん》。わが社《しゃ》の現状《げんじょう》は、いまや一大飛躍《いちだいひやく》をせねばならない、重大《じゅうだい》な時《とき》だ。それは、きみもよく知《し》っていることと思《おも》う。しかるにだ、このところ君《きみ》の成績《せいせき》を見《み》るに、もう少《すこ》し上昇《じょうしょう》してもいいのではないか、と考《かんが》えたくなる。はなはだ遺憾《いかん》なことと、言《い》わざるをえない。ぜひ、この点《てん》を認識《にんしき》して、大《おお》いに活動《かつどう》してもらいたい。」

ゼーム氏《し》のインコは「もっと売《う》れとさ。」とささやき「そう簡単《かんたん》に行《い》くものか。」と、ゼーム氏《し》はささやきかえした。肩《かた》のインコは、神妙《しんみょう》な口調《くちょう》で部長《ぶちょう》に言《い》った。

「よくわかっております。わたくしも、さらに売上《うりあ》げを増進《ぞうしん》いたす決心《けっしん》でございます。しかしこのごろは他社《たしゃ》も手《て》をかえ、品《しな》をかえ、新《あたら》しいことをやっております。販売《はんばい》も、以前《いぜん》ほど楽《らく》ではございません。もちろん、わたくしもさらに努力《どりょく》いたしますが、部長《ぶちょう》からも、研究《けんきゅう》生産部門《せいさんぶもん》に、もっとぞくぞく新製品《しんせいひん》を作《つく》るよう、お伝《つた》えいただけると、さらにありがたいとぞんじます。」

ベルが鳴《な》り、退社《たいしゃ》の時刻《じこく》となった。やれやれ、やっときょうの仕事《しごと》がすんだ。肩《かた》のインコを、ロッカーにしまう。だが、一日《いちにち》じゅう売《う》りあるくと、まったく疲《つか》れる。帰《かえ》りにバーにでも寄《よ》らなくては、気分《きぶん》が晴《は》れない。ゼーム氏《し》は、ときどき寄《よ》るバー・ジョーカーのドアを押《お》した。それをみつけたマダムの肩《かた》のインコが、なまめかしい声《こえ》でむかえた。

「あら、ゼームさん。いらっしゃいませ。このところ、お見《み》えになりませんでしたのね。ゼームさんのような、すてきなかたがいらっしゃらないと、お店《みせ》のムードがなんとなくさびしくて……。」

ゼーム氏《し》にとっては、このひとときが、いちばんたのしい。

服《ふく》を着《き》たゾウ

夕《ゆう》ぐれの動物園《どうぶつえん》。

ひとりの男《おとこ》が、ゾウのおりの前《まえ》を通《とお》りかかった。彼《かれ》は催眠術《さいみんじゅつ》の分野《ぶんや》で、非常《ひじょう》にすぐれた才能《さいのう》の持《も》ち主《ぬし》だった。しかし、べつに用事《ようじ》があって動物園《どうぶつえん》へやってきたわけではない。気《き》ばらしをかねた散歩《さんぽ》のつもりで、ぶらぶらしていたのだ。

一頭《とう》のゾウが彼《かれ》にむかって、鼻《はな》をあげてみせた。えさでもくれないかと思《おも》ったのだ。

その時《とき》、彼《かれ》はゾウに言《い》った。

「おまえはゾウではない。人間《にんげん》なのだ。人間《にんげん》の心《こころ》を持《も》ち、人間《にんげん》として考《かんが》え、人間《にんげん》の言葉《ことば》が話《はな》せる。いいか、おまえは人間《にんげん》なのだ。」

ほんの遊《あそ》びのつもりだった。催眠術《さいみんじゅつ》が本当《ほんとう》にゾウにかかるなどとは、考《かんが》えもしなかった。だから、彼《かれ》はあとをふりかえろうともせずに歩《ある》き、ちょうど閉園《へいえん》の時間《じかん》となっていた動物園《どうぶつえん》を出《で》た。

しかし、ゾウには変化《へんか》がおこった。ゾウはあたりを見《み》まわし、ふしぎそうにつぶやく。

「はて、なんで、こんなところにいるのだろう。まわりにはゾウばかりだ。一刻《いっこく》も早《はや》く、こんなところから出《で》なければならない。」

ゾウのおりには鍵《かぎ》がかかっている。その鍵《かぎ》はゾウの知能《ちのう》ではあかないが、人間《にんげん》なら容易《ようい》にあけられるものだ。このゾウ、外見《がいけん》はゾウのままだが、かけられた術《じゅつ》によって自己《じこ》を人《にん》間《げん》と思《おも》いこんでいる。すなわち、あけることができたのだ。

ゾウはおりから出《で》て、また鍵《かぎ》をかけた。それから、月《つき》の光《ひかり》をあびながらゆうゆうと歩《ある》き、しばらく動物園《どうぶつえん》のなかを見物《けんぶつ》する。途中《とちゅう》、落《お》ちていた貨幣《かへい》を拾《ひろ》い、自動販売機《じどうはんばいき》に入《い》れ、出《で》てきたびん入《い》りのジュースを飲《の》んだ。人間的思考《にんげんてきしこう》を持《も》っているのだから、ふしぎではない。

ゾウは塀《へい》を乗《の》り越《こ》えて、街《まち》に出《で》る。まず、一軒《けん》の洋服店《ようふくてん》をみつけ、鼻《はな》でノックをした。でてきた主人《しゅじん》は、きもをつぶした。巨大《きょだい》な動物《どうぶつ》が訪《おとず》れてきたのだから。

「これはまた、なんとしたことだ。」

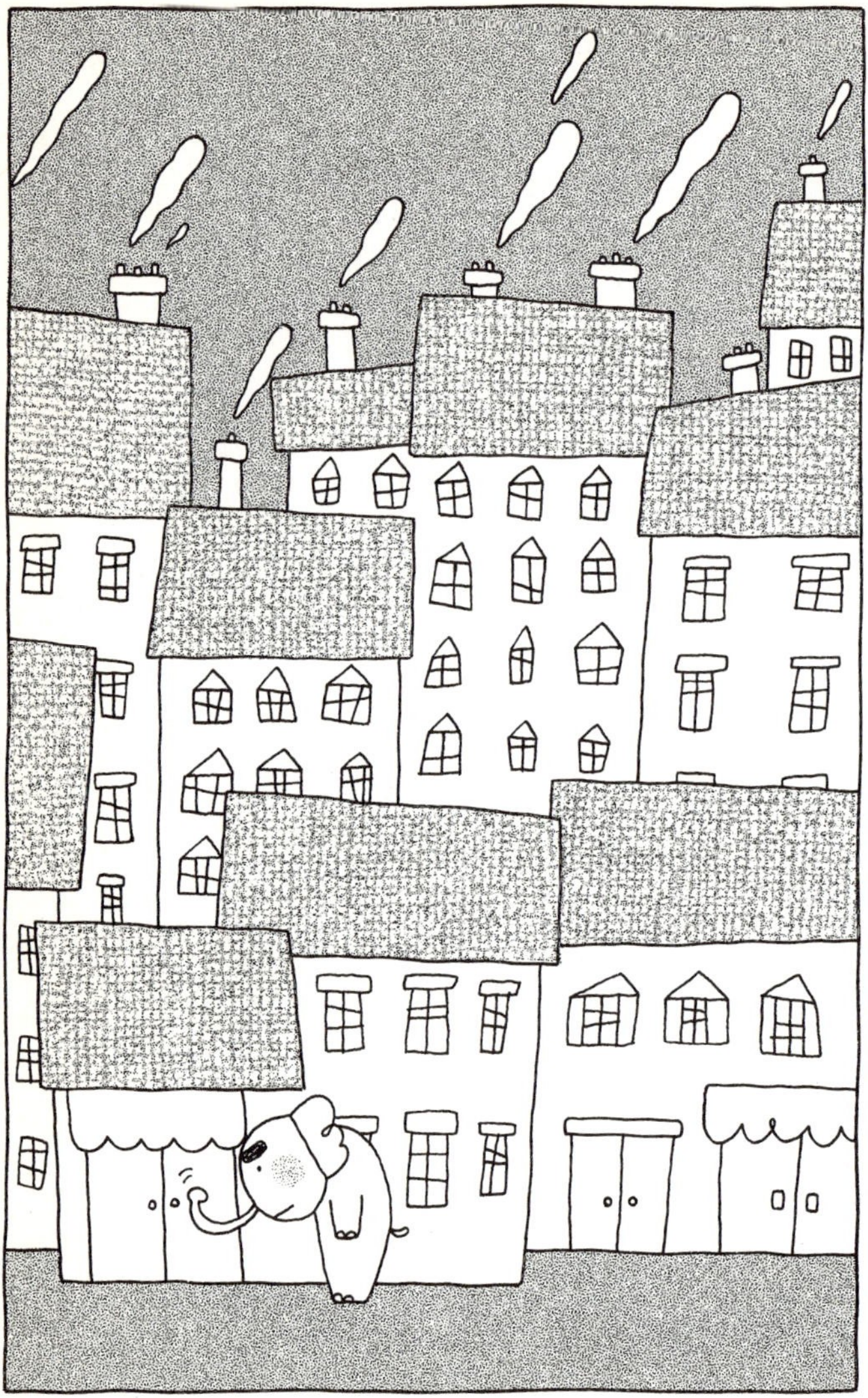

「じつは、はだかでそとを歩《ある》くのもみっともないので、洋服《ようふく》がほしいのです。」

ゾウが言葉《ことば》をしゃべるのを聞《き》き、主人《しゅじん》はまた驚《おどろ》いた。なにかの冗談《じょうだん》かと思《おも》ったのだが、さわってみるとぬいぐるみなどでなく、本物《ほんもの》のゾウだ。しかも、意外《いがい》におとなしい。ひと安心《あんしん》し、驚《おどろ》きがおさまった主人《しゅじん》は考《かんが》えた。これは、いい宣伝《せんでん》になるかもしれない。ていねいに応対《おうたい》することにしよう。

「さようでございますか。しかし、あいにくと既製品《きせいひん》には、おからだにあうものがございません。さっそく特別《とくべつ》にお作《つく》りいたしましょう。」

寸法《すんぽう》が測《はか》られ、たくさんの布《ぬの》が使《つか》われ、ちょっとした服《ふく》ができあがった。ゾウは着《き》てみて、うれしそうに言《い》った。

「にあうだろうか。」

「ぴったりでございます。」

すると、ゾウは恐縮《きょうしゅく》しながら言《い》った。そのありさまは、ほほえましくも奇妙《きみょう》だった。

「じつは、代金《だいきん》のことなのだが、いま持《も》ちあわせがない。働《はたら》いてかせいでからということで、いいだろうか。」

「けっこうでございます。あなたさまのように大《おお》きなかたですと、こそこそ逃《に》げかくれも、できませんでしょう。」

「それはありがたい。」

「で、働《はたら》くとかおっしゃいましたが、なにかあてがおありでしょうか。」

ゾウがまだ考《かんが》えてないと答《こた》えると、主人《しゅじん》は知《し》りあいの芸能《げいのう》プロダクションの経営者《けいえいしゃ》のことを思《おも》い出《だ》し、そこへ行《い》くといいと紹介《しょうかい》した。

ゾウはまた歩《ある》いて、そこへむかう。途中《とちゅう》で警官《けいかん》にとがめられた。

「おい、ゾウを無許可《むきょか》で歩《ある》かせてはいかん。だれだ責任者《せきにんしゃ》は。」

ゾウはふりむいて言《い》う。

「わたしは人間《にんげん》です。ひとりで歩《ある》いて、悪《わる》いことはないでしょう。」

「しかし、そんな大《おお》きな人間《にんげん》など……。」

「大《おお》きな人間《にんげん》は、人間《にんげん》ではないのですか。」

警官《けいかん》は、答《こた》えにつまってしまった。第一《だいいち》、言葉《ことば》が話《はな》せるし、ちゃんと服《ふく》も着《き》ている。人間《にんげん》とゾウとを区別《くべつ》する明確《めいかく》な一線《いっせん》は、なんだろう。あれこれ考《かんが》えているうちに、ゾウは立《た》ち去《さ》ってしまった。

ゾウは、芸能《げいのう》プロダクションへたどりついた。経営者《けいえいしゃ》は大喜《おおよろこ》びで迎《むか》えた。

「本当《ほんとう》だったのだな。電話《でんわ》で聞《き》いただけでは、信《しん》じられないような気分《きぶん》だった。ゾウが口《くち》をきくとは……。」

それに対《たい》して、ゾウは抗議《こうぎ》した。

「ゾウとは、なんです。わたしは人間《にんげん》なんですよ。口《くち》がきけるから人間《にんげん》なんです。ゾウに口《くち》がきけますか。あなただって、ブタと呼《よ》ばれたらいい気分《きぶん》ではないでしょう。」

経営者《けいえいしゃ》は、すぐにあやまった。ここであばれられたら大変《たいへん》だ。また、よそのプロダクションに行《い》かれても損失《そんしつ》だ。

「いや、これは失礼《しつれい》。ところで、いかがでしょう。テレビに出演《しゅつえん》してみませんか。報酬《ほうしゅう》はたくさん出《だ》しますよ。ゾウの役《やく》なんですが、お気《き》に召《め》しませんか。」

「役《やく》としてやるのなら、ゾウでもなんでもやりますよ。」

かくして、ゾウはタレントとなった。二回《かい》ほどニュースショーに出《で》たあと、子供《こども》むけの演芸番組《えんげいばんぐみ》の司会者《しかいしゃ》の役《やく》がまわってきた。そして、たちまち人気者《にんきもの》になった。やさしく、朗《ほが》らかで、親《した》しみがある。子供《こども》たちが熱狂的《ねっきょうてき》に夢中《むちゅう》になるのも、むりはなかった。一挙《いっきょ》に売《う》り出《だ》したタレントというものは、たいてい鼻《はな》もちならない態度《たいど》となる。だが、このゾウの場合《ばあい》は、鼻《はな》の神経《しんけい》が微妙《びみょう》なためか、そんなふうにはならなかった。熱心《ねっしん》に仕事《しごと》をし、くだらない遊《あそ》びはせず、ひまがあると読書《どくしょ》にふけるのだ。

したがって、金《かね》もたまった。食費《しょくひ》に金《かね》はかかったが、収入《しゅうにゅう》のほうが多《おお》かったのだ。やがて、こんな提案《ていあん》をする人《ひと》もあらわれた。

「どうです。そのお金《かね》で、遊園地《ゆうえんち》を経営《けいえい》してみませんか。子供《こども》に夢《ゆめ》を、おとなには休養《きゅうよう》を与《あた》える場所《ばしょ》のことです。」

「やってみましょうか。」

ゾウは、遊園地《ゆうえんち》の経営者《けいえいしゃ》となった。しかし、社長《しゃちょう》となっても、威張《いば》ったりしない。部下《ぶか》には思《おも》いやりがあり、お客《きゃく》には心《こころ》からのサービスをした。遊《あそ》び道具《どうぐ》には、いちいち自分《じぶん》が乗《の》って点検《てんけん》した。ゾウが乗《の》って大丈夫《だいじょうぶ》なのだから、事故《じこ》は決《けっ》して起《おこ》らなかった。必然的《ひつぜんてき》に、利益《りえき》はあがった。

ゾウはその利益《りえき》で、お菓子《かし》の会社《かいしゃ》や、オモチャの会社《かいしゃ》をも作《つく》った。たいへん良心的《りょうしんてき》な経《けい》営《えい》であり、利益《りえき》のなかからは、恵《めぐ》まれない人《ひと》たちに惜《お》しげもなく金《かね》を寄付《きふ》した。ゾウとあって話《はな》した人《ひと》は、みな、そのしっかりした考《かんが》えに敬服《けいふく》する。銀行《ぎんこう》なども、人柄《ひとがら》を信用《しんよう》して金《かね》を貸《か》す。発展《はってん》する一方《いっぽう》だった。

ある人《ひと》がゾウに聞《き》く。

「あなたは、大変《たいへん》な成功《せいこう》をなさいましたね。いったい、その秘訣《ひけつ》は……。」

「さあ、べつに心当《こころあた》りもありませんが、むりにあげれば、ひとつだけあります。」

「それは、なんなのですか。」

「わたしの心《こころ》の奥《おく》に、おまえは人間《にんげん》だ、という声《こえ》がひそんでいるのです。しかし、人間《にんげん》とはなにか、わたしにはよくわからなかった。そこで、本《ほん》を読《よ》んで勉強《べんきょう》をしたのです。人間《にんげん》とはどういうものか、人間《にんげん》ならなにをすべきか、などについてです。つねに学《まな》び、考《かんが》え、その通《とお》りにやってきただけです。わたしが世《よ》の役《やく》に立《た》っているとすれば、このためかもしれません。あなたがた、自分《じぶん》が人間《にんげん》であると考《かんが》えたことがおありですか。」

「さあ……。」

指摘《してき》された質問者《しつもんしゃ》は、口《くち》ごもった。そういえば、そんなことは考《かんが》えたこともない。

人間《にんげん》はだれもかれも一回《いっかい》は、催眠術師《さいみんじゅつし》にたのんで、おまえは人間《にんげん》だとの暗示《あんじ》を与《あた》えてもらったほうがいいのかもしれない。

最後《さいご》の地球人《ちきゅうじん》

世界《せかい》の人口《じんこう》は、限《かぎ》りない増加《ぞうか》をつづけた。

「いったい、どこまでふえるんだ。」

「これ以上《いじょう》ふえたら、どうなるんだろう。」

「なんとかしなくては。」

時《とき》どき思《おも》い出《だ》したように、議論《ぎろん》がくり返《かえ》された。しかし、子供《こども》を作《つく》るなとも言《い》えず、生《う》まれてきた者《もの》を始末《しまつ》するわけにもいかなかった。人間《にんげん》にはそれぞれ生《い》きる権利《けんり》があった。

だれもがこの現象《げんしょう》を憂《うれ》えていた。しかし、実行《じっこう》については「自分《じぶん》だけは別《べつ》さ。」といった調子《ちょうし》で考《かんが》えた。みなが同《おな》じ気分《きぶん》だったので、人口《じんこう》は決《けっ》して減《へ》るけはいを示《しめ》さなかった。

世界《せかい》のいたるところが、都会《とかい》となっていった。サハラやゴビの砂漠《さばく》の緑化計画《りょくかけいかく》がやっと完了《かんりょう》したころには、もうその森《もり》を切《き》り倒《たお》し、そこに都会《とかい》を建設《けんせつ》しなければならなかった。

もはや、戦争《せんそう》をするどころではなかった。戦争《せんそう》は余裕《よゆう》のあった時代《じだい》の、遊《あそ》びのひとつとして思《おも》い出《だ》された。だが、戦争《せんそう》をしなくなっても、科学《かがく》は進歩《しんぽ》した。ふえつづける人間《にんげん》を整理《せいり》するには、科学《かがく》にたよらなければならないのだ。

人口《じんこう》がふえると、その生活《せいかつ》を保障《ほしょう》するために、科学《かがく》を進《すす》めなければならない。しかし、科学《かがく》が進《すす》むと生活《せいかつ》が高《たか》まり、さらに人口《じんこう》がふえた。このいたちごっこをくり返《かえ》し、人間《にんげん》たちは全能力《ぜんのうりょく》をあげて人口増加《じんこうぞうか》との悲壮《ひそう》な戦《たたか》いをつづけていた。一刻《いっこく》も休《やす》むわけにいかず、また、勝利《しょうり》の見《み》とおしのない戦《たたか》いだった。

食料《しょくりょう》は人工的《じんこうてき》に合成《ごうせい》されるようになり、植物《しょくぶつ》はいらなくなった。炭酸《たんさん》ガスを酸素《さんそ》にもどすことも機械的《きかいてき》に行《おこな》われるので、植物《しょくぶつ》のありがたみは少《すく》なくなる一方《いっぽう》だった。べつに植《しょく》物《ぶつ》がきらいになったのではない。植物《しょくぶつ》を生育《せいいく》させる場所《ばしょ》が、なくなっていったのだ。

動物《どうぶつ》や昆虫《こんちゅう》も、とうの昔《むかし》に一掃《いっそう》された。食料《しょくりょう》が惜《お》しいからではない。そんなものを、生《い》かしておく場所《ばしょ》がないのだった。チョウも花《はな》も、人間《にんげん》の生存《せいぞん》のためには、身《み》を引《ひ》いてもらわなければならなかった。地球《ちきゅう》は人類《じんるい》のものなのだから。

科学《かがく》の進歩《しんぽ》は、副産物《ふくさんぶつ》として、寿命《じゅみょう》をも伸《の》ばした。これがまた、人口増加《じんこうぞうか》に拍車《はくしゃ》をかけ

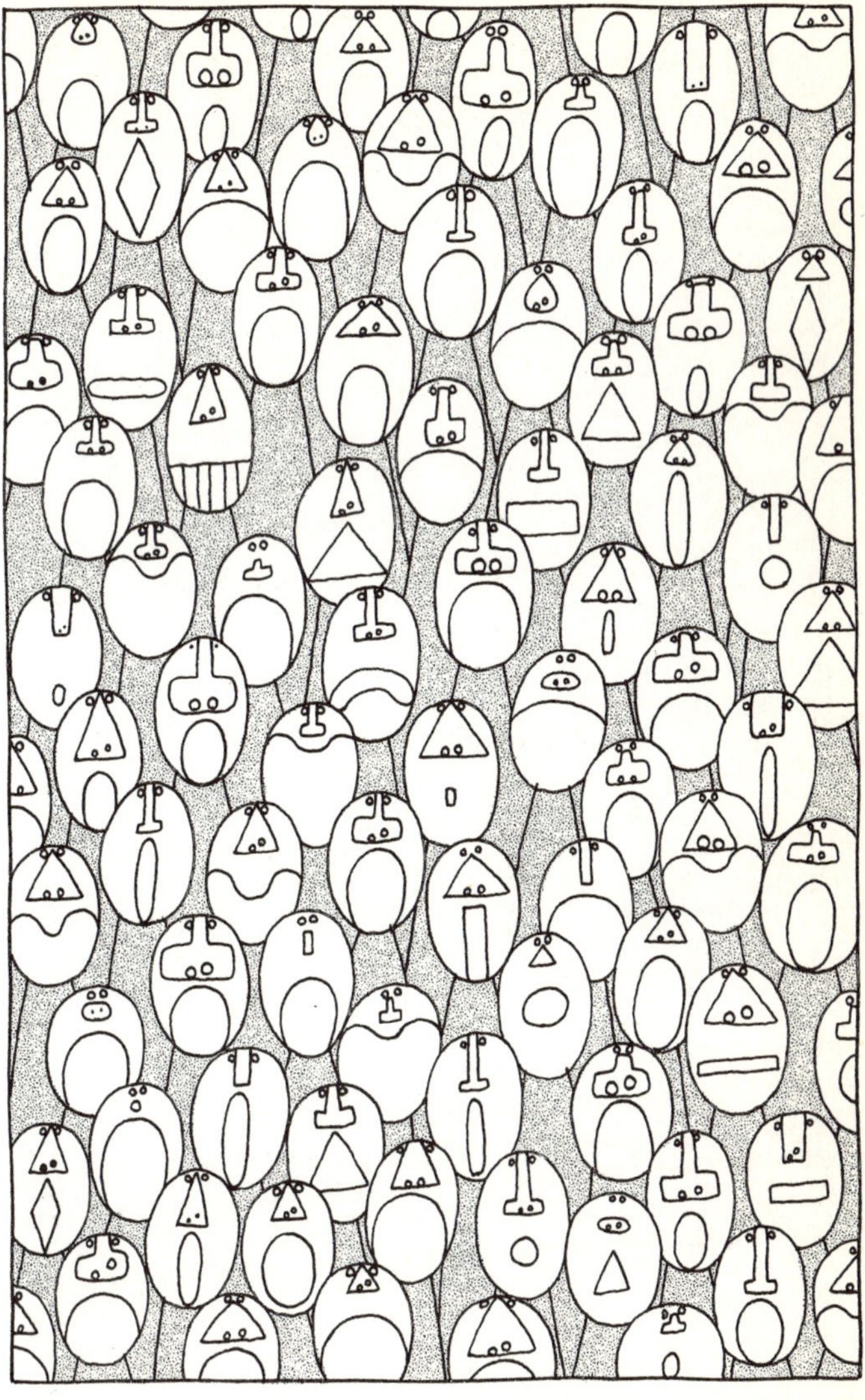

た。地球《ちきゅう》が一回転《かいてん》するたびに、その表面《ひょうめん》の人口《じんこう》は雪《ゆき》だるまのようにふえていった。

「百億《おく》を越《こ》えた」そして、まもなく「二百億《おく》を越《こ》えた」。とどまるところを知《し》らなかった。世《せ》界《かい》は、ひとつの都会《とかい》となった。人類《じんるい》は、完全《かんぜん》に地上《ちじょう》にみちあふれた。政治家《せいじか》も科学者《かがくしゃ》も、ついにさじを投《な》げた。どんな社会政策《しゃかいせいさく》も宇宙《うちゅう》移民《いみん》も、この洪水《こうずい》を防《ふせ》ぎきれなかった。

「もうたくさんだ、助《たす》けてくれ……。」

だれもかれも心《こころ》の底《そこ》でこう叫《さけ》んだ。口《くち》に出《だ》して叫《さけ》ぼうにも、だれにむかって叫《さけ》んでみようもなかった。

全人類《ぜんじんるい》がはじめて、同《おな》じ反省《はんせい》と祈《いの》りを持《も》つことのできた一瞬《いっしゅん》だった。

増加《ぞうか》は止《と》まった。そして、減《へ》りはじめた。調《しら》べてみると、一組《ひとくみ》の夫婦《ふうふ》から一人《ひとり》しか子供《こども》が生《う》まれなくなっていたのだ。学者《がくしゃ》たちは例《れい》によって、いろいろと理屈《りくつ》をつけた。

「各地《かくち》の原子炉《げんしろ》から出《で》た放射能《ほうしゃのう》が、空中《くうちゅう》にたまったせいだろう。」

「いや、人口《じんこう》がふえすぎると緊張《きんちょう》がつづき、ストレスが起《おこ》って、からだに影響《えいきょう》を与《あた》えるものだ。」

「いやいや、人類《じんるい》という種族《しゅぞく》の寿命《じゅみょう》がつきたのだろう。」

「とんでもない。動植物《どうしょくぶつ》を一掃《いっそう》したので、自然界《しぜんかい》とのバランスがくずれたのだ。」

「ちょっと待《ま》ってくれ。人工食 料《じんこうしょくりょう》ばかり食《た》べていると、体質《たいしつ》が変《かわ》ってしまうといった考《かんが》え方《かた》もあるぞ。」

それぞれ自己《じこ》の主張《しゅちょう》を通《とお》そうと躍気《やっき》となり、どうすればいいかについては、なかなか一致《いっち》しなかった。もっとも、少《すこ》しぐらい減《へ》るのはけっこうじゃないか、といった気分《きぶん》がみなぎっていたので、なにも熱心《ねっしん》に対策《たいさく》をたてる必要《ひつよう》もなかった。

「サルでも進化《しんか》させるんだな。」

といった冗談《じょうだん》をとばす者《もの》もいた。だが、サルばかりでなく、人間以外《にんげんいがい》の動物《どうぶつ》はすでに絶滅《ぜつめつ》していた。

いずれにせよ、戦《たたか》いは終《おわ》った。余裕《よゆう》がでてきた。世《よ》の中《なか》は少《すこ》しずつ落《お》ちついていった。

両親《りょうしん》は子供《こども》を、なによりもかわいがった。その一人《ひと》っ子《こ》たちは、成長《せいちょう》すると両親《りょうしん》から財産《ざいさん》をうけつぎ、何代《なんだい》かたつと、だれもが裕福《ゆうふく》になるのだった。みんなそれぞれ資本家《しほんか》や地主《じぬし》になった。

それに、かつてのように、わけもわからず働《はたら》きつづけることもいらなかった。働《はたら》く時間《じかん》は少《すく》なくなった。大規模《だいきぼ》な生産設備《せいさんせつび》は、ちょっと動《うご》かすだけでもあり余《あま》る商品《しょうひん》を作《つく》り出《だ》し、大気圏外進出《たいきけんがいしんしゅつ》のための宇宙《うちゅう》船《せん》を作《つく》る工場《こうじょう》なども不要《ふよう》となった。

宇宙《うちゅう》にでかけていた移民《いみん》たちは、つぎつぎと引《ひ》きあげてきた。

「ばかばかしい。地球《ちきゅう》で暮《くら》せるのに、宇宙《うちゅう》であくせく働《はたら》くことはないじゃないか。」

「そうさ。人間《にんげん》には、地球《ちきゅう》が一番《いちばん》だよ。」

遺産成金《いさんなりきん》たちの乗《の》った宇宙《うちゅう》船《せん》は、地球《ちきゅう》めざして降《ふ》りそそいだ。よほど運《うん》の悪《わる》くない限《かぎ》り、遺産成金《いさんなりきん》になれた。だが、その運《うん》の悪《わる》い連中《れんちゅう》にも、子供《こども》に死《し》なれた夫婦《ふうふ》からの養子《ようし》の口《くち》が待《ま》っていた。

依然《いぜん》として、一組《ひとくみ》の夫婦《ふうふ》から一人《ひとり》しか子供《こども》が生《う》まれなかった。原因《げんいん》については前《まえ》より熱《ねっ》心《しん》に研究《けんきゅう》されたが、結論《けつろん》はどうしても得《え》られなかった。

人類《じんるい》の滅亡《めつぼう》。たしかに人類《じんるい》は滅亡《めつぼう》への道《みち》を進《すす》んでいた。しかし、滅亡《めつぼう》といっても、かつて人類《じんるい》がその発展期《はってんき》に自分勝手《じぶんかって》に想像《そうぞう》し、自分勝手《じぶんかって》に恐怖《きょうふ》したような、沈《しず》んだ暗《くら》い感《かん》じなど少《すこ》しもなかった。青年《せいねん》のころに思《おも》い悩《なや》んだ死《し》と、天寿《てんじゅ》をまっとうする前《まえ》の老人《ろうじん》の考《かんが》える死《し》との間《あいだ》には、ちがいがある。むしろ明《あか》るい楽《たの》しげな時代《じだい》となった。

すべての生産《せいさん》は停止《ていし》した。しかし、食料《しょくりょう》や電力《でんりょく》は、滅亡《めつぼう》までには充分《じゅうぶん》ある。だれも働《はたら》かなかった。働《はたら》くことの意味《いみ》がない。消費《しょうひ》するだけの生活《せいかつ》でも、道徳的《どうとくてき》にまちがいではなかった。人類《じんるい》の未来《みらい》には、限度《げんど》がある。このことを悟《さと》ると、考《かんが》え方《かた》は一変《いっぺん》した。

長《なが》いあいだ、人類《じんるい》は無限《むげん》の発展《はってん》を信《しん》じていた。そして、意識《いしき》するしないにかかわらず、未来《みらい》の子孫《しそん》たちのために、より良《よ》い社会《しゃかい》を残《のこ》そうとして、すべての人《ひと》があらゆる時代《じだい》に働《はたら》きつづけて来《き》たのだった。その合計《ごうけい》したら数《かぞ》え切《き》れない過去《かこ》の人《ひと》びとは、いまとなってみると、この滅亡期《めつぼうき》の人間《にんげん》たちの、どれいだったのだ。

いまはみなが貴族《きぞく》となった。過去《かこ》の膨大《ぼうだい》な人類《じんるい》にかしずかれ、その血《ち》みどろの努力《どりょく》の成《せい》果《か》を味《あじ》わうだけの生活《せいかつ》をすればよかった。貴族《きぞく》だから、なんでも気《き》のむくまま、したいことができた。

真《しん》の貴族《きぞく》は、金銭《きんせん》など問題《もんだい》にしない。ダイヤを山《やま》と積《つ》み、火《ひ》をつけ、そのまわりで古《ふる》い酒《さけ》を浴《あ》びるように飲《の》んで夜《よる》をすごす者《もの》もあった。あまり面白《おもしろ》いことではないが、世界中《せかいじゅう》を旅行《りょこう》してまわる者《もの》もいた。昔《むかし》から大切《たいせつ》に保存《ほぞん》されてきた遺跡《いせき》をぶちこわし、住《す》む者《もの》のなくなった地方《ちほう》を見《み》つけると、核兵器《かくへいき》を飛行機《ひこうき》から投《な》げつけるといった、高価《こうか》な遊《あそ》びをつづけた。

古代《こだい》の書物《しょもつ》も、高度《こうど》な科学《かがく》の論文《ろんぶん》も、なにもかもいっしょに消《き》えていった。だれも制止《せいし》する者《もの》はない。学問《がくもん》など、いらないのだ。いい子孫《しそん》を残《のこ》そうという欲求《よっきゅう》からの恋愛《れんあい》、立身《りっしん》出世《しゅっせ》、未来《みらい》をも支配《しはい》しようとする権力《けんりょく》争《あらそ》い、戦争《せんそう》。そんなことをあつかった物語《ものがたり》や教訓《きょうくん》は、過去《かこ》のどれいたちの読《よ》むもので、貴族《きぞく》たちには無意味《むいみ》だった。また、どんな科学《かがく》も、人間《にんげん》のいなくなる世界《せかい》には無関係《むかんけい》のものだった。

人《ひと》びとは、なにものにも執着《しゅうちゃく》しない一生《いっしょう》を送《おく》れた。冬《ふゆ》が迫《せま》った秋晴《あきば》れの日《ひ》の空《そら》のような、かげのまったくない、透明《とうめい》な気分《きぶん》の人《ひと》たちの暮《くら》していた時代《じだい》だった。

地球《ちきゅう》上《じょう》でいちばんいい地方《ちほう》。たった一軒《けん》だけ残《のこ》った家《いえ》の、すばらしい部屋《へや》に、若《わか》い夫婦《ふうふ》が住《す》んでいた。このほかには、どこをさがしても、人間《にんげん》はいなかった。彼《かれ》らは世界《せかい》の王《おう》と王妃《おうひ》だった。昔《むかし》から多《おお》くの人間《にんげん》たちが望《のぞ》み、だれ一人《ひとり》として得《え》られなかった地位《ちい》。全世《ぜんせ》界《かい》と全人類《ぜんじんるい》の作《つく》り上《あ》げた財産《ざいさん》の所有者《しょゆうしゃ》と呼《よ》べた。もっとも、財産《ざいさん》の方《ほう》は、貴族《きぞく》たちによって大部分《だいぶぶん》なくなってはいた。しかし、王《おう》と王妃《おうひ》は、そんなことをいっこうに気《き》にしなかった。いばることもなく、残念《ざんねん》がることもなかった。

王《おう》と王妃《おうひ》には、それぞれ名前《なまえ》はあったが、使《つか》われることがなかった。名前《なまえ》は「あなた」でも「おい」でも「ねえ」でも、なんでもよかった。

「ねえ、いいことに気《き》がついたわ。」

「なんだい。」

「あたしたち、なにも、着物《きもの》をつけている必要《ひつよう》はないんじゃない。」

そう言《い》えばそうだった。べつに羞恥心《しゅうちしん》は起《おこ》らなかった。世界《せかい》はどこでも彼《かれ》らの家《いえ》だったし、他人《たにん》はいないのだ。それに、彼《かれ》らは生《う》まれた時《とき》から、いや、生《う》まれる前《まえ》からの婚約者《こんやくしゃ》だった。

二人《ふたり》は服《ふく》も下着《したぎ》もぬぎすて、はだかのまま毎日《まいにち》を過《す》ごした。すべてに面倒《めんどう》くさくないだけが、とりえだった。はだかになった二人《ふたり》の皮膚《ひふ》の色《いろ》は、なんとも形容《けいよう》しようのない色《いろ》だった。白《しろ》でもあり黒《くろ》でもあり、褐色《かっしょく》や黄色味《きいろみ》もおびていた。瞳《ひとみ》も髪《かみ》も同《おな》じことだった。彼《かれ》ら

はどの人種《じんしゅ》にも属《ぞく》していたのだ。人口《じんこう》が減《へ》りはじめて以後《いご》、混血《こんけつ》が行《おこな》われるようになったからだった。

比較《ひかく》するものがないので、美《うつく》しいといえるかどうかはわからなかったが、おたがいに美《うつく》しいと認《みと》めあっていた。口《くち》に出《だ》してたしかめなくても、完全《かんぜん》に信《しん》じあい愛《あい》しあっていた。嫉妬《しっと》を抱《いだ》いたこともなかった。人類《じんるい》はじまって以来《いらい》、だれもが理想《りそう》としてきた、絶対的《ぜったいてき》な愛《あい》の姿《すがた》といえた。

そして、彼女《かのじょ》は子供《こども》を宿《やど》した。

「最後《さいご》の子供《こども》ね。」

「男《おとこ》の子《こ》だろうか、女《おんな》の子《こ》だろうか。」

「名前《なまえ》を考《かんが》えておきましょうよ。」

しかし、あれこれ迷《まよ》っているうちに、二人《ふたり》は顔《かお》を見合《みあ》わせて笑《わら》った。名前《なまえ》の必要《ひつよう》はなかった。

出産《しゅっさん》の日《ひ》が近《ちか》づいた。彼女《かのじょ》は部屋《へや》に入《はい》った。そこには、分娩《ぶんべん》にも使《つか》える自動式《じどうしき》の万能医《ばんのうい》療装置《りょうそうち》の一台《だい》が、人類最後《じんるいさいご》の一人《ひとり》の誕生《たんじょう》のために残《のこ》されていたのだ。

難産《なんざん》のため、出産《しゅっさん》は長《なが》びいた。男《おとこ》は落《お》ち着《つ》かぬ気分《きぶん》で待《ま》った。機械《きかい》にまかせて、見《み》まもる以外《いがい》にないのだった。

ランプが美《うつく》しく点滅《てんめつ》し、出産《しゅっさん》は完了《かんりょう》した。赤《あか》ん坊《ぼう》はただちに、プラスチック製《せい》の保育器《ほいくき》のなかへと自動的《じどうてき》に運《はこ》ばれていった。だが、妻《つま》のほうは、すっかり弱《よわ》っていた。機械《きかい》は危険《きけん》を示《しめ》す赤《あか》いランプを明滅《めいめつ》させながら、万全《ばんぜん》の手当《てあて》をいそがしくつづけた。しかし、彼女《かのじょ》はますます衰弱《すいじゃく》してゆくばかりだった。

彼女《かのじょ》は保育器《ほいくき》の上《うえ》で光《ひか》る青《あお》ランプにより、子供《こども》は無事《ぶじ》であることを知《し》って言《い》った。

「子供《こども》のことをお願《ねが》いするわ。」

彼《かれ》のうなずくのを見《み》て、安《やす》らかに息《いき》を引《ひ》きとった。夫《おっと》に先立《さきだ》つ妻《つま》の死《し》にぎわとして、こんな安《やす》らかなものはなかった。夫《おっと》はだれとも再婚《さいこん》せず、妻《つま》の思《おも》い出《で》だけを抱《いだ》いて、子供《こども》を育《そだ》てつづけてくれるだろう。

しかし、男《おとこ》にとっては、まったく反対《はんたい》だった。文字通《もじどお》りのかけがえのない妻《つま》だったから。長《なが》いあいだ、彼《かれ》は妻《つま》のなきがらにすがりついて泣《な》きつづけた。そして、泣《な》きつかれて眠《ねむ》った。

彼《かれ》の眠《ねむ》っているあいだにも、医療《いりょう》装置《そうち》は動《うご》きつづけた。それには、死後《しご》一定時間《いっていじかん》たつと、自動的《じどうてき》に処理《しょり》してしまう装置《そうち》もついていた。彼《かれ》はそれを止《と》めておくのを忘《わす》れていたため、機械《きかい》は妻《つま》の死体《したい》を完全《かんぜん》に分解《ぶんかい》し終《お》わった。

彼《かれ》が目《め》をさました時《とき》、そこには小《ちい》さな杭《くい》のような、一端《いったん》のとがった骨《ほね》が一本残《ぼんのこ》されているだけだった。このとがったほうを、墓地《ぼち》ドームの床《ゆか》にさせば墓《はか》となる。かつてあまりに人口《じんこう》のふえすぎた時代《じだい》、墓地《ぼち》に使《つか》う地面《じめん》を節約《せつやく》するため、こんな方法《ほうほう》が採用《さいよう》された。そんなところに作《つく》られた機械《きかい》だったので、彼《かれ》が目《め》をさました時《とき》には、すべてが手《て》おくれとなっていた。

彼《かれ》はその骨《ほね》をだきしめ、前《まえ》より激《はげ》しく泣《な》きつづけた。妻《つま》のなきがらを防腐《ぼうふ》したまま、彼《かれ》の死《し》ぬ時《とき》まで残《のこ》しておきたかった。しかし、もうどうにもならない。だれも味《あじ》わったことのない、大《おお》きな別離《べつり》の悲《かな》しみだった。

彼《かれ》は骨《ほね》を抱《だ》き、ふらふらと外《そと》に歩《あゆ》み出《で》た。悲《かな》しみを打《う》ち明《あ》ける相手《あいて》もなく、なぐさめてくれる相手《あいて》もなかった。ラジオもテレビもなく、心《こころ》を安《やす》らかにする音楽《おんがく》も流《なが》れていず、静《せい》寂《じゃく》の世界《せかい》だった。子供《こども》が成長《せいちょう》し、保育器《ほいくき》から出《だ》せるようになり、話《はな》し相手《あいて》になってくれるまでは。

男《おとこ》は、聞《き》く者《もの》のあるはずがないのに大声《おおごえ》でわめき、目《め》に涙《なみだ》をあふれさせ、力《ちから》をこめて骨《ほね》を胸《むね》にだきしめ、夢中《むちゅう》でかけまわった。

その時《とき》だった。彼《かれ》はつまずき足《あし》が乱《みだ》れ、前《まえ》に倒《たお》れた。骨《ほね》のとがった一端《いったん》が、はだかの胸《むね》に深《ふか》くつきささり、血《ち》が激《はげ》しく流《なが》れ出《だ》した。

男《おとこ》は起《お》きあがれず、骨《ほね》はなかなか抜《ぬ》けなかった。子供《こども》をあのままにしては死《し》ねない。はいながら治療《ちりょう》装置《そうち》にたどりつこうと、彼《かれ》はもがいた。しかし、血《ち》は流《なが》れつづけ、ついに力《ちから》がつきた。

雨《あめ》が降《ふ》り、日《ひ》が照《て》り、風《かぜ》が吹《ふ》き、男《おとこ》の死体《したい》はいつのまにか風化《ふうか》し、飛《と》びちった。


地球《ちきゅう》は、その表面《ひょうめん》の出来事《できごと》にはおかまいなく回《まわ》りつづけた。

薄暗《うすぐら》い保育器《ほいくき》のなかの赤《あか》ん坊《ぼう》は、静《しず》かに成長《せいちょう》をつづけていった。世界《せかい》には、ほかに成長《せいちょう》をつづけるものはなかった。外部《がいぶ》から指示《しじ》を与《あた》える者《もの》はなくても、保育器《ほいくき》は赤《あか》ん坊《ぼう》のため、温度《おんど》を調節《ちょうせつ》し空気《くうき》を流通《りゅうつう》させ、栄養《えいよう》と適当《てきとう》な運動《うんどう》を与《あた》えるのだった。

赤《あか》ん坊《ぼう》は男《おとこ》でも女《おんな》でもなかった。一人《ひとり》しかない人間《にんげん》にとって、一つしかない生物《せいぶつ》にとって、性《せい》の区別《くべつ》など意味《いみ》がなかった。赤《あか》ん坊《ぼう》は、しだいに育《そだ》った。手足《てあし》を動《うご》かしても、触《ふ》れるものは、弾力《だんりょく》のある柔《やわら》かいプラスチックの覆《おお》いだけだった。そして、薄暗《うすぐら》さだけが、そのなかにみちていた。

なんとなく薄暗《うすぐら》いな。明《あか》るさというものをまったく知《し》らなかったが、もっと明《あか》るくていいはずだと思《おも》った。しかし、外《そと》から保育器《ほいくき》をあけてくれる者《もの》はいないのだ。

保育器《ほいくき》のなかで成長《せいちょう》したものが抱《いだ》いた最初《さいしょ》の意識《いしき》は、ここは薄暗《うすぐら》いということだった。

そして、その感《かん》じはしだいに高《たか》まり、その絶頂《ぜっちょう》で衝動《しょうどう》は思《おも》わず声《こえ》となって出《で》た。

「光《ひかり》あれ。」

保育器《ほいくき》はこわれた。そこからはい出《だ》し、ひろい空間《くうかん》のあることを知《し》った。

この空間《くうかん》にむかって、なにかをしなくてはいけないのだな、と思《おも》った。だれに教《おし》えられたわけでもなかったが、そのやるべきことの全部《ぜんぶ》を知《し》っているような気《き》がした。また、それが必《かなら》ずできるという自信《じしん》もあった。

処刑《しょけい》

その男《おとこ》は、パラシュートをはずす気力《きりょく》もなく、砂《すな》の上《うえ》に横《よこ》たわったまま目《め》で空《そら》をさがした。

うす青《あお》く澄《す》み切《き》った高《たか》い空《そら》に浮《う》かぶ、小《ちい》さな羽毛《うもう》のような雲《くも》のそばに、みるみる小《ちい》さくなって行《い》く宇宙《うちゅうてい》艇《》をみつけた。少《すこ》し前《まえ》、パラシュートをつけた彼《かれ》をつき落《お》していった宇《う》宙艇《ちゅうてい》だ。それはさらに小《ちい》さくなり、空《そら》にとけ込《こ》んで消《き》えた。

彼《かれ》と地球《ちきゅう》とのつながりは、これでまったくたち切《き》られた。もう、心《こころ》をごまかしようがない。これからは、いつ現《あらわ》れるか知《し》れない死《し》を待《ま》つ時間《じかん》だけがつづく。いまや処刑《しょけい》の地《ち》、赤《あか》い惑星上《わくせいじょう》にいるのだった。

酷熱《こくねつ》というほどではないが、暑《あつ》かった。彼《かれ》はのどの渇《かわ》きに気《き》がついて、そばにころがっている銀色《ぎんいろ》の玉《たま》を見《み》た。銀《ぎん》の玉《たま》は日光《にっこう》を受《う》けて、静《しず》かに光《ひか》っていた。

地球《ちきゅう》では文明《ぶんめい》が進《すす》み、犯罪《はんざい》がふえていた。文明《ぶんめい》が進《すす》むと、犯罪《はんざい》がふえるのではないか。この、むかしだれもが持《も》った不安《ふあん》は、すでに現実《げんじつ》となっていた。軽金属《けいきんぞく》できらきらするビル。複雑《ふくざつ》にはりめぐらされた、自動装置《じどうそうち》のための配線《はいせん》。大小《だいしょう》さまざまの電子部品《でんしぶひん》。

このような無味乾燥《むみかんそう》なものがいっぱいにつまった都会《とかい》の、どこから、またどうして、なまなましい犯罪《はんざい》が生《う》まれてくるのかは、ちょっと不思議《ふしぎ》でもあった。しかし、犯罪《はんざい》は起《おこ》っていた。殺人《さつじん》、強盗《ごうとう》、器物破壊《きぶつはかい》、暴行《ぼうこう》。それに数《かぞ》え切《き》れない傷害《しょうがい》、窃盗《せっとう》。

もちろん、この対策《たいさく》は万全《ばんぜん》だった。電子頭脳《でんしずのう》を使《つか》ったスピード裁判《さいばん》。以前《いぜん》の何年《なんねん》もかかる裁判《さいばん》は改善《かいぜん》され、検事《けんじ》、弁護士《べんごし》、裁判長《さいばんちょう》の役《やく》をひとつの裁判機械《さいばんきかい》がおこなっていた。逮《たい》捕《ほ》された次《つぎ》の日《ひ》には、刑《けい》が確定《かくてい》する。その刑《けい》は重《おも》かった。悲惨《ひさん》な被害者《ひがいしゃ》の印象《いんしょう》がうすれないうちに確定《かくてい》する刑《けい》は、重《おも》くなければならなかった。

あんな刑《けい》では、被害者《ひがいしゃ》がかわいそうだ。この素朴《そぼく》な大衆《たいしゅう》の要求《ようきゅう》は、刑《けい》をますます重《おも》くしていった。そのたびに、裁判機械《さいばんきかい》の配線《はいせん》は変《か》えられ、刑《けい》はより重《おも》くなるのだった。しかも、宗教《しゅうきょう》をほとんど一掃《いっそう》してしまってからは、犯罪《はんざい》を押《お》さえるには、重《おも》い刑《けい》しかなかった。また犯行《はんこう》よりも刑《けい》の方《ほう》が苦《くる》しくなくては、その役《やく》に立《た》たなかった。

処刑方法《しょけいほうほう》として最後《さいご》に考《かんが》え出《だ》されたのが、赤《あか》い惑星《わくせい》の利用《りよう》だ。探検《たんけん》ロケットがはじめて行《い》きついてからしばらくのあいだの、この星《ほし》へのさわぎは大変《たいへん》なものだった。学術上《がくじゅつじょう》の新《あたら》しい発見《はっけん》、産業上《さんぎょうじょう》の新《あたら》しい資源《しげん》、観光旅行《かんこうりょこう》。

だが、調査《ちょうさ》がしつくされ、採算可能《さいさんかのう》の資源《しげん》をとりつくされたあとの惑星《わくせい》は、もう意味《いみ》がなかった。地球《ちきゅう》のひとびとは限度《げんど》のない宇宙進出《うちゅうしんしゅつ》をつづけるより、地球《ちきゅう》を天国《てんごく》として完成《かんせい》した方《ほう》が利口《りこう》なことに、気《き》がついた。

その星《ほし》は処刑地《しょけいち》にされ、犯罪者《はんざいしゃ》たちは宇宙船《うちゅうせん》で運《はこ》ばれ、小型《こがた》の宇宙艇《うちゅうてい》に移《うつ》されて、パラシュートでおろされるのだった。銀《ぎん》の玉《たま》を、ひとつ与《あた》えられて。

その男《おとこ》は、銀色《ぎんいろ》の玉《たま》をこわごわみつめた。ますます激《はげ》しくなる渇《かわ》きは、彼《かれ》にパラシュートをはずさせ、玉《たま》に近《ちか》よらせた。彼《かれ》はそっと、手《て》にとる。しかし、それについているボタンを押《お》すことは、ためらった。

最初《さいしょ》の一回《かい》なんだから、大丈夫《だいじょうぶ》だろう。だが、この気《き》やすめを追《お》いかけて、

「第一回目《だいかいめ》でやられたやつも、あるそうだ。」

という地球《ちきゅう》でのうわさが、まざまざと頭《あたま》に浮《う》かんだ。彼《かれ》はまわりを見《み》まわし、このボタンを遠《とお》くから押《お》す工夫《くふう》はないものかと思《おも》った。しかし、それをあざ笑《わら》うように、

「ボタンは手《て》で押《お》さない限《かぎ》り、絶対《ぜったい》にだめですよ。」

という、彼《かれ》に玉《たま》を渡《わた》す時《とき》の、宇宙《うちゅうせんじょうむいん》 船乗務員の言葉《ことば》が思《おも》い出《だ》された。おそらく、その通《とお》りだろう。そんなことが出来《でき》るのなら、この銀《ぎん》の玉《たま》の価値《かち》はないのだから。

渇《かわ》きはつよまった。唾液《だえき》は、さっきからまったく出《で》なかった。もう、がまんはできない。彼《かれ》は高所《こうしょ》から飛《と》びおりる寸前《すんぜん》のような、恐怖《きょうふ》とやけとのまざりあった気持《きも》ちで、ボタンにあてた指《ゆび》に力《ちから》を入《い》れた。

ジーッ。玉《たま》は、なかで音《おと》をたてた。彼《かれ》はあわてて、指《ゆび》をはなす。音《おと》はやんだ。助《たす》かったな。ボタンと反対側《はんたいがわ》の底《そこ》をちょっと押《お》すと、その部分《ぶぶん》がはずれて、銀色《ぎんいろ》のコップが出《で》てきた。

コップの底《そこ》には、水《みず》が少《すこ》しばかりたまっていた。彼《かれ》はそれをみつけ、勢《いきお》いよく口《くち》のなかにぶちまける。もちろん、ぶちまけるといったほどの量《りょう》はなかったが、からからになっていたのどの渇《かわ》きを、一応《いちおう》はとめた。

彼《かれ》は舌《した》をコップのなかにのばし、その底《そこ》をなめようとしたが、それはできなかった。もっとも、とどいたとしても、一滴《てき》あるかないかの程度《ていど》だ。彼《かれ》はカチリと音《おと》をさせて、コップをもとにおさめた。

そうそう、そんな調子《ちょうし》でいいのよ。もっと、飲《の》みたいんじゃないの。銀《ぎん》の玉《たま》は笑《わら》いかけるように、ふるえる彼《かれ》の手《て》の上《うえ》で、きらきら光《ひか》った。

遠《とお》く地平線《ちへいせん》のかなたから、爆発《ばくはつ》の音《おと》が伝《つた》わってきた。

銀《ぎん》の玉《たま》は、直径《ちょっけい》約《やく》三十センチ。表面《ひょうめん》には、たくさんの細《こま》かい穴《あな》があいている。押《お》しボタンがひとつ、その反対側《はんたいがわ》には、コップのさし込《こ》み口《ぐち》。ボタンを押《お》せば水《みず》がそのコップにたまる。

これは空気中《くうきちゅう》の水蒸気分子《すいじょうきぶんし》を、強力《きょうりょく》に凝結《ぎょうけつ》させる装置《そうち》なのだ。人工《じんこう》サボテンとも呼《よ》ばれている。この星《ほし》を旅行《りょこう》する者《もの》には、なくてはならない装置《そうち》だった。しかし、文明《ぶんめい》の利器《りき》には、かならず二通《ふたとお》りの使《つか》い方《かた》がある。彼《かれ》の持《も》っている、また、いまこの星《ほし》の上《うえ》にいるすべての者《もの》が持《も》っているこの銀《ぎん》の玉《たま》は、処刑《しょけい》の機械《きかい》なのだ。もちろん、水《みず》は出《で》る。しかし、ある回数以上《かいすういじょう》ボタンが押《お》されると、内部《ないぶ》の超小型原爆《ちょうこがたげんばく》が爆発《ばくはつ》し、三十メートルの周囲《しゅうい》のものを一瞬《いっしゅん》のうちに吹《ふ》きとばす。

その爆発《ばくはつ》までの回数《かいすう》は、だれも決《けっ》して知《し》らされないのだった。


だれか、やったな。男《おとこ》は反射的《はんしゃてき》に手《て》の銀《ぎん》の玉《たま》を砂《すな》の上《うえ》におろし、二、三歩《ぽ》はなれた。しかし、ボタンを押《お》さない時《とき》に爆発《ばくはつ》することは、ないのだ。彼《かれ》はこれに気《き》がつき、それ以上《いじょう》はなれるのをやめた。しかし、玉《たま》をまともに見《み》る気《き》も、しなかった。渇《かわ》きは、いくらかおさまっていた。

これから、いったい、なにをすればいいんだ。彼《かれ》は立《た》ったまま、見《み》まわしてみた。地平《ちへい》線《せん》の近《ちか》いこの星《ほし》では、そう遠《とお》くまで見渡《みわた》せない。より遠《とお》くを眺《なが》めるには、そばにある砂丘《さきゅう》にのぼる以外《いがい》になかった。

砂丘《さきゅう》の上《うえ》に立《た》つと、むこうに小《ちい》さな街《まち》が見《み》えた。街《まち》といっても三十軒《けん》あるかないかの、むかしの西部劇《せいぶげき》にでてくるような、安《やす》っぽいものだった。開拓時代《かいたくじだい》のなごりで、住《す》んでいる者《もの》がいるはずはなかった。彼《かれ》のような死刑囚《しけいしゅう》にめぐり会《あ》える可能性《かのうせい》も、こんな街《まち》では少《すく》ない。

しかし、ここにぼんやりしているのも、いたたまれない気持《きも》ちだ。死《し》を見《み》つめながらじっとしているより、なにか気《き》をまぎらす、くふうをしたほうがいい。それには、あの無人《むじん》の街《まち》にいちおう目標《もくひょう》をたてて、歩《ある》いてみるのも一つのやり方《かた》だろう。道路《どうろ》は砂丘《さきゅう》のすそを通《とお》って、その街《まち》にのびていた。

あの街《まち》まで、行《い》ってみよう。彼《かれ》は、銀《ぎん》の玉《たま》をとりにもどった。

あたしを、置《お》いて行《い》くつもりじゃないでしょうね。

玉《たま》は、砂《すな》の上《うえ》で待《ま》っていた。穴《あな》のたくさんあいた玉《たま》の表面《ひょうめん》は、きらきらと光《ひか》り、それの持《も》ち主《ぬし》のその時《とき》の気分《きぶん》を反映《はんえい》して、表情《ひょうじょう》を作《つく》るように見《み》えるのだった。彼《かれ》は玉《たま》を抱《かか》え、砂丘《さきゅう》を越《こ》え道路《どうろ》に下《お》りた。舗装《ほそう》された道路《どうろ》は、ところどころ砂《すな》でうずまりかけ、歩《ある》きにくい所《ところ》もあったが、彼《かれ》はそれをつたって街《まち》をめざした。


ちくしょう。なんで、こんなことになったんだ。しかし、この文句《もんく》は、それ以上《いじょう》つづかなかった。わめいてみたって、なんの役《やく》にも立《た》ちはしない。彼《かれ》はたしかに人《ひと》を殺《ころ》したのだし、殺人者《さつじんしゃ》がここで処刑《しょけい》されることは、地球上《ちきゅうじょう》のメカニズムのひとつなのだ。その動機《どうき》や理由《りゆう》などは、問題《もんだい》でなかった。殺《ころ》すつもりでなくても、殺《ころ》すつもりであっても、殺《ころ》された側《がわ》にとっては同《おな》じ事《こと》なのだから。地球《ちきゅう》の重《おも》さに匹敵《ひってき》するとまでたとえられた、個人《こじん》の生命《せいめい》。それを奪《うば》った者《もの》が、許《ゆる》されていい理由《りゆう》はない。

それに、たとえ弁解《べんかい》する機会《きかい》が与《あた》えられても、多《おお》くの者《もの》には、なんとも説明《せつめい》のしようがなかった。彼《かれ》もまた同《おな》じだった。しかし、説明《せつめい》はできなくても、原因《げんいん》はあった。それは衝動《しょうどう》とでも呼《よ》ぶべきものだった。

朝《あさ》から晩《ばん》まで単調《たんちょう》なキーの音《おと》を聞《き》き、明滅《めいめつ》するランプを見《み》つめているような仕事《しごと》。それの集《あつ》まった一週間《しゅうかん》。それの集《あつ》まった一カ月《げつ》。その一カ月《げつ》が集《あつ》まった一年《ねん》。その一年《ねん》で成《な》り立《た》つ、一生《いっしょう》。

しかし、それに対《たい》して、不満《ふまん》をいだきはじめたら、もう最後《さいご》なのだ。逃《に》げようとしても、行《ゆ》き場《ば》はない。機械《きかい》はそのうち、そのような反抗心《はんこうしん》を持《も》った人間《にんげん》を見《み》ぬき、片《かた》づけてしまう。片《かた》づけるといっても、機械《きかい》が直接《ちょくせつ》に手《て》を下《くだ》すわけではない。その人間《にんげん》に、犯罪《はんざい》を犯《おか》させるのだ。

いらいらしたものは、少《すこ》しずつそんな人間《にんげん》のなかにたまる。酒《さけ》やセックスでまぎらせるうちは、まだいい。麻《ま》薬《やく》に走《はし》るものもでる。麻《ま》薬《やく》を手《て》にいれることのできないものは、どうにも処理《しょり》しようのない内心《ないしん》を押《おさ》え切《き》れなくなって、ちょっとしたことで爆発《ばくはつ》させる。傷害《しょうがい》だ。そして、彼《かれ》の場合《ばあい》は、殺人《さつじん》となってしまった。だから殺人《さつじん》は計画的《けいかくてき》でもなく、うらみとか、金銭《きんせん》とか、嫉妬《しっと》といったもっともらしい動機《どうき》があるわけでもなかった。したがって、ここ赤《あか》い惑星《わくせい》の囚人《しゅうじん》には、被害者《ひがいしゃ》の顔《かお》をおぼえていない者《もの》さえ多《おお》い。彼《かれ》もそうだった。

しかし、いずれにしろ、殺人《さつじん》は殺人《さつじん》だ。

このように、機械《きかい》にむかって対等《たいとう》、あるいはそれ以上《いじょう》につきあおうなどとの考《かんが》えを持《も》った人間《にんげん》は、まんまと機械《きかい》の手《て》にのり、裁判所《さいばんしょ》に送《おく》られる。裁判所《さいばんしょ》の機械《きかい》は冷静《れいせい》に動《うご》き、決《けつ》して誤審《ごしん》のない、正確《せいかく》きわまる判決《はんけつ》を下《くだ》す。脳波《のうは》測定機《そくていき》、自白薬《じはくやく》の霧《きり》、最新式《さいしんしき》のうそ発見《はっけん》器《き》は、くみ合《あ》わされた一連《いちれん》の動《うご》きをおこなって、たちまちのうちに、事実《じじつ》を再現《さいげん》してしまうのだから。

「おれには、人間性《にんげんせい》がないのか。」

このようなありふれた反問《はんもん》に対《たい》して、機械《きかい》は人工《じんこう》の声《こえ》で、ゆっくり答《こた》える。

「被害者《ひがいしゃ》のことを、考《かんが》えてみよ。」

そして、明白《めいはく》な事故《じこ》と正当防衛《せいとうぼうえい》の場合《ばあい》を除《のぞ》いて、殺人犯《さつじんはん》はすべてこの星《ほし》に送《おく》られ、銀《ぎん》の玉《たま》に処刑《しょけい》をまかされるのだった。

ほぼ百パーセントに近《ちか》い検挙率《けんきょりつ》のなかでも、犯罪《はんざい》は絶《た》えなかった。巧妙《こうみょう》な粛清《しゅくせい》。機械《きかい》と共存《きょうぞん》のできない者《もの》、動物的衝動《どうぶつてきしょうどう》を持《も》つ者《もの》を整理《せいり》しようとしているのかもしれない。したがって、皮肉《ひにく》にもここに送《おく》られてくる者《もの》は、生命《せいめい》に執着《しゅうちゃく》する心《こころ》が強《つよ》かった。

ちくしょうめ。彼《かれ》は不満《ふまん》をなにかに集中《しゅうちゅう》して、憎悪《ぞうお》したかった。しかし、機械《きかい》を憎悪《ぞうお》することは、できるものではない。ひとりでも人間《にんげん》が裁判官《さいばんかん》の席《せき》にすわっていたのなら、それを心《こころ》に描《えが》いて憎悪《ぞうお》し、いくらか救《すく》いにできたかもしれない。

しかし、そう都合《つごう》よく行《い》くようには、なっていない。彼《かれ》のやり場《ば》のない不満《ふまん》は、からだから発散《はっさん》しなかった。これも処刑《しょけい》を、一段《いちだん》と苦痛《くつう》の多《おお》いものとするために考《かんが》えられた、手《しゅ》段《だん》のひとつかも知《し》れないのだった。

のどが、ふたたび渇《かわ》いてきた。地球《ちきゅう》より酸素《さんそ》の少《すく》ない空気《くうき》のため、より多《おお》くの呼吸《こきゅう》をしなくてはならなかったし、湿度《しつど》の少《すく》なさは、そのたびに水分《すいぶん》をからだから奪《うば》い去《さ》っていた。水《みず》が飲《の》みたい。鼻《はな》の奥《おく》やのどに、熱《ねっ》した塩《しお》をつめ込《こ》まれているようだった。男《おとこ》は抱《かか》えている玉《たま》を、ちらと見《み》た。

早《はや》くボタンを押《お》したら。

冷《つめ》たいこびを含《ふく》んで、笑《わら》ったように見《み》えた。昔《むかし》のマタハリとかいう女《おんな》スパイのウインクは、こんな感《かん》じだったのかな。彼《かれ》は、つまらんことを連想《れんそう》したものだと、苦笑《くしょう》した。

街《まち》は近《ちか》くなっていた。あの街《まち》までは、水《みず》を飲《の》むまい。彼《かれ》はそうきめて、水《みず》を節約《せつやく》するてだてとした。それに、あそこには、なにかあるかも知《し》れないのだ。いま爆死《ばくし》するより、街《まち》を見《み》てから死《し》んだほうが、後悔《こうかい》も少《すく》ないように思《おも》えた。彼《かれ》は細《ほそ》い細《ほそ》い管《くだ》で息《いき》をつくようにあえぎながら、街《まち》に入《はい》った。

家々《いえいえ》は道《みち》の両側《りょうがわ》に、十軒《けん》ぐらいずつ並《なら》んでいた。だが、まっさきに彼《かれ》の目《め》をとらえたのは、そのまんなかあたりの右側《みぎがわ》の一軒《けん》が飛《と》び散《ち》り、壊滅《かいめつ》した跡《あと》だった。思《おも》わず、足《あし》が止《と》まった。

だれか、前《まえ》にここでやられたやつがいる。おそらく、その男《おとこ》も、砂漠《さばく》を通《とお》ってこの街《まち》にたどりついたのだろう。なにかここに、絶《た》えまない死《し》の恐怖《きょうふ》から救《すく》ってくれるものがないかと思《おも》って。

一軒一軒《いっけんいっけん》を見《み》まわったあげく、それとも、ついたとたんだったかもしれないが、この家《いえ》のベッドの上《うえ》か、椅子《いす》の上《うえ》か、あるいは家《いえ》の前《まえ》のふみ石《いし》の上《うえ》かで、最後《さいご》の水《みず》を飲《の》もうとしたのだ。一軒《けん》の家《いえ》はこなごなになり、両《りょう》どなりの家《いえ》もあらかたこわれ、道《みち》をへだてたむかいの家《いえ》のガラス窓《まど》は、めちゃめちゃになっていた。

男《おとこ》はその跡《あと》を見《み》つめながら、立《た》ちつくした。考《かんが》えまいとしても、自分《じぶん》をそこにおいた想像《そう》をしないでは、いられなかった。考《かんが》えをそらそうとしても、それはできなかった。夕《ゆう》ぐれが迫《せま》って、彼《かれ》の影《かげ》が家《いえ》の破片《はへん》のとび散《ち》った空虚《くうきょ》な街《まち》の、道路《どうろ》の上《うえ》に長《なが》く長《なが》く伸《の》びるまで。

赤味《あかみ》をおびた砂漠《さばく》の上《うえ》を走《はし》って、沈《しず》みかかった太陽《たいよう》の光《ひかり》は、その家並《いえな》みの欠《か》け目《め》から彼《かれ》の顔《かお》にまともにあたり、赤《あか》くいろどった。渇《かわ》きをふたたび激《はげ》しくよびさまされ、彼《かれ》は玉《たま》を見《み》た。銀《ぎん》の玉《たま》も、あざやかな赤《あか》に燃《も》えていた。

どう。

玉《たま》は、彼《かれ》に誘《さそ》いをかけた。この時《とき》は、いつもの冷《つめ》たさが感《かん》じられなかった。よし。男《おとこ》は前《まえ》に進《すす》み、こなごなになったスレートや不燃建材《ふねんけんざい》などの、破片《はへん》の上《うえ》に立《た》った。砂漠《さばく》を横切《よこぎ》る真赤《まっか》な夕日《ゆうひ》の光《ひかり》、だれもいない街《まち》。いまなら、死《し》ねそうな気《き》もした。地《ち》球《きゅう》の文明《ぶんめい》に調和《ちょうわ》できなかった彼《かれ》にとっては、むしろ、すばらしい死《し》に場所《ばしょ》だった。彼《かれ》は太《たい》陽《よう》にむかい、立《た》ったままボタンにふれた。以前《いぜん》にここで死《し》んだ、だれともわからぬ男《おとこ》に、親《した》しみのような感情《かんじょう》をもいだいた。いまだ。思《おも》い切《き》って、ボタンを押《お》した。

ジーッ。玉《たま》は小《ちい》さなうなりをあげたが、彼《かれ》は夕日《ゆうひ》を見《み》つめ、もう少《すこ》しの辛抱《しんぼう》だと、指《ゆび》の力《ちから》を抜《ぬ》かなかった。音《おと》は止《と》まった。コップに、水《みず》が一杯《いっぱい》になったのだった。

男《おとこ》はわれにかえって、思《おも》わずコップをはずした。冷《つめ》たい水《みず》でふちまでみたされたコップが、重《おも》く手《て》の上《うえ》にある。もう考《かんが》える余裕《よゆう》もなく、口《くち》にぶつけた。

コップは歯《は》にあたり、水《みず》が少《すこ》しこぼれ、口《くち》のなかにはいった水《みず》も、はれあがったのどをうまく通《とお》らず、逆流《ぎゃくりゅう》してくちびるからあふれた。彼《かれ》はそのあふれた水《みず》を、ふるえる手《て》でコップにうけとめ、落《お》ちつきをとりもどしながら、あらためて、少《すこ》しずつ口《くち》に含《ふく》み、飲《の》み下《くだ》した。のどを通《とお》り、食道《しょくどう》を下《お》り、胃《い》にはいり、からだじゅうにしみ渡《わた》って行《い》く水《みず》をはっきりと感《かん》じた。

コップをさかさにして、しずくを口《くち》のなかに落《おと》し終《お》わると、さむけを覚《おぼ》えた。太陽《たいよう》が沈《しず》みきり、夜《よる》がしのび寄《よ》ったらしく、冷《つめ》たい風《かぜ》があたりにうごめいていた。

彼《かれ》の、ほんの少《すこ》し前《まえ》までの死《し》を受《う》け入《い》れてもいいような気《き》がまえは、まったく消《き》え去《さ》っていた。生《せい》への執着《しゅうちゃく》、死《し》の恐怖《きょうふ》、いまの瞬間《しゅんかん》を生《い》きて通《とお》り越《こ》せたという安心感《あんしんかん》が、どっと押《お》しよせた。立《た》っている家《いえ》のくずれ跡《あと》から、えたいのしれぬものがそっと起《お》き上《あ》がりはじめたような戦慄《せんりつ》で、とりはだが立《た》った。

彼《かれ》は道路《どうろ》にとびのき、はいってきたのと反対《はんたい》の方《ほう》に、早足《はやあし》で歩《ある》きかけた。道《みち》はふたたび、砂《さ》漠《ばく》にのびていた。防寒《ぼうかん》にも充分《じゅうぶん》な服《ふく》だから、寒《さむ》さを心配《しんぱい》することはない。だが、人間味《にんげんみ》のかけらさえない砂《さ》漠《ばく》に、さまよい出《で》る気《き》もしなかった。

しばらくたたずんでから、男《おとこ》は街《まち》のいちばんはずれの、飛《と》び散《ち》った家《いえ》と道《みち》をへだてた反《はん》対側《たいがわ》の家《いえ》の、ドアを引《ひ》いた。鍵《かぎ》はかかっていなかった。ドアが開《ひら》くと発電装置《はつでんそうち》が動《うご》いて、その家《いえ》の灯《あかり》がいっせいにについた。

黄色味《きいろみ》をおびたやわらかい光《ひかり》が、かつてこの家《いえ》の住人《じゅうにん》たちを照《て》らしたと同《おな》じ光《ひかり》で、部屋《へや》じゅうを明《あか》るくし、久《ひさ》しぶりの客《きゃく》を迎《むか》えいれた。机《つくえ》、椅子《いす》、そして床《ゆか》の上《うえ》に、うっすらとほこりがたまっている。彼《かれ》は本能的《ほんのうてき》に台所《だいどころ》の方角《ほうがく》を察《さつ》し、ドアをあけた。ステンレス製《せい》の流《なが》し台《だい》の上《うえ》には、蛇口《じゃぐち》が。

蛇口《じゃぐち》に手《て》をかけた。しかし、それは回《まわ》らなかった。力《ちから》をこめる。やはり動《うご》かない。彼《かれ》は蛇口《じゃぐち》をあらためて見《み》なおし、苦笑《くしょう》した。それはすでに、口《くち》がいっぱいにあけられていたのだった。

当然《とうぜん》のことだろう。この星《ほし》が処刑地《しょけいち》に定《さだ》められて住民《じゅうみん》たちが地球《ちきゅう》に引《ひ》きあげる際《さい》に、造水装置《ぞうすいそうち》は完全《かんぜん》にとり除《のぞ》かれていたはずだ。だから蛇口《じゃぐち》からパイプを伝《つた》って、家《いえ》じゅう、そして街《まち》じゅうを調《しら》べてみたって、その端《はし》にはなにもないのだ。

部屋《へや》にもどり、彼《かれ》は椅子《いす》にかけた。さっき机《つくえ》の上《うえ》に投《な》げ出《だ》しておいた、銀《ぎん》の玉《たま》に目《め》をやる。

あたしがいるのに、つまらないことを考《かんが》えないでよ。

そう言《い》っているように、黄色《きいろ》い灯《あかり》の下《した》で光《ひか》っていた。

疲労《ひろう》するほど動《うご》きまわったわけでもないのに、からだのなかには重《おも》い疲労《ひろう》がつまっているのを、感《かん》じた。また、いったん渇《かわ》きのおさまったいまは、たまらない空腹《くうふく》をおぼえた。

腰《こし》につけていた袋《ふくろ》をあけ、男《おとこ》は赤《あか》い粒《つぶ》をひとつ取《と》り出《だ》した。これをコップ一杯《ぱい》の水《みず》にとかせば、一食分《しょくぶん》の食料《しょくりょう》になる。彼《かれ》は机《つくえ》の上《うえ》で袋《ふくろ》を全部《ぜんぶ》あけ、粒《つぶ》を数《かぞ》えようとしたが、またしても、これを渡《わた》す時《とき》の乗員《じょういん》の無情《むじょう》な声《こえ》が、よみがえった。

「数《かぞ》えてみたって、参考《さんこう》にはなりませんよ。ひとり百粒《つぶ》ずつと、きまっているんですから。」

彼《かれ》は、そのとき聞《き》き返《かえ》してみた。

「百食分《しょくぶん》が、限度《げんど》なんだな。」

「そうとも限《かぎ》りませんね。街《まち》には、どこにでも、たくさん残《のこ》してありますよ。足《た》りなくなったら、それを使《つか》うんですね。もっとも、それまでもつかどうかは、なんともいえませんが。」

爆発《ばくはつ》までの回数《かいすう》は玉《たま》によってそれぞれちがい、乗員《じょういん》だって知《し》らないことだった。この家《いえ》の食品箱《しょくひんばこ》をさがせば、これと同《おな》じ赤《あか》い粒《つぶ》はあるだろう。さがし出《だ》してみても、いまは同《おな》じことなのだ。

おなかは、すかないの。

銀《ぎん》の玉《たま》は、今度《こんど》は食欲《しょくよく》で誘惑《ゆうわく》した。空腹感《くうふくかん》がつのっているにもかかわらず、唾液《だえき》は少《すこ》しも出《で》なかった。水《みず》、そして食物《しょくもつ》。彼《かれ》は期日《きじつ》の知《し》らされていない処刑《しょけい》の日《ひ》まで、この二つで苦《くる》しみつづける以外《いがい》にないのだった。

玉《たま》に近《ちか》より、男《おとこ》はボタンにふれた。空腹《くうふく》のほうが、がまんしやすいのだぜ。いいのか。この考《かんが》えが頭《あたま》にひらめき、ボタンは押《お》せなかった。しかし、この時《とき》、ひとつのことを思《おも》いついた。あそこで押《お》そう。さっきのこわれた家《いえ》の跡《あと》。さっきは、幸運《こううん》にもパスしたところ。一回《かい》、爆発《ばくはつ》があった跡《あと》なら二度《にど》と爆発《ばくはつ》は起《おこ》らない、そんなジンクスがあるような気《き》がしたからだ。

自分《じぶん》で勝手《かって》に作《つく》り出《だ》したこのジンクスに、すがりつく気持《きも》ちで、道《みち》に出《で》た。もちろん、ほかの家《いえ》は灯《あかり》ひとつついていず、黒《くろ》い家々《いえいえ》が並《なら》んでいた。風《かぜ》はあまりなかった。彼《かれ》はこのジンクス以外《いがい》に考《かんが》えないように努《つと》め、さっき逃《に》げ出《だ》した家《いえ》の崩《くず》れ跡《あと》に立《た》ち、すぐにボタンを押《お》した。

ジーッ。過去《かこ》の人生《じんせい》のすべてが恐怖《きょうふ》のうちに一回転《かいてん》し、音《おと》のなり止《や》むまで、その回転《かいてん》をつづけた。

はっ。深《ふか》いため息《いき》がでた。コップの口《くち》までたたえられた水《みず》は、この星《ほし》の小《ちい》さな月《つき》をひとつ浮《う》かべていた。こぼすといけない。彼《かれ》は一口《ひとくち》すすり、ゆっくり灯《あかり》のついている家《いえ》まで運《はこ》んだ。月《つき》は水面《すいめん》に浮《う》かんだまま、家《いえ》の入口《いりぐち》までついて来《き》た。

銀《ぎん》の玉《たま》を椅子《いす》の上《うえ》に置《お》き、赤《あか》い粒《つぶ》をそれに入《い》れた。粒《つぶ》はとけ、かすかな音《おと》とともに泡《あわ》を出《だ》し、水《みず》を黄色《きいろ》に染《そ》めた。そして、表面《ひょうめん》に緑《みどり》の膜《まく》が浮《う》かぶと、出来上《できあ》がりとなるのだった。

それを、口《くち》に流《なが》し込《こ》んだ。クリーム状《じょう》になった液《えき》は、ゆっくりと口《くち》のなか、ほほの内側《うちがわ》、歯《は》のあいだ、舌《した》の上《うえ》などすみずみまで、さわやかな味《あじ》を行《ゆ》きわたらせ、のどから胃《い》にはいって、活気《かっき》をからだじゅうによびさましはじめた。からい味《あじ》の種類《しゅるい》ではなかった。そこまでは、残酷《ざんこく》ではないのだな。彼《かれ》はそんなことを考《かんが》えながら、残《のこ》りを飲《の》みほした。

生《い》きているという実感《じっかん》と、生《い》きていたいという欲望《よくぼう》が、つぎつぎとわき出《だ》し、彼《かれ》はそれを持《も》てあました。眠《ねむ》れるかどうかはわからなくても、眠《ねむ》ろうと試《こころ》みる以外《いがい》に、その処理方《しょりほう》法《ほう》は考《かんが》えつかなかった。

室内《しつない》のすみには横《よこ》になれそうな長椅子《ながいす》もあったが、男《おとこ》は階段《かいだん》で二階《かい》にあがってみた。ドアの少《すこ》し開《ひら》いている部屋《へや》をのぞくと、ベッドがあった。ほこりは、下《した》の部屋《へや》ほどたまっていなかった。

ここで寝《ね》よう。彼《かれ》は万一《まんいち》、本当《ほんとう》に万一《まんいち》、玉《たま》の盗《ぬす》まれる場合《ばあい》を想像《そうぞう》して、玉《たま》を運《はこ》んでベッドのそばの椅子《いす》においた。その部屋《へや》にラジオをみつけ、スイッチを入《い》れた。こわれていそうになかったが、ダイヤルをどんなに回《まわ》してみても、雑音《ざつおん》ひとつ出《で》なかった。彼《かれ》はベッドに横《よこ》たわって、玉《たま》をちらっと見《み》た。

もう、ねるの。顔《かお》でも洗《あら》わない。

とんでもない。地球《ちきゅう》ではあきあきし、惰性《だせい》のようになっていた習慣《しゅうかん》。寝《ね》る前《まえ》のシャワーや口《くち》のすすぎが、どんなに貴重《きちょう》だったか、痛切《つうせつ》に思《おも》い知《し》らされた。彼《かれ》はベッドについているスイッチで、部屋《へや》の灯《あかり》の全部《ぜんぶ》を消《け》した。

弱《よわ》い月《つき》の光《ひかり》がさし込《こ》んでいたが、彼《かれ》にまでは当《あた》らなかった。男《おとこ》は窓《まど》から空《そら》を見《み》た。星《ほし》がまたたき、そのなかには青《あお》い星《ほし》があった。地球《ちきゅう》では見《み》ることのできない、唯一《ゆいいつ》の星《ほし》。それは地球《ちきゅう》だった。

青《あお》い星《ほし》。海《うみ》の色《いろ》だった。地球《ちきゅう》は水《みず》の星《ほし》だ。彼《かれ》は海《うみ》にとび込《こ》みたかった。雨《あめ》。長《なが》い雨《あめ》も不《ふ》意《い》の夕立《ゆうだち》も、またひどい暴風雨《ぼうふうう》も、この赤《あか》い星《ほし》にはまったくない。そして、雪《ゆき》、氷《こおり》。北《ほっ》極《きょく》と南極《なんきょく》。どっちが北極《ほっきょく》だろう。だが、青《あお》い星《ほし》の上《うえ》に、見当《けんとう》はつけられなかった。

この星《ほし》の水《みず》はすでになくなっていた。極《きょく》にあった氷《こおり》はすべて分解《ぶんかい》され、酸素《さんそ》となって空《くう》中《ちゅう》に散《ち》っていたし、水素《すいそ》はエネルギー源《げん》として使《つか》いつくされていた。開拓時代《かいたくじだい》には、なにしろ酸素《さんそ》が最優先《さいゆうせん》で作《つく》られていたのだ。ここの水《みず》は空気中《くうきちゅう》にわずかに残《のこ》り、高《たか》い空《そら》で時《とき》たま雲《くも》になっても、決《けっ》して雨《あめ》となって降《ふ》ってくることはない。銀《ぎん》の玉《たま》を使《つか》わない限《かぎ》り、この星《ほし》の上《うえ》では、液体《えきたい》の水《みず》を得《え》る方法《ほうほう》はほかにない。その銀《ぎん》の玉《たま》も、ここではもう作《つく》りようがなかった。内部《ないぶ》に含《ふく》まれる触媒《しょくばい》には、地球《ちきゅう》でしか採《と》れない元素《げんそ》を使《つか》うのだから。

ちくしょう。地球《ちきゅう》め。彼《かれ》は地球《ちきゅう》を、彼《かれ》をこんな破目《はめ》に追《お》いやった文明《ぶんめい》を、心《こころ》の底《そこ》からのろい、なんの役《やく》にも立《た》たなくても、あの青《あお》い星《ほし》めがけて憎悪《ぞうお》の念《ねん》を集中《しゅうちゅう》してやろうと思《おも》った。しかし、青《あお》は、すぐ水《みず》を連想《れんそう》させ、雨《あめ》、雪《ゆき》、霧《きり》、しぶき、流《なが》れ、あらゆる種類《しゅるい》の豊富《ほうふ》な水《みず》に連想《れんそう》が飛《と》び、それは出来《でき》ないのだった。

これも、計算《けいさん》された処刑《しょけい》の一環《いっかん》なのだろうか。地球《ちきゅう》は静《しず》かに平和《へいわ》に輝《かがや》いていた。彼《かれ》のような動物的衝動《どうぶつてきしょうどう》を起《おこ》す者《もの》をつぎつぎと粛清《しゅくせい》しつづける地球《ちきゅう》は、ますます平和《へいわ》になるだろう。彼《かれ》がどんなに強《つよ》く念《ねん》じ、どんなに長《なが》く見《み》つめていても、あの星《ほし》に核戦争《かくせんそう》がおこり、急《きゅう》に輝《かがや》きを増《ま》す可能性《かのうせい》など、ないのだ。

男《おとこ》は疲《つか》れていた。玉《たま》をおいた椅子《いす》に背《せ》をむけているうちに、いつとはなしに眠《ねむ》りにおちた。それを待《ま》っていたように、悪夢《あくむ》がおそった。だが、疲《つか》れは目《め》をさまさせず、悪夢《あくむ》は朝《あさ》まで、彼《かれ》を苦《くる》しめつづけた。

朝《あさ》。目《め》をさました男《おとこ》は、二階《かい》のバルコニーに椅子《いす》を運《はこ》び、通《とお》りを眺《なが》めた。家《いえ》じゅうをさがせば、化粧《けしょう》道具《どうぐ》や電気《でんき》カミソリがあるかもしれないが、そんなのを使《つか》う必要《ひつよう》はなかった。すがすがしい朝《あさ》。乾燥《かんそう》した空気《くうき》はひんやりとしていた。しかし、それはほんのひとときのまもなく、たえがたい日中《にっちゅう》の暑《あつ》さになるのだった。

街《まち》にはことりという音《おと》も、虫《むし》の飛《と》ぶ羽音《はおと》もなかった。動《うご》くものといえば、彼《かれ》のほかにはなにもなく、音《おと》をたてる可能性《かのうせい》のあるものは、彼《かれ》の銀《ぎん》の玉以外《たまいがい》ないのだ。だれか、話《はな》し相《あい》手《て》はいないだろうか。その時《とき》、玉《たま》はきらりと光《ひか》った。

あたしじゃ、不満足《ふまんぞく》なの。

かっとなった彼《かれ》は、バルコニーの床《ゆか》の上《うえ》の玉《たま》を、軽《かる》くけった。玉《たま》はころがり、音《おと》をたてて舗装《ほそう》された道《みち》に落《お》ち、さらにころがって、むかいの家《いえ》にぶつかって止《と》まった。しまった。こわれたか。残忍《ざんにん》さをいっぱいに秘《ひ》めた玉《たま》でも、こわれると困《こま》るのだ。男《おとこ》は階段《かいだん》をかけおり、道《みち》にとび出《だ》して玉《たま》を拾《ひろ》いあげた。べつに見《み》たところ、変化《へんか》はなかった。こわごわゆすってみた。なにも音《おと》はしなかった。ボタン。しかし、指《ゆび》をあてると、なまなましく恐怖《きょうふ》がよみがえった。これは試《こころ》みなんだ。故障《こしょう》の試験《しけん》なんだ。いいだろう。高《たか》まる動悸《どうき》のなかで、祈《いの》りながらちょっと押《お》した。音《おと》がない。こわれたのかな。少《すこ》し力《ちから》を入《い》れて、もう一回押《かいお》した。

ジーッ。音《おと》だ。あの、いやな音《おと》だ。彼《かれ》は耳《みみ》を押《お》さえたくなり、指《ゆび》をはなした。玉《たま》はこわれていなかった。玉《たま》は、容易《ようい》にこわれるものではないのだ。上空《じょうくう》から落《お》しても、内部《ないぶ》の緩衝《かんしょう》装置《そうち》は耐《た》えるのだった。それに、この星《ほし》の上《うえ》に残《のこ》っているどんな器具《きぐ》を使《つか》ってこじあけようとしても、ほとんど不可能《ふかのう》に近《ちか》いほど、きわめて丈夫《じょうぶ》な金属《きんぞく》で包《つつ》まれていた。

かつて技術者《ぎじゅつしゃ》上がりの冷静《れいせい》な犯罪者《はんざいしゃ》が、この星《ほし》でこじあけようと全知能《ぜんちのう》を傾《かたむ》けて試《こころ》みた話《はなし》は、うわさとなって地球《ちきゅう》にも伝《つた》えられていた。ありあわせの器具《きぐ》を使《つか》って慎重《しんちょう》に進《すす》められたその計画《けいかく》は、いちおう成功《せいこう》した。だが、そのとたんに玉《たま》は爆発《ばくはつ》したのだった。もっとも、その男《おとこ》は遠《とお》くはなれて巧妙《こうみょう》に作《さ》業《ぎょう》をおこなったので、死《し》ぬことはまぬかれた。

しかし、その成功《せいこう》はなんの意味《いみ》もなかった。それまでは死《し》の恐怖《きょうふ》を代償《だいしょう》とすれば水《みず》が得《え》られたのに、もはやなにをなげだそうと、水《みず》は得《え》られない。ひとの玉《たま》を盗《ぬす》もうとしても、他《ほか》の連中《れんちゅう》は、この時《とき》だけは必死《ひっし》に協力《きょうりょく》して、こばんだのだった。つぎの日《ひ》にそいつは胸《むね》をかきむしり、自分《じぶん》の腕《うで》をかみ切《き》り、血《ち》をすすりながら死《し》んだ。この話《はなし》を地球《ちきゅう》の善良《ぜんりょう》な人《にん》間《げん》は、楽《たの》しげに聞《き》いた。しかし、この星《ほし》から戻《もど》った者《もの》はないのだから、だれかが作《つく》った話《はなし》かも知《し》れない。いずれにせよ、玉《たま》の丈夫《じょうぶ》なことだけは、たしかだった。

コップの底《そこ》に少《すこ》したまった水《みず》を、彼《かれ》はすぐさま飲《の》みほした。

その日《ひ》は、夕《ゆう》ぐれまで街《まち》にいた。

渇《かわ》きが耐《た》えきれなくなると、こわれた家《いえ》の跡《あと》にいって戦慄《せんりつ》しながらボタンを押《お》し、水《みず》を飲《の》むとふたたび、生《せい》への執着《しゅうちゃく》をとりもどす。あとはバルコニーの椅子《いす》にすわり、焦躁《しょうそう》と不安《ふあん》のなかで、どこまで近《ちか》づいてきたかもわからぬ死《し》の影《かげ》のことについて、思《おも》いをめぐらすのだ。太陽《たいよう》が道《みち》を真上《まうえ》から照《て》らし、そして少《すこ》し傾《かたむ》き、彼《かれ》が日《ひ》かげから追《お》い出《だ》されるまでに四回《かい》くり返《かえ》した。

爆発《ばくはつ》までの時間《じかん》は、なにが基準《きじゅん》となっているのだろう。犯罪《はんざい》の程度《ていど》だろうか。それなら、重《おも》い犯行《はんこう》のほうが短《みじか》い時間《じかん》で爆発《ばくはつ》するのだろうか、それとも、長《なが》く苦《くる》しめるため長《なが》い時間《じかん》なのだろうか。落《お》ち着《つ》いて考《かんが》えられない頭《あたま》では、すぐここで行《ゆ》きづまり、同《おな》じところで、堂々《どうどう》めぐりをはじめる。しかし、たとえ落《お》ち着《つ》いて考《かんが》えてみても、わかるはずは、ないのだ。

午後《ごご》、男《おとこ》は気分《きぶん》を変《か》えようと、街《まち》じゅうの三十軒近《けんちか》い家々《いえいえ》を、たんねんに調《しら》べた。だが、なにも、めぼしい物《もの》はなかった。家々《いえいえ》に残《のこ》っていた物《もの》のようすから察《さっ》して、この近《ちか》くにかつてウラニウム鉱《こう》があって、その採取員《さいしゅいん》たちの住《す》んでいたことがわかった。しかし、それもまた、いまの彼《かれ》にとって、なんの意味《いみ》もなかった。ウラニウムがあったって、どうということもないし、地下水《ちかすい》のないこの星《ほし》では、穴《あな》が残《のこ》っていても、水《みず》のあるはずもなかった。

家々《いえいえ》の台所《だいどころ》も、くわしく調《しら》べた。安心《あんしん》して飲《の》める、一杯《ぱい》の水《みず》でもあるかと思《おも》って。しかし、戸棚《とだな》には乾燥食料《かんそうしょくりょう》がつまっているだけ。そして、最後《さいご》の一軒《けん》の台所《だいどころ》の、戸棚《とだな》をあけた。

彼《かれ》の目《め》の前《まえ》の二本《ほん》のびん。一本《ぽん》は黄色《きいろ》で、一本《ぽん》は茶色《ちゃいろ》。彼《かれ》は黄色《きいろ》のびんに手《て》をのばしたが、ふるえる手《て》ではうまくつかめず、びんは床《ゆか》に落《お》ちて割《わ》れた。ベンジンのにおいが、たちまちのうちに、部屋《へや》じゅうにみちた。彼《かれ》はもう一本《ぽん》を、しっかりにぎった。有名《ゆうめい》な食料《しょくりょう》品会社《ひんがいしゃ》のマークがあった。だが、その下《した》のレッテルの文字《もじ》。濃厚《のうこう》ソース。彼《かれ》は床《ゆか》にたたきつけた。どろりとした液《えき》が、床《ゆか》にひろがりはじめた。

力《ちから》なくその家《いえ》を引《ひ》きあげようとして、男《おとこ》は壁《かべ》の地図《ちず》を見《み》つけた。家《いえ》の標識《ひょうしき》を調《しら》べ、手紙《てがみ》のくずをさがし出《だ》したりして、いまいる場所《ばしょ》を地図《ちず》の上《うえ》に求《もと》めた。だが、それを知《し》ったところで、一刻《いっこく》の休息《きゅうそく》をも与《あた》えないこの責苦《せめく》を逃《のが》れる、なんのたしにもならないのだった。

彼《かれ》は玉《たま》の待《ま》っている、もとの家《いえ》にもどった。

これから、どうなさるの。

つぎの街《まち》に、行《い》ってみるさ。もうこれ以上《いじょう》、この街《まち》にいるのも、たまらなかった。彼《かれ》は玉《たま》をかかえ、その街《まち》を出《で》た。ふりかえると、街《まち》は沈《しず》みかけた夕日《ゆうひ》を受《う》けて、小《ちい》さく赤《あか》く燃《も》えていた。街《まち》はやがてべつな人間《にんげん》がやってくるまで、無人《むじん》のまま待《ま》ちつづけるのだ。

日《ひ》は沈《しず》み、星々《ほしぼし》は数《かず》と輝《かがや》きをました。曇《くも》る日《ひ》のないこの星《ほし》では、星々《ほしぼし》の光《ひかり》と小《ちい》さいながら二つある月《つき》の光《ひかり》で、夜《よる》でも道《みち》を見失《みうしな》うことはなかった。遠《とお》い砂丘《さきゅう》の起伏《きふく》に目《め》をやり、また星座《せいざ》を見《み》あげ、歩《ある》きつづけた。地球《ちきゅう》だけは、なるべく見《み》ないようにした。しかし、銀河《ぎんが》はミルクの流《なが》れとなり、他《ほか》の星々《ほしぼし》もジョッキの形《かたち》、噴水《ふんすい》の形《かたち》、酒《さか》びんの形《かたち》に星座《せいざ》を作《つく》り、月《つき》は小《ちい》さなブランデーグラスとなって、彼《かれ》を悩《なや》ました。

一杯《いっぱい》いかが。

腕《うで》にかかえている玉《たま》からは、誘惑《ゆうわく》の感触《かんしょく》が彼《かれ》に伝《つた》わった。男《おとこ》は道《みち》ばたに腰《こし》をおろし、ひざの上《うえ》に玉《たま》をのせた。空《そら》を見《み》あげ宇宙《うちゅう》の壮大《そうだい》さをつとめて考《かんが》え、指《ゆび》をボタンに当《あ》てた。指《ゆび》はなかなか動《うご》かなかった。

早《はや》く押《お》したら。

玉《たま》は冷《つめ》たく、星《ほし》の光《ひかり》できらめいた。彼《かれ》はふたたび宇宙《うちゅう》の壮大《そうだい》さを考《かんが》え、やっと決心《けっしん》をつけて、ボタンを押《お》せた。

むかしの死刑《しけい》なら、一回《いっかい》だけ死《し》の覚悟《かくご》をすればよかったが、この玉《たま》は、何回《なんかい》も何回《なんかい》も死《し》の覚悟《かくご》を求《もと》める。それに、むかしのは、むりやり他人《たにん》が殺《ころ》してくれたが、この方法《ほうほう》によると、必《かなら》ず来《く》る、いつとも知《し》れない期日《きじつ》を、自分《じぶん》で早《はや》めてゆくのだった。

彼《かれ》は精神《せいしん》を疲《つか》れはてさせて、一杯《ぱい》の水《みず》を得《え》、また夜《よる》の道《みち》を歩《ある》きつづけた。あけがた近《ちか》く、地平線《ちへいせん》に小《ちい》さな閃光《せんこう》を見《み》た。しばらくして、爆発音《ばくはつおん》がかすかに聞《き》こえた。

太陽《たいよう》はこの星《ほし》の反対側《はんたいがわ》をまわり、ふたたび地平線《ちへいせん》にのぼってきた。夜《よる》の闇《やみ》をはらいのけ、空《そら》の星《ほし》を消《け》し去《さ》り、朝《あさ》がおとずれた。

男《おとこ》は道《みち》のかなたに、一軒《けん》の家《いえ》をみつけた。ガソリンスタンドだった。そのガラスは砕《くだ》け散《ち》っていた。道《みち》をへだてた反対側《はんたいがわ》の、一軒《けん》が飛《と》び散《ち》っていたのだ。彼《かれ》はその跡《あと》に、歩《あゆ》み寄《よ》った。そして、ふしぎなことに気《き》がついた。

崩《くず》れた家《いえ》の跡《あと》のまん中《なか》にある、一カ所《しょ》のくぼみ。なんだろう。そのうち、彼《かれ》の顔色《かおいろ》は変《かわ》った。二重《じゅう》の爆発《ばくはつ》。だれでも、爆発《ばくはつ》の跡《あと》は安全《あんぜん》といったジンクスを、作《つく》りあげてしまうのだった。そんなひとりが、飛《と》び散《ち》ったことを示《しめ》す跡《あと》。

彼《かれ》は空腹《くうふく》だった。ガソリンスタンドのなかに入《はい》って、うずくまった。夜《よ》どおし、なにも食《た》べていなかった。またも、何回《なんかい》もためらって、ボタンを押《お》した。もう玉《たま》の出《だ》す音《おと》だけは聞《き》きたくなかったので、靴《くつ》をぬぎ、両手《りょうて》で耳《みみ》を押《おさ》え、目《め》をつぶって足《あし》の指《ゆび》で押《お》してみた。

人体《じんたい》を識別《しきべつ》する能力《のうりょく》をそなえたボタンは、足《あし》の指《ゆび》でも、これまでと同《おな》じく動《うご》いてくれた。音《おと》はかすかにはなったが、いっそう無気味《ぶきみ》に、からだに響《ひび》いた。彼《かれ》は赤《あか》い粒《つぶ》をなげこみ、腹《はら》をみたし、倒《たお》れて眠《ねむ》った。夢《ゆめ》はなかった。

午後《ごご》おそく、目《め》がさめた。のどは、依然《いぜん》として渇《かわ》いていた。建物《たてもの》をさがすと、スクーターがみつかった。このむこうで飛《と》び散《ち》ったどっちかの人物《じんぶつ》が、どこからか乗《の》ってきたものだろうか。いてもたってもいられない気分《きぶん》にかられ、事故《じこ》で死《し》ねることを祈《いの》りながら、すっとばしてきたやつ。そして、ここで。

そんな想像《そうぞう》を彼《かれ》は打《う》ち切《き》り、その修理《しゅうり》をはじめた。夜《よる》になると、ランプをつけてつづけた。朝《あさ》になって地下室《ちかしつ》を調《しら》べると、ガソリンの缶《かん》があった。これに火《ひ》をつけようか。だが完全《かんぜん》で確実《かくじつ》な死《し》に、ふみ切《き》れるものではなかった。彼《かれ》はガソリンをスクーターに注《そそ》いだ。

あたしにまかせておいたほうが、安全《あんぜん》よ。

玉《たま》はささやいていた。

男《おとこ》はスクーターの前《まえ》のかごに玉《たま》をのせ、そこをあとにした。速力《そくりょく》をしだいにあげた。このスクーターの、以前《いぜん》の持《も》ち主《ぬし》がやったのと同《おな》じに。早《はや》く、早《はや》く。だが、急《いそ》ぐ目的《もくてき》があるためではなく、それ以外《いがい》にすることがないのだった。

死《し》のことを忘《わす》れることはできなかったが、風《かぜ》を受《う》け暑《あつ》さを少《すこ》しまぎらせた。砂漠《さばく》にはさまれた道路《どうろ》に、事故《じこ》を起《おこ》す原因《げんいん》となるものはない。事故死《じこし》も許《ゆる》されないといえそうだった。時《とき》どき、ほんの時《とき》どき、道《みち》のへこみで車《くるま》がはねた。玉《たま》はそのたびに少《すこ》しとび上《あ》がり、楽《たの》しそうにゆれていた。

彼《かれ》は、不意《ふい》にブレーキをかけた。道《みち》ばたに光《ひか》るもの。銀《ぎん》の玉《たま》だった。そのそばの人骨《じんこつ》。病気《びょうき》にでもなったのか、寿命《じゅみょう》のつきるまで爆発《ばくはつ》がこなかったのかは、まったくわからなかった。彼《かれ》はかけより、玉《たま》を拾《ひろ》った。

しめた。もうかった。だが、ボタンを押《お》そうとすると、考《かんが》えないわけにはいかなかった。これだって自分《じぶん》のだって、可能性《かのうせい》は同《おな》じなのだ。この持《も》ち主《ぬし》が爆発《ばくはつ》を予感《よかん》し、渇《かわ》きをたえぬいて、死《し》んだのかも知《し》れない。いまこれを拾《ひろ》い、二つ持《も》ったところで決《けっ》して、二倍《ばい》の役《やく》に立《た》つわけでない。安全性《あんぜんせい》もふえない。それどころか、拾《ひろ》ったことで、いま持《も》っている玉《たま》の価値《かち》を、なくしてしまうかもしれないのだった。

彼《かれ》は玉《たま》をおいた。砂《すな》に浅《あさ》い穴《あな》を掘《ほ》り、骨《ほね》を入《い》れた。幸運《こううん》なやつか、不幸《ふこう》なやつか。彼《かれ》はちょっと頭《あたま》を下《さ》げ、そばに玉《たま》を入《い》れ砂《すな》をかけた。将来《しょうらい》、長《なが》い年月《ねんげつ》ののち、ここが処刑地《しょけいち》でなくなってから、ふたたび、この玉《たま》の掘《ほ》り出《だ》されることがあるだろうか。この玉《たま》の性質《せいしつ》を、まったく知《し》らない者《もの》によって。

だが、彼《かれ》はそれ以上《いじょう》、このくだらない空想《くうそう》をひろげることをしなかった。彼《かれ》の生命《せいめい》はのどが渇《かわ》き切《き》るまでであり、音《おと》が無事《ぶじ》にひびき終《お》ったら、また新《あたら》しく生《う》まれ変《かわ》り、つぎのわずかな生命《せいめい》を持《も》つのだ。この短《みじか》い生命《せいめい》のあいだには、そのつぎの生命《せいめい》のことを考《かんが》える余裕《よゆう》などない。だから、とほうもない将来《しょうらい》の空想《くうそう》をひろげる能力《のうりょく》は、まったくなくなっていた。彼《かれ》はスクーターにもどって、始動《しどう》させた。そのゆれで、玉《たま》はうれしそうにはね、踊《おど》りまわった。

へんな玉《たま》を、つれ込《こ》まないでくれたのね。

男《おとこ》はしばらくゆっくり走《はし》らせていたが、また、しだいに全速《ぜんそく》にあげた。それでもハンドルを持《も》つ手《て》は決《けっ》してあやまちをせず、幸運《こううん》な事故《じこ》は、おこりそうもなかった。彼《かれ》は人体《じんたい》の、このしくみをのろった。

またも、夜《よる》が来《き》た。男《おとこ》は道《みち》ばたで、横《よこ》になった。服《ふく》のえりをたてると、そう寒《さむ》くはなかった。星《ほし》を見《み》あげ、銀河《ぎんが》を眺《なが》めた。水《みず》。それから、さっき埋《う》めてきた玉《たま》のことを考《かんが》えた。

地球《ちきゅう》への反抗《はんこう》として、あの玉《たま》を使《つか》ったほうがよかったかな。しかし、彼《かれ》の感情《かんじょう》は、そうではなかった。あんまり後悔《こうかい》はわかなかった。なぜだろう。やっぱり、自分《じぶん》の玉《たま》のほうがいいのだった。すでに何回《なんかい》も生死《せいし》をともにした玉《たま》。最初《さいしょ》の憎悪《ぞうお》も、一種《いっしゅ》の愛着《あいちゃく》のようなものをおびはじめたのだろうか。彼《かれ》は玉《たま》を、スクーターから持《も》ってきた。

そばにおいてくれるの。

玉《たま》は空《そら》の星《ほし》の光《ひかり》を集《あつ》め、彼《かれ》にウインクしてみせた。男《おとこ》は玉《たま》をだいて、横《よこ》になった。

ふと、女性《じょせい》のことが、頭《あたま》に浮《う》かんだ。ここにおろされてから、はじめてだった。この絶《た》えまない神経《しんけい》への責苦《せめく》では、そんなことを考《かんが》える余裕《よゆう》など、なかった。この星《ほし》に女性《じょせい》はいないのだった。女性《じょせい》は機械《きかい》とも平然《へいぜん》と調和《ちょうわ》できるので、われわれのようにはならないのかな。彼《かれ》はそんな風《ふう》に考《かんが》えているうち、この星《ほし》の上《うえ》で許《ゆる》された唯一《ゆいいつ》の救《すく》い、眠《ねむ》りにはいった。

悪夢《あくむ》ではなかった。バラ色《いろ》の夢《ゆめ》だった。女性《じょせい》がいた。彼《かれ》は朝《あさ》まで、その女性《じょせい》とたわむれていた。ふざけあい、乳首《ちくび》をついて、きゃあきゃあ叫《さけ》ばせ、わけもなくさわいだ。だが、どうしてもキスだけはさせてくれなかった。

ふたたび朝《あさ》。男《おとこ》は暑《あつ》さで目《め》をさますと、玉《たま》をだいたまま道《みち》ばたに横《よこ》たわっていた。しかし、玉《たま》のようすが、変《へん》だった。底《そこ》を調《しら》べると、コップには水《みず》が一杯《いっぱい》にたまっていた。寝《ね》ているあいだに、ボタンを押《お》していたのだった。彼《かれ》は玉《たま》を軽《かる》くなで、よごれをふいてやり、コップの中《なか》に赤《あか》い粒《つぶ》を入《い》れ、恐怖《きょうふ》なくしてはじめて得《え》た、一杯《ぱい》を飲《の》んだ。だが、こんなことは、もう終《お》わりだろう。見《み》ようとして夢《ゆめ》を見《み》ることは、できないのだから。

楽《たの》しいめざめではじまった一日《いちにち》も、たちまちもとに戻《もど》った。彼《かれ》は暑《あつ》さの道《みち》を走《はし》り、時《とき》どき停車《ていしゃ》し、玉《たま》を憎悪《ぞうお》し恐怖《きょうふ》し、戦慄《せんりつ》してその絶頂《ぜっちょう》を越《こ》え、水《みず》を得《え》るということをくり返《かえ》した。

その日《ひ》、彼《かれ》は道《みち》を歩《ある》いてくる、ひとりの老人《ろうじん》に会《あ》った。少《すこ》しはなれてブレーキをかけ、声《こえ》をかけた。

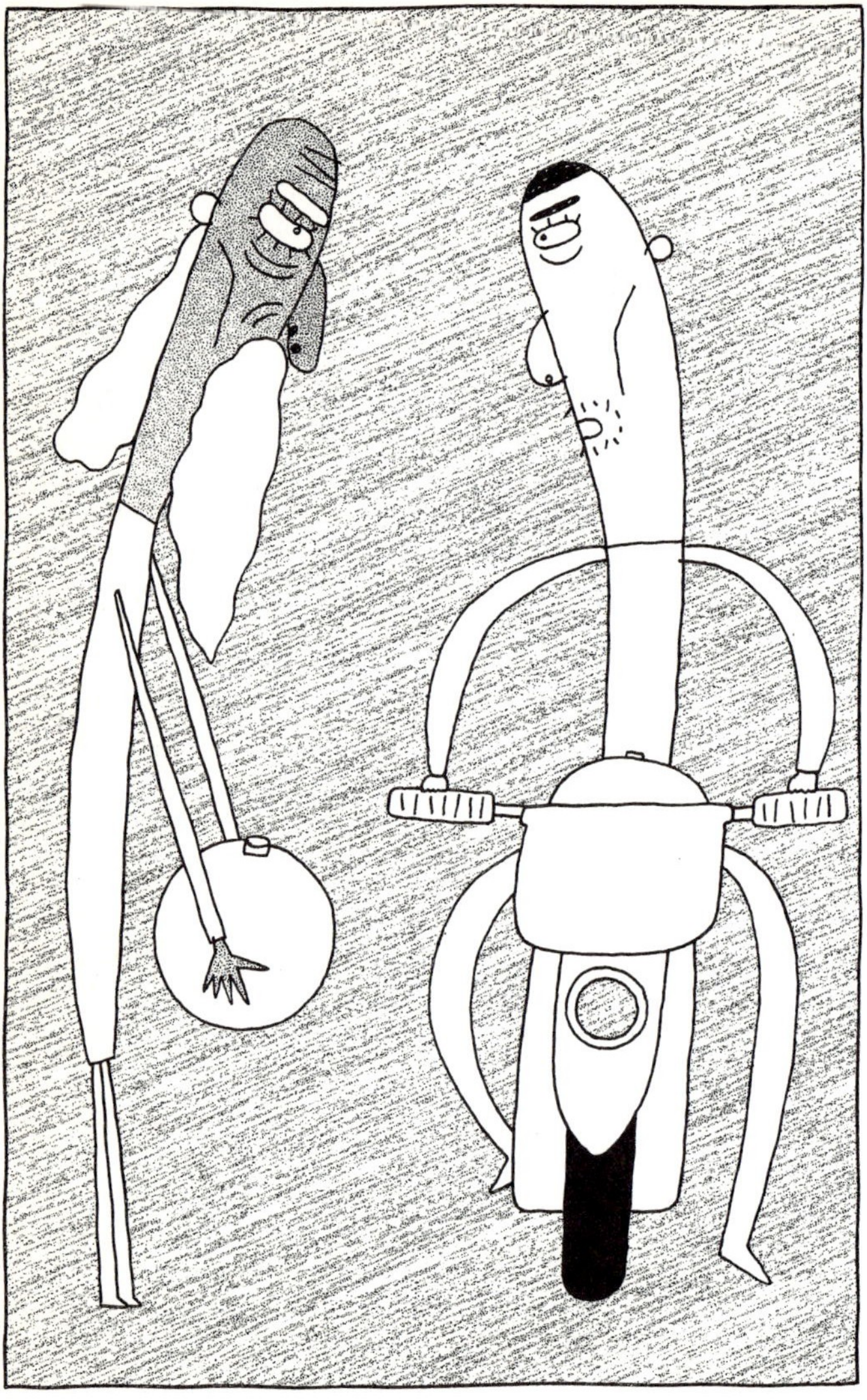

「やあ……。」

危害《きがい》を加《くわ》えてくるかもしれないと、彼《かれ》は目《め》をその老人《ろうじん》から離《はな》さなかった。悪人《あくにん》であるとはいえなくても、彼《かれ》と同《おな》じく人《ひと》を殺《ころ》した犯罪者《はんざいしゃ》であることは、まちがいないのだから。

しかし、その老人《ろうじん》は彼《かれ》が見《み》えるはずなのに、気《き》がつかないようすだった。そのまま、すれちがってしまいそうになった。彼《かれ》は肩《かた》に手《て》をかけた。老人《ろうじん》は止《と》まった。たいした年齢《ねんれい》でないのかもしれないが、顔《かお》つきは、あきらかに老人《ろうじん》だ。ひげののびた顔《かお》の目《め》は、あらぬ方《ほう》角《がく》をみつめていた。

狂《くる》っているな。彼《かれ》はあわてて手《て》を放《はな》した。自分《じぶん》の近《ちか》い将来《しょうらい》を、見《み》たような気《き》がした。まもなく、こうなるのだろうか。そのほうが、幸福《こうふく》なのだろうか。こうなっても、やはり死《し》の恐怖《きょうふ》は残《のこ》るのだろうか。その老人《ろうじん》の歩《あゆ》みつづけるのを見送《みおく》っているうちに、なにかなすべきことがあるような気《き》がし、それを思《おも》いついた。

そうだ。やつをおどかして、水《みず》を出《だ》させよう。思考《しこう》を失《うしな》っているのなら、案外《あんがい》やるかもしれない。彼《かれ》はあわててあとを追《お》い、前《まえ》にまわって言《い》った。

「そのボタンを押《お》せ。」

老人《ろうじん》はゆっくり、ボタンに指《ゆび》を当《あ》てた。彼《かれ》はあわてて四十メートルばかりかけ、耳《みみ》をふさいで伏《ふ》せた。もういいだろうな。彼《かれ》は目《め》をあげて見《み》た。老人《ろうじん》は手招《てまね》きしていた。なんの意味《いみ》だ。彼《かれ》はためらいつつ近《ちか》よった。老人《ろうじん》は、めんどくさそうに言《い》った。

「おい、新入《しんい》りだな……。」

口調《くちょう》はまともだった。そして、表情《ひょうじょう》を変《か》えずに、言葉《ことば》をつづけた。

「……つまらんことを、考《かんが》えるなよ。もっとも、最初《さいしょ》は仕方《しかた》がないかな。おれも、そうだったんだから……。」

老人《ろうじん》はしゃべりながら、道《みち》ばたにすわった。

「……おまえさんも、いまにこうなるさ。なに、すぐだぜ。ひとに水《みず》を出《だ》させる。こいつは、うまい考《かんが》えだ。だが、できっこない話《はなし》さ。三十メートルはなれて待《ま》っていて、それで出《で》た水《みず》が、三十メートルかけ戻《もど》るあいだ、残《のこ》っていると思《おも》うかね。どんなおどしかたをしたって、だめさ。渇《かわ》き以外《いがい》の苦痛《くつう》なんて、この星《ほし》にはありゃしない。それに、ひとに殺《ころ》してもらえればと、だれだって考《かんが》えているんだからな。地球《ちきゅう》で自殺寸前《じさつすんぜん》までいっていたやつだって、ここじゃあ自分《じぶん》では死《し》ねないんだ。殺《ころ》してくれるやつも、いないんだ。地球《ちきゅう》で、ひとを殺《ころ》してきた連中《れんちゅう》ばかりなのにね。苦《くる》しむ仲間《なかま》が一人《ひとり》でも多《おお》いほど、気《き》が楽《らく》なものさ。」

「…………」

「催眠術《さいみんじゅつ》をかけようとしたって、むりだ。こればかりはという警戒《けいかい》の壁《かべ》を破《やぶ》る催眠術《さいみんじゅつ》はないし、また、なんとかかけたところで、あのジーッという音《おと》には、術《じゅつ》を中断《ちゅうだん》させる作用《さよう》があるらしいぜ。まったく、うまく出来《でき》ていやがる。どんな方法《ほうほう》を使《つか》っても、ひとに押《お》させるわけには行《い》かないんだ。まあ、それだから、いまもって、この玉《たま》が使《つか》われているんだろうがね。」

「…………」

「だれも来《き》た当座《とうざ》は、さっきのようなことをやってみる。それから、やけを起《おこ》してみるやつもある。だが、やけなんて起《おこ》してみたって、たかが知《し》れている。それに、そうつづくものではないんだ。事故《じこ》で死《し》にたいと、思《おも》ってみる。しかし、ここには殺人《さつじん》もなければ、事《じ》故《こ》もない。地震《じしん》もなければ、火事《かじ》もない。台風《たいふう》や洪水《こうずい》なら、お願《ねが》いしたいくらいだ。交通《こうつう》事故《じこ》は、ごらんの通《とお》りさ。おあいにくさまだね。あるものはただ一つ。眠《ねむ》っているあいだにとなりの部屋《へや》で、どかんとなってくれることだけだ。だが、これもうまくはいかない。やはり、おたがいに調《しら》べてしまうんだ。」

「………」

「それから。ああ。もうめんどうくさい。けっきょく、頭《あたま》のなかに残《のこ》った一点《いってん》をみつめ、その一点《いってん》にしばられて生《い》きているのさ。それがなんだかは、知《し》るものか。銀《ぎん》の粒《つぶ》かも知《し》れないぜ。ああ。むだなことをしゃべったな。だが黙《だま》っていれば、おまえさん、どこまでつきまとってくるか、わからなかったからな。あばよ。のどが渇《かわ》いた。水《みず》を一杯《ぱい》くれるかね。」

彼《かれ》はさっきから、答《こた》えようがなかった。老人《ろうじん》は、歩《ある》きはじめた。彼《かれ》はその後 姿《うしろすがた》に、声《こえ》をかけた。

「この星《ほし》におろされて、どれくらいになるんだ。」

だが、老人《ろうじん》はふりむきもしないで言《い》った。

「知《し》るもんか。わかるもんか。」

その通《とお》りだった。ここに来《き》てからの時間《じかん》は、時間《じかん》ではないのだ。非常《ひじょう》に長《なが》く、非常《ひじょう》に短《みじか》い、時間《じかん》とはまったく別《べつ》のものなのだ。彼《かれ》はスクーターを、のろのろと進《すす》めた。元気《げんき》がなくなったのね。

銀《ぎん》の玉《たま》は、かごのなかで皮肉《ひにく》にゆれていた。

男《おとこ》はいくつかの街《まち》を過《す》ぎ、大《おお》きな街《まち》にはいった。開拓時代《かいたくじだい》には、十万人《まんにん》も住《す》んでいたろうか。そのころは活気《かっき》にみち、開発《かいはつ》だ、研究《けんきゅう》だ、どこかの衛星《えいせい》だ、小惑星《しょうわくせい》だ、などと動《うご》きまわっていたのだろう。だが、地球《ちきゅう》の天国化《てんごくか》のため全部《ぜんぶ》が引揚《ひきあ》げてしまったいまは、哀《あわ》れなものだった。街《まち》にはやはりふっとんだ跡《あと》があり、中央《ちゅうおう》の高《たか》いビルも上《うえ》の方《ほう》がなくなっていた。

彼《かれ》は街路《がいろ》を、ひととおり回《まわ》った。そして、十人《にん》ほどの人《ひと》をみかけた。バルコニーの長椅《ながい》子《す》に横《よこ》になっている者《もの》、街《まち》をぼんやり歩《ある》いている者《もの》。家《いえ》の入口《いりぐち》の石《いし》に腰《こし》かけている者《もの》。しかし、彼《かれ》がやってきても、だれもなんの反応《はんのう》も示《しめ》さなかった。彼《かれ》はちょっと恥《は》ずかしさを感《かん》じ、スクーターを止《と》めた。

一軒《けん》の家《いえ》へはいった。そのはいる前《まえ》に両側《りょうがわ》の二軒《けん》ずつを調《しら》べ、だれもいないことをたしかめ、いつか会《あ》った老人《ろうじん》の言葉《ことば》を思《おも》い出《だ》し、苦笑《くしょう》した。

男《おとこ》は相変《あいかわ》らず精神《せいしん》の大《おお》ゆれをくり返《かえ》し、水《みず》を飲《の》み、その家《いえ》のベッドにはいった。何十人《なんにん》かはこの街《まち》にいるのだろうが、まったく人《ひと》のけはいを感《かん》じなかった。眠《ねむ》ってまもなく絶叫《ぜっきょう》を聞《き》いたようだったが、それは悪夢《あくむ》のうちかもしれなかった。あけがた近《ちか》く、大《おお》きな爆発《ばくはつ》の音《おと》を聞《き》いた。これは悪夢《あくむ》ではなかった。

彼《かれ》はずっとその街《まち》にいた。どこに行《い》っても同《おな》じことだ。時間《じかん》の観念《かんねん》は、とっくになくなっていたから、ここについてどれくらいになったかは、全然《ぜんぜん》わからなくなった。玉《たま》をみつめ、最大《さいだい》の恐怖《きょうふ》をくり返《かえ》した。彼《かれ》は頭《あたま》がぼんやりとしてきた。だが、渇《かわ》きと玉《たま》のボタンを押《お》す時《とき》の恐怖《きょうふ》は、最初《さいしょ》と少《すこ》しも変《かわ》らなかった。音《おと》のひびき終《おわ》るまでにくり返《かえ》す過去《かこ》一切《いっさい》の回転《かいてん》は、ますます早《はや》くなった。体力《たいりょく》がおとろえてきたが、それもまた恐怖《きょうふ》を弱《よわ》める、なんの役《やく》にも立《た》たなかった。

銀《ぎん》の玉《たま》は、もう表情《ひょうじょう》を作《つく》らなかった。彼《かれ》の内部《ないぶ》の表情《ひょうじょう》が、一定《いってい》したからかも知《し》れなかった。玉《たま》の光《ひかり》がましたら終《おわ》りが近《ちか》いんだ、と考《かんが》えれば光《ひかり》をまし、失《うしな》いはじめたら、と思《おも》えば光沢《こうたく》がへり、彼《かれ》を苦《くる》しめるだけだった。彼《かれ》も街《まち》のほかの住民《じゅうみん》とまったく同《おな》じになった。爆《ばく》発《はっ》の音《おと》にも無感動《むかんどう》になった。しかし、ボタンを押《お》す時《とき》の恐怖《きょうふ》は、変《かわ》らなかった。

いままで爆発《ばくはつ》しなかったのなら、最初《さいしょ》のころ、もっとのんきにしていればよかったと思《おも》う。だが、明日《あす》まで爆発《ばくはつ》しないだろうから、いま安心《あんしん》して、とはいかないのだった。

彼《かれ》はむかし地球《ちきゅう》にあったという、神《かみ》のことを考《かんが》えたかった。しかし、その知識《ちしき》は、なにもなかった。知《し》っていることは、地獄《じごく》についてだけだった。だが、それ以上《いじょう》に悪《わる》くなりっこないと保証《ほしょう》されている地獄《じごく》の話《はなし》は、いまの彼《かれ》には、うらやましく思《おも》えた。

彼《かれ》はある時《とき》、ちょっと街《まち》を出《で》て、宇宙《うちゅう》空港《くうこう》まで行《い》ってみた。金属板《きんぞくばん》を敷《し》きつめたひろい空港《くうこう》は、船《ふね》が発着《はっちゃく》しなくなってから、長《なが》い年月《ねんげつ》をへていた。その高《たか》い塔《とう》の上《うえ》に、だれかいるのを見《み》た。空港事務所《くうこうじむしょ》から双眼鏡《そうがんきょう》をさがして、それをのぞいた。その塔《とう》の上《うえ》の人物《じんぶつ》も双眼鏡《そうがんきょう》で空《そら》を見《み》ていた。万一《まんいち》の釈放《しゃくほう》を待《ま》っているのか、不時着《ふじちゃく》する船《ふね》を待《ま》っているのか。おそらく、その両方《りょうほう》だろう。あいつは、新入《しんい》りだな。彼《かれ》は双眼鏡《そうがんきょう》をおいて、街《まち》にもどった。

そして、また長《なが》い時間《じかん》。決《けっ》してあきることのない、真剣《しんけん》な、無限《むげん》の、まったく同《おな》じくり返《かえ》し。彼《かれ》が不満《ふまん》をむけた機械文明《きかいぶんめい》の、完全《かんぜん》きわまる懲罰《ちょうばつ》だった。

また、長《なが》い時間《じかん》。彼《かれ》は狂《くる》いそうになり、それを待《ま》った。しかし、それも許《ゆる》されない。もう、どうにもこうにもならなかった。

また、長《なが》い長《なが》い時間《じかん》。ついに、彼《かれ》は絶叫《ぜっきょう》した。

絶叫《ぜっきょう》。自分《じぶん》のなかのものを全部《ぜんぶ》、地球《ちきゅう》での不満《ふまん》、この星《ほし》での苦悩《くのう》を全部《ぜんぶ》、いっぺんにはき出《だ》してしまうような絶叫《ぜっきょう》をし終《お》えた。周囲《しゅうい》のようすが、少《すこ》し変《か》っていることに気《き》がついた。なんとなく、すべてが洗《あら》い流《なが》されていることに気《き》がついた。玉《たま》を見《み》た。玉《たま》は表 情《ひょうじょう》をとりもどし、見《み》たこともないような、なごやかさをたたえていた。

目《め》がさめたの。同《おな》じことじゃないの。

なにが同《おな》じなのだろう。ああ、そうか。彼《かれ》はすぐわかった。これは、地球《ちきゅう》の生活《せいかつ》と同《おな》じなのだった。いつあらわれるかしれない死《し》。自分《じぶん》で毎日《まいにち》、死《し》の原因《げんいん》を作《つく》り出《だ》しながら、その瞬間《しゅんかん》をたぐり寄《よ》せている。ここの銀《ぎん》の玉《たま》は小《ちい》さく、そして気《き》になる。地球《ちきゅう》のは大《おお》がかりで、だれも気《き》にしない。それだけの、ちがいだった。なんで、いままで、このことに気《き》がつかなかったのだろう。

やっと、気《き》がついたのね。

玉《たま》は、やさしく笑《わら》った。彼《かれ》は玉《たま》をだいて、ボタンを押《お》した。はじめて、落《お》ちついて押《お》せたのだ。水《みず》は出《で》た。彼《かれ》はそれを飲《の》み、また水《みず》を出《だ》し、赤《あか》い粒《つぶ》を入《い》れて口《くち》に流《なが》し込《こ》んだ。部《へ》屋《や》を見《み》まわし、ベッドのたえられない汚《よご》れに気《き》がついた。

「よし……。」

彼《かれ》は浴室《よくしつ》に行《い》った。ひどいよごれの服《ふく》をぬぎ、風呂《ふろ》のなかに玉《たま》をかかえてすわった。コップを外《はず》し、ボタンを押《お》しつづけた。音《おと》も気《き》にはならなかった。むしろ、楽《たの》しくひびいた。彼《かれ》は音《おと》を継続《けいぞく》させ、リズムをつけ、歌《うた》をうたった。戸《と》をあけ窓《まど》を開《ひら》き、空気《くうき》を流《なが》れさせ、水《みず》を集《あつ》めた。水《みず》は少《すこ》しずつ、風呂《ふろ》のなかにたまった。

彼《かれ》は地球《ちきゅう》の文明《ぶんめい》に、しかえしできたような気《き》がした。水《みず》はさらにたまり、波立《なみだ》ち、あふれた。彼《かれ》は玉《たま》を抱《だ》きしめた。いままでの長《なが》い灰色《はいいろ》の時間《じかん》から、解放《かいほう》されたのだった。地球《ちきゅう》から追《お》い出《だ》された神《かみ》とは、こんなものじゃあなかったのだろうか。

彼《かれ》は目《め》の前《まえ》が、不意《ふい》に輝《かがや》きでみちたように思《おも》った。

ボッコちゃん

そのロボットは、うまくできていた。女《おんな》のロボットだった。人工的《じんこうてき》なものだから、いくらでも美人《びじん》につくれた。あらゆる美人《びじん》の要素《ようそ》をとり入《い》れたので、完全《かんぜん》な美人《びじん》ができあがった。もっとも、少《すこ》しつんとしていた。だが、つんとしていることは、美人《びじん》の条件《じょうけん》なのだった。

ほかにはロボットを作《つく》ろうなんて、だれも考《かんが》えなかった。人間《にんげん》と同《おな》じに働《はたら》くロボットを作《つく》るのは、むだな話《はなし》だ。そんなものを作《つく》る費用《ひよう》があれば、もっと能率《のうりつ》のいい機械《きかい》ができたし、やとわれたがっている人間《にんげん》は、いくらもいたのだから。

それは道楽《どうらく》で作《つく》られた。作《つく》ったのは、バーのマスターだった。バーのマスターというものは、家《いえ》に帰《かえ》れば酒《さけ》など飲《の》む気《き》にならない。彼《かれ》にとっては、酒《さけ》なんかは商売道具《しょうばいどうぐ》で、自《じ》分《ぶん》で飲《の》むものとは思《おも》えなかった。金《かね》は酔《よ》っぱらいたちがもうけさせてくれるし、時間《じかん》もあるし、それでロボットを作《つく》ったのだ。まったくの趣味《しゅみ》だった。

趣味《しゅみ》だったからこそ、精巧《せいこう》な美人《びじん》ができたのだ。本物《ほんもの》そっくりの肌《はだ》ざわりで、見《み》わけがつかなかった。むしろ、見《み》たところでは、そのへんの本物以上《ほんものいじょう》にちがいない。

しかし、頭《あたま》はからっぽに近《ちか》かった。彼《かれ》もそこまでは、手《て》がまわらない。簡単《かんたん》なうけ答《こた》えができるだけだし、動作《どうさ》のほうも、酒《さけ》を飲《の》むことだけだった。

彼《かれ》は、それが出来《でき》あがると、バーにおいた。そのバーにはテーブルの席《せき》もあったけれど、ロボットはカウンターのなかにおかれた。ぼろを出《だ》しては困《こま》るからだった。

お客《きゃく》は新《あたら》しい女《おんな》の子《こ》が入《はい》ったので、いちおう声《こえ》をかけた。名前《なまえ》と年齢《ねんれい》を聞《き》かれた時《とき》だけはちゃんと答《こた》えたが、あとはだめだった。それでも、ロボットと気《き》がつくものはいなかった。

「名前《なまえ》は。」

「ボッコちゃん。」

「としは。」

「まだ若《わか》いのよ。」

「いくつなんだい。」

「まだ若《わか》いのよ。」

「だからさ……。」

「まだ若《わか》いのよ。」

この店《みせ》のお客《きゃく》は上品《じょうひん》なのが多《おお》いので、だれも、これ以上《いじょう》は聞《き》かなかった。

「きれいな服《ふく》だね。」

「きれいな服《ふく》でしょ。」

「なにが好《す》きなんだい。」

「なにが好《す》きかしら。」

「ジンフィーズ飲《の》むかい。」

「ジンフィーズ飲《の》むわ。」

酒《さけ》はいくらでも飲《の》んだ。そのうえ、酔《よ》わなかった。

美人《びじん》で若《わか》くて、つんとしていて、答《こた》えがそっけない。お客《きゃく》は聞《き》き伝《つた》えてこの店《みせ》に集《あつま》った。ボッコちゃんを相手《あいて》に話《はなし》をし、酒《さけ》を飲《の》み、ボッコちゃんにも飲《の》ませた。

「お客《きゃく》のなかで、だれが好《す》きだい。」

「だれが好《す》きかしら。」

「ばくを好《す》きかい。」

「あなたが好《す》きだわ。」

「こんど映画《えいが》へでも行《い》こう。」

「映画《えいが》へでも行《い》きましょうか。」

「いつにしよう。」

答《こた》えられない時《とき》には信号《しんごう》が伝《つた》わって、マスターがとんでくる。

「お客《きゃく》さん、あんまりからかっちゃあ、いけませんよ。」

と言《い》えば、たいていつじつまがあって、お客《きゃく》はにが笑《わら》いして話《はなし》をやめる。

マスターは時《とき》どきしゃがんで、足《あし》の方《ほう》のプラスチック管《かん》から酒《さけ》を回収《かいしゅう》し、お客《きゃく》に飲《の》ませた。

だが、お客《きゃく》は気《き》がつかなかった。若《わか》いのにしっかりした子《こ》だ。べたべたおせじを言《い》わないし、飲《の》んでも乱《みだ》れない。そんなわけで、ますます人気《にんき》が出《で》て、立《た》ち寄《よ》る者《もの》がふえていった。

そのなかに、ひとりの青年《せいねん》がいた。ボッコちゃんに熱《ねつ》をあげ、通《かよ》いつめていたが、いつも、もう少《すこ》しという感《かん》じで、恋心《こいごころ》はかえって高《たか》まっていった。そのため、勘定《かんじょう》がたまって支払《しはら》いに困《こま》り、とうとう家《いえ》の金《かね》を持《も》ち出《だ》そうとして、父親《ちちおや》にこっぴどく怒《おこ》られてしまったのだ。

「もう二度《にど》と行《い》くな。この金《かね》で払《はら》ってこい。だが、これで終《おわ》りだぞ。」

彼《かれ》は、その支払《しはら》いにバーに来《き》た。今晩《こんばん》で終《おわ》りと思《おも》って、自分《じぶん》でも飲《の》んだし、お別《わか》れのしるしといって、ボッコちゃんにもたくさん飲《の》ませた。

「もう来《こ》られないんだ。」

「もう来《こ》られないの。」

「悲《かな》しいかい。」

「悲《かな》しいわ。」

「本当《ほんとう》はそうじゃないんだろう。」

「本当《ほんとう》はそうじゃないの。」

「きみぐらい冷《つめ》たい人《ひと》はいないね。」

「あたしぐらい冷《つめ》たい人《ひと》はいないの。」

「殺《ころ》してやろうか。」

「殺してちょうだい。」

彼《かれ》はポケットから薬《くすり》の包《つつ》みを出《だ》して、グラスに入《い》れ、ボッコちゃんの前《まえ》に押《お》しやった。

「飲《の》むかい。」

「飲《の》むわ。」

彼《かれ》の見《み》つめている前《まえ》で、ボッコちゃんは飲《の》んだ。

彼《かれ》は「勝手《かって》に死《し》んだらいいさ。」と言《い》い、「勝手《かって》に死《し》ぬわ。」の声《こえ》を背《せ》に、マスターに金《かね》を渡《わた》して、そとに出《で》た。夜《よ》はふけていた。

マスターは青年《せいねん》がドアから出《で》ると、残《のこ》ったお客《きゃく》に声《こえ》をかけた。

「これから、わたしがおごりますから、みなさん大《おお》いに飲《の》んで下《くだ》さい。」

おごりますといっても、プラスチックの管《くだ》から出《だ》した酒《さけ》を飲《の》ませるお客《きゃく》が、もう来《き》そうもないからだった。

「わーい。」

「いいぞ、いいぞ。」

お客《きゃく》も店《みせ》の子《こ》も、乾杯《かんぱい》しあった。マスターもカウンターのなかで、グラスをちょっと上《あ》げてほほした。


その夜《よ》、バーはおそくまで灯《あかり》がついていた。ラジオは音楽《おんがく》を流《なが》しつづけていた。しかし、だれひとり帰《かえ》りもしないのに、人声《ひとごえ》だけは絶《た》えていた。

そのうち、ラジオも「おやすみなさい。」と言《い》って、音《おと》を出《だ》すのをやめた。ボッコちゃんは「おやすみなさい。」とつぶやいて、つぎはだれが話《はな》しかけてくるかしらと、つんとした顔《かお》で待《ま》っていた。

顔《かお》のうえの軌道《きどう》

音楽《おんがく》が終《お》わり、光線《こうせん》が弱《よわ》められるにつれ、この広《ひろ》い部屋《へや》のなかに、ほっとした気分《きぶん》がみちはじめた。

あたりに配置《はいち》されている、さまざまな物《もの》。たとえば、どこにも決《けっ》してかけられず、またどこからもかかってくることのない電話機《でんわき》、いかに引《ひ》っぱってもあかない戸棚《とだな》、根《ね》を持《も》たない木《き》や草《くさ》など。すべては人工《じんこう》の時間《じかん》から解放《かいほう》されて、いっせいに生気《せいき》を失《うしな》い、本来《ほんらい》のみすぼらしさに戻《もど》りつつあった。

部屋《へや》のまわりの壁《かべ》の厚《あつ》い、コンクリートさえも、いままで吸《す》いこみつづけていた緊張《きんちょう》を吐《は》き出《だ》しにかかっているように見《み》えた。ところどころから軽《かる》いため息《いき》があがり、それは、

「おつかれさま。」

と呼《よ》びあう声《こえ》となり、さらにざわめきとなってひろがった。ここはテレビ局《きょく》のスタジオ。

いまは、藤川昌子《ふじかわまさこ》の主演《しゅえん》したドラマの収録《しゅうろく》が終《お》わったところだった。

上《うえ》のほうから金属的《きんぞくてき》な響《ひび》きがした。二階《かい》からの鋼鉄製《こうてつせい》の階段《かいだん》を、この番組《ばんぐみ》のディレクターがおりてきたのだ。彼《かれ》は、床《ゆか》の上《うえ》にのびている太《ふと》いコードを飛《と》びこえながら、まっすぐに昌子《まさこ》にかけよってきた。そして、興奮《こうふん》をともなった、せきこむような調子《ちょうし》でこう話《はな》しかけた。

「うまくいったぜ。すばらしい出来《でき》だった。きみは、どんな役《やく》でもこなしてしまう。いや、どんな人物《じんぶつ》にでも、完全《かんぜん》になりきることができるのだ。いまの役《やく》は、きみにははじめての悲劇的《ひげきてき》なヒロイン。どうなることかと、じつはちょっと心配《しんぱい》だった。それが、なにもかもうまくいったぜ。」

「ありがとう。そうだといいのだけど。」

彼女《かのじょ》は、意味《いみ》のない返事《へんじ》を、つまらなそうにした。それは彼《かれ》の表情《ひょうじょう》と、大《おお》きな対照《たいしょう》を示《しめ》していた。たしかに、いま終《お》わったドラマの役《やく》は、彼女《かのじょ》にとってはじめての役柄《やくがら》だった。ディレクターは冒険《ぼうけん》を試《こころ》みるつもりで昌子《まさこ》にその役《やく》を与《あた》え、彼女《かのじょ》は期待《きたい》どおり、いや、期《き》待以上《たいいじょう》にやりとげた。だから、彼《かれ》が喜《よろこ》ぶのも無理《むり》のないことだった。

「そうとも。ぼくがこれまで手《て》がけた番組《ばんぐみ》のなかで、いまのきみみたいに完全《かんぜん》にやってくれた人《ひと》は、いなかった。」

彼《かれ》はしきりとしゃべりつづけたが、昌子《まさこ》にとってはそらぞらしい響《ひび》きとしか聞《き》こえなかった。彼女《かのじょ》がドラマの人物《じんぶつ》になりきり、すべてがうまくゆくことは当然《とうぜん》のことで、前《まえ》からわかっていたことなのだ。

彼女《かのじょ》は、いいかげんでこの場《ば》から去《さ》りたいと思《おも》った。そこに、ちょっとした邪魔《じゃま》が入《はい》った。いまのドラマに端役《はやく》でてた、ひとりの女《おんな》の子《こ》が話《はな》しかけてきたのだ。

「いつも、うまく役《やく》をこなすのね。あたしにはとても、ああ巧《うま》くはできない。ずいぶん勉《べん》強《きょう》しているつもりだけど。やっぱり、才能《さいのう》のちがいなんでしょうね。うらやましいわ。それに、メーキャップもお上手《じょうず》ね。目《め》の下《した》にさりげなくつけた、そのつけぼくろの位置《いち》。悲《ひ》劇的《げきてき》な役《やく》の性格《せいかく》を、ぴったりとあらわしているわ……。」

その声《こえ》には、おべっかの調子《ちょうし》が含《ふく》まれていた。昌子《まさこ》から、演技《えんぎ》のこつでも聞《き》きだそうというのだろうか。それとも、そばにいるディレクターに、自己《じこ》の存在《そんざい》を示《しめ》しておこうという意味《いみ》をかねているのだろうか。

「そんなに、よくいったかしら。」

と、昌子《まさこ》はうるさそうに答《こた》えた。よけいなことを、言《い》わないでいてくれればいいのに。ほかの人《ひと》たちのあたしへの嫉妬《しっと》や反感《はんかん》を、あおりたてるようなものじゃないの。彼女《かのじょ》にはざわめきにみちた空気《くうき》のなかを、鋭《するど》く飛《と》びかうとげの存在《そんざい》がはっきりとわかっている。みなは、こう思《おも》っているのだ。

――なんだ。ちっとも美人《びじん》でもないくせに。いい気《き》になりやがって。われわれが引《ひ》きたてて、うまく運《はこ》んでやってるからじゃないか。

――彼女《かのじょ》、演技《えんぎ》の勉強《べんきょう》なんか、なんにもしていないじゃないの。運《うん》がいいのよ。それとも、裏《うら》から手《て》をまわして、自分《じぶん》を主役《しゅやく》に売《う》りこんでいるのかしら。

しかし、それらの嫉妬《しっと》が、声《こえ》となって出《で》ることはない。たしかに、みなが内心《ないしん》でつぶやくように、昌子《まさこ》は美人《びじん》とは呼《よ》びようがなかった。また、演技《えんぎ》の修業《しゅぎょう》も、ほとんどしていなかった。

にもかかわらず、役《やく》を与《あた》えられれば、それを完全《かんぜん》にやりとげることができる。明《あか》るい役《やく》であれ、清純《せいじゅん》な役《やく》であれ、また虚栄心《きょえいしん》の強《つよ》い役《やく》であれ、どんな場合《ばあい》でも同《おな》じだった。だから、どのテレビ局《きょく》の、どのディレクターも、そんな便利《べんり》な彼女《かのじょ》を使《つか》いたがるのが当然《とうぜん》だった。

みなの内心《ないしん》の嫉妬《しっと》が声《こえ》となれば、すぐに「それなら、きみにあれだけできるかい。」と反問《はんもん》されるにきまっているのだ。

「じゃあ、つぎの仕事《しごと》がありますので……。」

昌子《まさこ》は小声《こごえ》であたりに言《い》い、足早《あしばや》にスタジオの出口《でぐち》にむかった。しかし、廊下《ろうか》に出《で》たとたん、また一人《ひとり》の男《おとこ》につかまってしまった。それは、ある週刊誌《しゅうかんし》の芸能部《げいのうぶ》の記者《きしゃ》。彼《かれ》もしつっこく、同《おな》じようなことを話《はな》しかけてきた。

「はじめてのタイプの役《やく》なのに、すばらしい出来《でき》でしたよ。うちで記事《きじ》にしたいんです。いったい、どこでその才能《さいのう》を身《み》につけたんです。失礼《しつれい》かもしれませんが、聞《き》くところによると、あまり勉強《べんきょう》もしないそうだし、リハーサルの時《とき》にはあやふやなこともあるという、うわさ。それが、いったん本番《ほんばん》となると、見《み》ちがえるように役《やく》を果《は》たす。どこに、その秘訣《ひけつ》があるんです。ねえ、教《おし》えて下《くだ》さいよ。この事《こと》は、だれもが知《し》りたがっているはずですから。」

「秘訣《ひけつ》なんて、ありませんわ。ただ、しぜんにやっているだけ。みなさんがほめて下《くだ》さるけど、うまくいっているかどうか、あたしにはわかりませんわ。」

「そうかなあ。そんなはずはない。きっと、なにかあるはずですよ。」

彼《かれ》がなかなか離《はな》れそうになかったので、昌子《まさこ》は廊下《ろうか》にかけてある時計《とけい》を見《み》あげて言《い》った。

「あら、急《いそ》がなくては、つぎの仕事《しごと》があるの。べつの局《きょく》のスタジオからの迎《むか》えの車《くるま》が、玄《げん》関《かん》で待《ま》っているのよ。そのお話《はなし》は、こんど時間《じかん》のあいた時《とき》にでも……。」

芸能記者《げいのうきしゃ》だけに、昌子《まさこ》がまもなくべつの局《きょく》での番組《ばんぐみ》に出《で》るのを思《おも》い出《だ》したらしい。

「そうでしたね。だけど、あなたのひまな時《とき》など、待《ま》っていたら、いつまでたっても……。」

彼《かれ》の声《こえ》をうしろに、昌子《まさこ》は控室《ひかえしつ》に行《い》き、衣装《いしょう》をぬぎ服《ふく》に着《き》かえた。服《ふく》を着《き》かえ終《おわ》って腕《うで》時計《どけい》をのぞくと、記者《きしゃ》への逃《に》げ口上《こうじょう》どおり、少《すこ》しは急《いそ》がなくてはならなくなっていることに気《き》がついた。

鏡《かがみ》にむかい、左《ひだり》の目《め》の下《した》にあるつけぼくろをはがし、紙《かみ》に包《つつ》んでポケットに入《い》れた。そして、バッグを手《て》に、滑《すべ》りやすい廊下《ろうか》を玄関《げんかん》にむかった。

華《はな》やかさと虚《むな》しさのまざったテレビ局《きょく》の玄関《げんかん》のホールを抜《ぬ》けようとした時《とき》、昌子《まさこ》は背中《せなか》をたたかれた。

「昌子《まさこ》さん。うまかったじゃないか。ディレクター室《しつ》から見《み》てたよ。」

その言葉《ことば》はさっきからのと同《おな》じ内容《ないよう》ではあったが、その声《こえ》は彼女《かのじょ》の足《あし》をひきとめた。ふりかえってみると、そこに旗野幸生《はたのゆきお》が立《た》っていた。

「あら、旗野《はたの》さん。」

旗野《はたの》と昌子《まさこ》は学校時代《がっこうじだい》からの知《し》りあいだった。彼《かれ》は、放送作家《ほうそうさっか》。たまたま番組《ばんぐみ》の打《う》ち合《あ》わせで、ここに来《き》ていたのかもしれないし、昌子《まさこ》に話《はな》しかけるため、時間《じかん》をはかってここで待《ま》っていたのかもしれない。しかし、昌子《まさこ》にはそのどちらであるかは、わからなかった。

「すんだのなら、これからいっしょに帰《かえ》ろうか。」

「それがだめなの。あたしは、つぎの仕事《しごと》があるのよ。」

「それは何時《なんじ》に終《おわ》るんだい。終《おわ》ってから、どこかで会《あ》おう。」

「一時間《じかん》あとには、すむと思《おも》うんだけど。すんでから、来週《らいしゅう》の打《う》ち合《あわ》せがあるかも……。」

彼女《かのじょ》は言葉《ことば》をにごしたが、彼《かれ》はあきらめなかった。

「ぼくはこれからいつものバーにいっているから、もし早《はや》くすんだら来《き》てくれよ。ぜひ、話《はな》したいことが。」

「ええ、早《はや》く終《おわ》ったら寄《よ》ってみるわ。」

昌子《まさこ》には、旗野《はたの》の話《はな》したいことがわかっていた。すでに何回《なんかい》も言《い》われていた。そろそろ結婚《けっこん》してくれてもいいだろう、ということなのだ。

昌子《まさこ》にとって、それは決《けっ》していやなことではなかった。以前《いぜん》から彼《かれ》に好意《こうい》、いや、好意《こうい》以上《いじょう》のものを抱《いだ》き、いまもそれを持《も》ちつづけている。自分《じぶん》でもいいかげんで今《いま》の状態《じょうたい》を打《う》ちきり、彼《かれ》との結婚《けっこん》に入《はい》りたいと思《おも》っているのだ。

しかし、彼女《かのじょ》は今《いま》の状態《じょうたい》、この異様《いよう》な状態《じょうたい》を打《う》ち切《き》るふんぎりが、なかなかつかない。なにかのきっかけがない限《かぎ》り、自分《じぶん》からは飛《と》び出《だ》しにくい状態《じょうたい》にとらわれているのだ。

彼女《かのじょ》は大《おお》きく厚《あつ》いガラスのドアを押《お》し、外《そと》へ出《で》た。つぎのスタジオからの迎《むか》えの車《くるま》は、すぐに見《み》つかった。昌子《まさこ》はそれに乗《の》り、

「少《すこ》し急《いそ》いでちょうだい。」

と運転手《うんてんしゅ》に声《こえ》をかけ、シートに腰《こし》を下《お》ろした。そして、バッグのなかから古《ふる》びた本《ほん》を取《と》り出《だ》した。


手《て》さぐりで取《と》り出《だ》した、一冊《さつ》の本《ほん》。

昌子《まさこ》の現在《げんざい》は、この本《ほん》によって作《つく》られているといえた。黒《くろ》ずんだ革《かわ》の装丁《そうてい》の、あまり大《おお》きくない外国製《がいこくせい》の本《ほん》。

彼女《かのじょ》はうす暗《ぐら》い車《くるま》のなかで、そっとページを開《ひら》いた。遠《とお》い距離《きょり》をへだてた異国《いこく》のにおいと、遠《とお》い時間《じかん》をへだてた過去《かこ》のにおいがまざりあって、かすかに彼女《かのじょ》の鼻《はな》をくすぐった。

においは、いつも記憶《きおく》をよびさます。昌子《まさこ》は、この本《ほん》をはじめて手《て》にした時《とき》のことを思《おも》い出《だ》した。この本《ほん》は数年前《すうねんまえ》、アイルランドに旅行《りょこう》していた伯母《おば》から、彼女《かのじょ》に送《おく》ってきたものだった。

しかし、その本《ほん》にどんないわれがあるのか、伯母《おば》がどうして手《て》に入《い》れ、また、どんなつもりで昌子《まさこ》に送《おく》る気《き》になったのかはわからない。なぜなら、その伯母《おば》はアメリカまわりで帰国《きこく》の途中《とちゅう》、ニューヨークで不慮《ふりょ》の事故《じこ》にあって死《し》んでしまったのだ。いまでは聞《き》きようも、調《しら》べようもなかった。

当時《とうじ》、昌子《まさこ》は英文科《えいぶんか》の学生《がくせい》であり、その古《ふる》い文体《ぶんたい》の文章《ぶんしょう》を読《よ》むことはできた。本《ほん》の表題《ひょうだい》は『ほくろ占《うらな》い』だった。

なにげなくめくったページのところどころには、人体《じんたい》や顔《かお》が銅版画《どうはんが》によって描《えが》かれてあった。その、あまりに現代《げんだい》と対照的《たいしょうてき》な世界《せかい》は彼女《かのじょ》の好奇心《こうきしん》を刺激《しげき》し、くわしい内容《ないよう》を知《し》りたくさせた。

――世界《せかい》をつつむ天空《てんくう》では、多《おお》くの恒星《こうせい》が星座《せいざ》をつくり、そのあいだを惑星《わくせい》が運行《うんこう》し、目《め》に見《み》えぬ力《ちから》で人《ひと》びとの運命《うんめい》を導《みちび》いている。それと同《おな》じことが、皮膚《ひふ》にもある。人《ひと》びとの内《うち》にひそむ性格《せいかく》、かくされた運命《うんめい》も、皮膚《ひふ》のほくろの位置《いち》によって象徴《しょうちょう》されている……。

このような言葉《ことば》で、その本《ほん》ははじまっていた。彼女《かのじょ》はもちろん、すぐにそれを信《しん》じてしまったわけではない。

しかし、ぱらぱらとページをめくり、いくつかの銅版画《どうはんが》の顔《かお》を見《み》ているうちに、そのほくろの位置《いち》によって、その性格《せいかく》が想像《そうぞう》できるような気《き》がしてきた。ためしにひとつをえらんで、そばの説明《せつめい》を読《よ》んでみると、偶然《ぐうぜん》かもしれないが、彼女《かのじょ》が想像《そうぞう》したものにほぼ一致《いっち》していたのだ。

クイズのような、面白《おもしろ》さもあった。彼女《かのじょ》はそのひとつひとつを見《み》つめ、これは凶《きょう》、これは吉《きち》、これは中途《ちゅうと》はんぱ、また、富《とみ》に恵《めぐ》まれる、愛情《あいじょう》が強《つよ》いなどと首《くび》をかしげて想像《そうぞう》する。それから、そばの説明文《せつめいぶん》を読《よ》んでみる。

当《あた》る率《りつ》が多《おお》いように思《おも》えた。また、当《あた》らなかった時《とき》も、説明《せつめい》を読《よ》んでから見《み》つめなおすと、自分《じぶん》のほうがまちがっていたような気《き》になる。昌子《まさこ》はその本《ほん》に、しだいにひきこまれていった。

しかし、このほくろ占《うらな》いの理論《りろん》や歴史《れきし》には、あまり興味《きょうみ》がわかなかった。つまり、そもそも古代《こだい》ギリシャのメラムプスによってはじめられ、絶《た》えることなく研究《けんきゅう》がうけつがれ、十八世紀《せいき》の初期《しょき》に体系《たいけい》がととのえられた、といった部分《ぶぶん》など。

どの位置《いち》のほくろが、どんな性格《せいかく》や運命《うんめい》を示《しめ》すかという直接的《ちょくせつてき》なことに、より多《おお》くの関《かん》心《しん》があった。昌子《まさこ》は、やはり現代《げんだい》に生《い》きる若《わか》い娘《むすめ》なのだから。

こうなると、彼女《かのじょ》は、鏡《かがみ》をのぞきたくなる。自分《じぶん》はどこにほくろを持《も》っていたか、気《き》になってきたからだ。しかし、鏡《かがみ》を見終《みお》わってほっとすると同時《どうじ》に、少《すこ》しさびしい気持《きも》ちにもなった。ほくろらしいほくろは、彼女《かのじょ》の顔《かお》のどこにもなかった。

昌子《まさこ》は本《ほん》のページをめくりつづけ、この奇妙《きみょう》なクイズ遊《あそ》びに熱中《ねっちゅう》した。

そして、本《ほん》のなかほどに来《き》た時《とき》、彼女《かのじょ》はまばたきをした。黄色《きいろ》っぽいページの上《うえ》に変《へん》なものがはさまっていたのを見《み》つけたのだ。それは小《ちい》さく、丸《まる》く、黒《くろ》っぽい色《いろ》をしていた。つまみあげてみたものの、なんでできているのかはわからなかった。

「妙《みょう》なものね。ごみかしら。」

彼女《かのじょ》はこうつぶやきながら、そばのくずかごに捨《す》てようとして、これがつけぼくろと言《い》うものではないかと思《おも》った。

このあいだ読《よ》んだ風俗史《ふうぞくし》の本《ほん》の内容《ないよう》を思《おも》い出《だ》したのだ。十六世紀《せいき》にベネチアから起《おこ》ったつけぼくろの流行《りゅうこう》は、一時《いちじ》はヨーロッパじゅうにひろがったそうだ。だれもかれもが、男《おとこ》でさえもタフタやビロードを、小《ちい》さなさまざまな形《かたち》に切《き》り抜《ぬ》き、顔《かお》にはりつけた時代《じだい》があったという。

しかし、本《ほん》の間《あいだ》からでてきたこのつけぼくろは、タフタでもビロードでもなさそうに見《み》えた。むしろ、革《かわ》に近《ちか》いように思《おも》われた。

珍《めずら》しい物《もの》を手《て》に入《い》れたと気《き》がつきはしたが、これをどこにしまったものかと彼女《かのじょ》は迷《まよ》い、指《ゆび》でつまみあげたまま、なにげなくそのページに目《め》を落《おと》した。

そこの銅版画《どうはんが》の顔《かお》のそばの説明文《せつめいぶん》は、思《おも》わぬ運《うん》が開《ひら》けるほくろの位置《いち》を告《つ》げていた。

「面白《おもしろ》いじゃないの。」

昌子《まさこ》はこの偶然《ぐうぜん》に、なんとなくいたずら心《ごころ》を起《おこ》した。化粧《けしょう》台《だい》のなかから、つけまつ毛《げ》用《よう》ののりをさがし出《だ》す。どんな感《かん》じか、鏡《かがみ》にむかって、その図《ず》の示《しめ》す位置《いち》で自分《じぶん》の顔《かお》を飾《かざ》ってみようとした。

鏡《かがみ》だと、図《ず》とちがって左右《さゆう》が逆《ぎゃく》になるのにとまどいながら、右《みぎ》の眉毛《まゆげ》のそばにはりつけてみた。鏡《かがみ》のなかの顔《かお》は、なにかいいことがありそうな表情《ひょうじょう》を作《つく》っていた。

「さあ、きっとなにか起《おこ》るわよ。」

昌子《まさこ》は鏡《かがみ》のなかに、冗談《じょうだん》めいた口調《くちょう》でささやいてみた。

その時《とき》、電話《でんわ》のベルが鳴《な》ったのだ。

「どなた。」

「ぼくだよ。旗野《はたの》だ。」

その声《こえ》で、彼女《かのじょ》はにっこりした。まんざら、ききめがないわけでもないわ。こうすぐに、デイトの誘《さそ》いがかかってくるとは。

「あら、飲《の》みに行《い》きましょうか。」

しかし、彼《かれ》からの用件《ようけん》は、彼女《かのじょ》の想像《そうぞう》とちがっていた。

「それどころじゃない。ぜひ、きみに助《たす》けてもらいたいことに……。」

「なによ、そんなにあわてた声《こえ》をだして。」

「きみも知《し》ってるように、ぼくの脚本《きゃくほん》で演劇部《えんげきぶ》の連中《れんちゅう》が、あさってから芝居《しばい》をやることになっているんだが。」

「それは知《し》ってるけど、どうかしたの。」

「予定《よてい》していたのがひとり、病気《びょうき》で倒《たお》れちゃったんだ。きみ、出《で》てくれないか。ちょっとは演劇部《えんげきぶ》にいたんだから、やってやれないことはないよ。」

「だけど、あたしなんか……。」

「たのむよ。ほかにいないんだ。たいした役《やく》じゃないから、そう心配《しんぱい》することはないさ。」

旗野《はたの》からのたのみでは、昌子《まさこ》は断《こと》わりきれなかった。

「いいわ。でも、うまくいかなくても、あたしのせいじゃないわよ。」

「ありがたい。」

「それでどんな役《やく》なの。」

「じつは、いじの悪《わる》いオールドミスの役《やく》なんだ。」

「いやな役《やく》ね。だけど、引《ひ》きうけたからには、やってみるわ。」

そして、その当日《とうじつ》。昌子《まさこ》は面白半分《おもしろはんぶん》に、いじの悪《わる》い相《そう》を示《しめ》す位置《いち》にそのほくろをつけ、舞台《ぶたい》にあがった。芝居《しばい》そのものは上出来《じょうでき》ではなかったが、昌子《まさこ》の演技《えんぎ》は完全《かんぜん》だった。いじの悪《わる》い役《やく》は目立《めだ》つものだが、そればかりでなく、役《やく》そのものになりきり真《しん》に迫《せま》っていた。

これが、すべてのはじまりとなった。観客《かんきゃく》のなかに学校《がっこう》の先輩《せんぱい》のテレビ・プロデューサーがいて、昌子《まさこ》にテレビドラマへの出演《しゅつえん》をすすめてきた。

一回《かい》ぐらいなら、話《はなし》の種《たね》に出《で》てみようかしら。そう思《おも》って応《おう》じたのが、一回《かい》ではすまなくなってきた。彼女《かのじょ》は冗談《じょうだん》ではなく、その古《ふる》い本《ほん》と黒《くろ》っぽいつけぼくろにたよらざるをえなくなった。

とくに美人《びじん》でもなく、才能《さいのう》もなく、修業《しゅぎょう》もほとんどしていない者《もの》の上《うえ》に、予期《よき》もしなかった好評《こうひょう》と期待《きたい》がつみ重《かさ》なってきてしまった。たよるとなると、こんな物以外《ものいがい》にない。そして、本《ほん》とつけぼくろは、彼女《かのじょ》にそのたびごとに成功《せいこう》をもたらした。

藤川昌子《ふじかわまさこ》という女《おんな》は、どんな役《やく》でもこなしてしまうぞ。このうわさは彼女《かのじょ》の意志《いし》とは反対《はんたい》に、関係者《かんけいしゃ》のあいだに伝《つた》わっていった。

昌子《まさこ》は旗野《はたの》との距離《きょり》がひろがってゆくようで、さびしさに似《に》た気持《きも》ちを持《も》った。もちろん、おたがいの愛情《あいじょう》に変化《へんか》はないが、会《あ》う機会《きかい》がへり、結婚《けっこん》へ踏《ふ》み切《き》ることが、ますますできにくくなってきたのだ。

「もう、一切《いっさい》テレビには出《で》ません。仕事《しごと》はやめます。」

こう宣言《せんげん》できないことはない。だが、テレビカメラのむこうにいる目《め》に見《み》えない大衆《たいしゅう》のむれは、一種《いっしゅ》の強《つよ》い圧力《あつりょく》となって迫《せま》り、彼女《かのじょ》にはそれが口《くち》に出《だ》せなかった。やむを得《え》ず次《つぎ》の出演《しゅつえん》を承知《しょうち》し、出《で》るからにはと、本《ほん》とつけぼくろにたより、その成功《せいこう》はさらにつぎの出《しゅっ》演《えん》を招《まね》く。この循環《じゅんかん》はいつまでつづくのだろう。打《う》ち切《き》ることは、できないのだろうか。

昌子《まさこ》は自動車《じどうしゃ》の揺《ゆ》れで、追憶《ついおく》からさめた。

「さあ、そろそろ、つぎの番組用《ばんぐみよう》のほくろの位置《いち》を調《しら》べなくては。」

昌子《まさこ》はこうつぶやいて、バッグのなかに手《て》を入《い》れ、小型《こがた》のライトを取《と》り出《だ》して、パチリとスイッチを入《い》れた。しかし、本《ほん》の上《うえ》には、いつものように黄色《きいろ》い光《ひかり》のスポットは現《あらわ》れなかった。

「おかしいわ。」

彼女《かのじょ》はライトを軽《かる》く振《ふ》ってみた。だが、故障《こしょう》なのか、電池《でんち》がきれたのか、やはり光《ひかり》は出《で》てこなかった。しかたなく、彼女《かのじょ》は本《ほん》を持《も》ちあげ、車《くるま》の外《そと》を流《なが》れる街灯《がいとう》、ネオン、ヘッドライトなどのまざった光《ひかり》をたよりに、ページをめくった。

これから行《い》く局《きょく》での番組《ばんぐみ》では、彼女《かのじょ》は浮気《うわき》な女《おんな》の役《やく》を与《あた》えられている。これも、はじめての役柄《やくがら》だった。浮気《うわき》な女《おんな》の相《そう》がどこかにあったはずだと、ページをめくりつづけ、ちらちらする窓外《そうがい》の灯《あかり》によって、それらしいのをさがし出《だ》した。その銅版画《どうはんが》の図《ず》は、右《みぎ》の耳《みみ》の

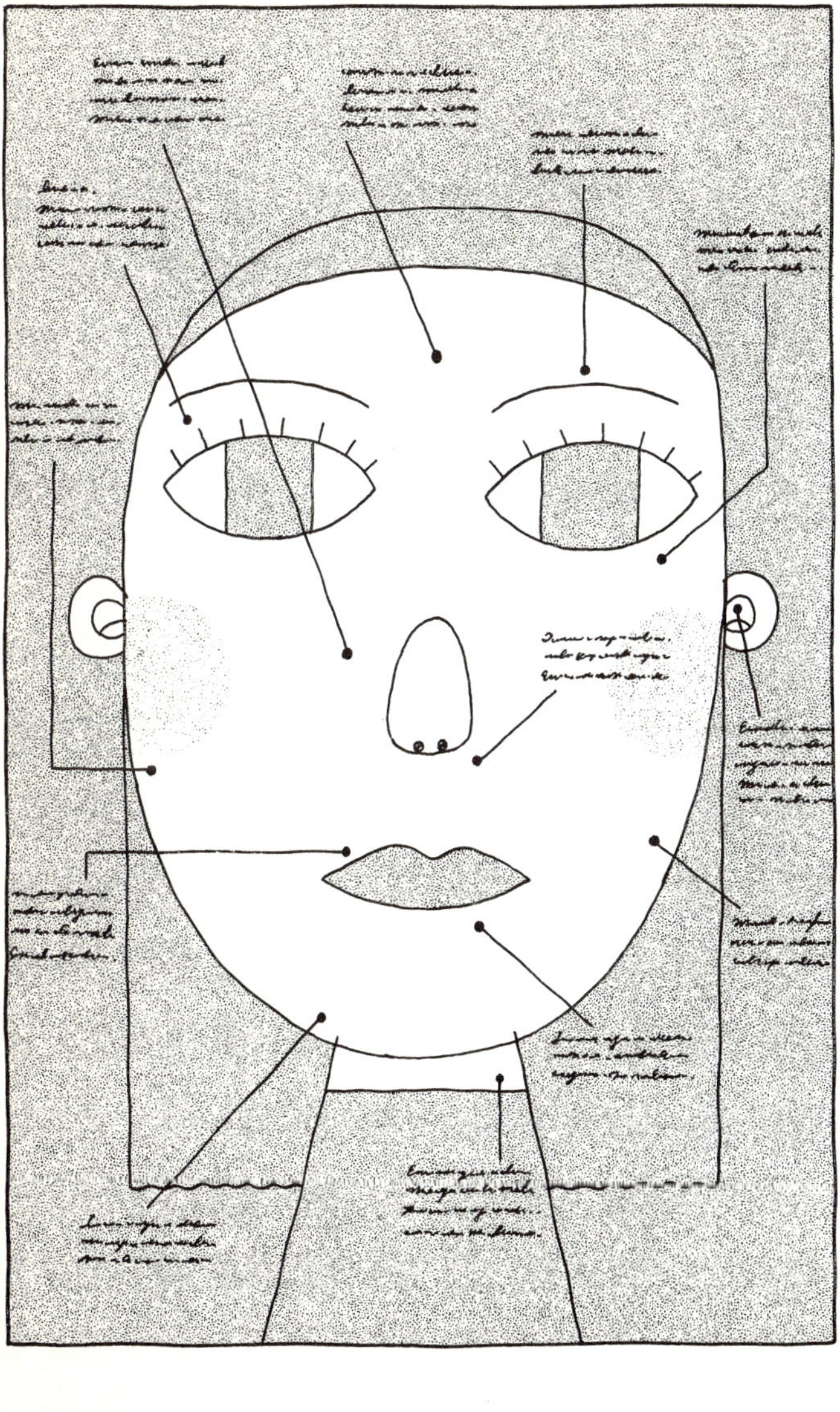

なかを示《しめ》していた。

「へんな所《ところ》だわ。こんな所《ところ》でいいのかしら。」

彼女《かのじょ》はポケットからつけぼくろを出《だ》し、のりをつけて、指示《しじ》どおりにつけた。もっとも、いままでに役柄《やくがら》によっては胸《むね》とか、足《あし》とか、外《そと》から見《み》えない部分《ぶぶん》につけたことはある。その時《とき》も、つけぼくろは約束《やくそく》どおり彼女《かのじょ》をその性格《せいかく》に作《つく》ってくれたので、彼女《かのじょ》もとくに疑念《ぎねん》は抱《いだ》かなかった。

「まあ、一応《いちおう》つけておいて、局《きょく》についてから明《あか》るい所《ところ》で調《しら》べなおし、ちがっていたら、つけかえることにするわ。」

こう心《こころ》のなかできめ、腕時計《うでどけい》をのぞいた。しかし、番組収録《ばんぐみしゅうろく》のはじまるまでに残《のこ》された時間《じかん》は、あまりなかった。彼女《かのじょ》は運転手《うんてんしゅ》に声《こえ》をかけた。

「お願《ねが》い。急《いそ》いで下《くだ》さいね。」

「ええ、そうしたいんですが、なにしろ、いまはこの辺《へん》がラッシュでね。」

そう答《こた》えられて外《そと》を見《み》ると、なるほど急《いそ》ぎようにも急《いそ》げない自動車《じどうしゃ》の混雑《こんざつ》だった。いらいらしているうちに時間《じかん》はたってゆき、車《くるま》のほうは少《すこ》しずつ進《すす》んだ。そして、やっと局《きょく》の玄関《げんかん》についた。

玄関《げんかん》には、番組《ばんぐみ》の係《かかり》が待《ま》ちかねたような顔《かお》で立《た》っていた。昌子《まさこ》の乗《の》った車《くるま》をみつけると、あわててかけより、ドアをあけ、呼《よ》びかけた。

「藤川《ふじかわ》さん、ゆっくりでしたね。どうなることかと、はらはらしてましたよ。スポンサーが代《かわ》ってはじめての番組《ばんぐみ》だから、気《き》が気《き》でなかった。」

「道《みち》がこんで、仕方《しかた》なかったのよ。」

「でも、まにあってよかった。すぐスタジオに入《はい》って下《くだ》さい。」

彼《かれ》は昌子《まさこ》の手《て》をひっぱるように車《くるま》からおろし、うしろから追《お》いたてるように廊下《ろうか》を案内《あんない》した。

「あと何分《なんぷん》あるの。」

「五分《ふん》ぐらいでしょう。すぐスタジオに入《はい》って下《くだ》さい。」

「では、大急《おおいそ》ぎで衣装《いしょう》をかえなければ。」

「そんな時間《じかん》はありませんよ。きょうのドラマなら、その服《ふく》で立派《りっぱ》に通用《つうよう》します。それに、藤川《ふじかわ》さんなら、いつでも役《やく》になりきれるんですから、少《すこ》しぐらい服《ふく》がちがっていても、演技《えんぎ》でカバーできるでしょう。」

「その点《てん》はなんとかなるでしょうけど、ちょっと本《ほん》を見《み》たいのよ。」

「本《ほん》ですって。ああ、台本《だいほん》のことですか。だけど、せりふ合《あわ》せは、先日《せんじつ》すっかり済《す》んでいます。なにも今《いま》さら見《み》ることはないでしょう。」

「台本《だいほん》のことじゃないのよ。」

「なんの本《ほん》です。冗談《じょうだん》じゃない、ゆっくり読書《どくしょ》している場合《ばあい》じゃ、ありませんよ。ディレクターがじりじりしています。さあさあ、入《はい》って下《くだ》さい。」

昌子《まさこ》は押《お》しこまれるようにスタジオに入《はい》り、係《かかり》はうしろで防音扉《ぼうおんとびら》をしめた。本番前《ほんばんまえ》のあわただしさのなかで、関係者《かんけいしゃ》たちは昌子《まさこ》を迎《むか》え、ほっとした。

ちょっとした確《たし》かめあいや、カメラの向《む》きの訂正《ていせい》などを打《う》ちあわせているうちに、さらに時間《じかん》がたった。

「本番《ほんばん》、一分前《ぷんまえ》。」

と声《こえ》が伝《つた》わってきて、ざわめきが静《しず》まり、それが緊張《きんちょう》へと変《かわ》っていった。照明《しょうめい》が強《つよ》まり、音楽《おんがく》がはじまり、セットが活力《かつりょく》をみなぎらせはじめた。

しかし、そのなかで昌子《まさこ》は、いつもとちがう気持《きも》ちに気《き》づいた。自分《じぶん》だけがまわりの動《うご》きとなにかずれているのだ。しかし、ドラマは進行《しんこう》をはじめている。せりふを言《い》い、動作《どうさ》をつづけなければならない。

場面《ばめん》がかわり、カメラが昌子《まさこ》からはなれた。そのあいまを見《み》て、演出《えんしゅつ》の助手《じょしゅ》がまっ青《さお》になって寄《よ》ってきて、彼女《かのじょ》に耳《みみ》うちした。

「どうしたんです。なにか、かんちがいしているんじゃないんですか。きみの役《やく》は、浮気《うわき》な女《おんな》なんですよ。あれでは、浮気《うわき》のうの字《じ》も感《かん》じられない。」

「どうも調子《ちょうし》がでないのよ。ほくろが、本《ほん》とちがってたのかしら。」

「え、なんのことです。ほくろだの、本《ほん》だの。しっかりして下《くだ》さいよ。いつものあなたらしくない。このままでは、とりかえしのつかないことになってしまう。」

「ええ。」

助手《じょしゅ》は離《はな》れ、ふたたびライトとカメラが昌子《まさこ》に集中《しゅうちゅう》した。だが、やはり周囲《しゅうい》とのずれは大《おお》きくなる一方《いっぽう》だった。相手役《あいてやく》の俳優《はいゆう》の困《こま》った感情《かんじょう》が、はっきりと彼女《かのじょ》に伝《つた》わってきた。相手役《あいてやく》ばかりでなく、ディレクターのあわてていることも想像《そうぞう》でき、スポンサーの苦《にが》い顔《かお》が目《め》に浮《う》かんだ。

しかし、昌子《まさこ》には、どうにもならなかった。なんとか役《やく》の性格《せいかく》になりきろうとしても、目《め》に見《み》えぬ力《ちから》がそれをはばんでいるようだった。

スタジオ内《ない》が混乱《こんらん》に近《ちか》い状態《じょうたい》になっていることがわかっていても、彼女《かのじょ》にはどうにもならなかった。あらためて俳優《はいゆう》を代《か》え、作《つく》りなおす余裕《よゆう》はない。編集《へんしゅう》で欠点《けってん》を減《へ》らすことになるだろう。もはや、この局《きょく》だけでなく、どのテレビ局《きょく》にも出《で》られなくなる。

いままで嫉妬《しっと》を押《おさ》えていた連中《れんちゅう》が、これを機会《きかい》にいいかげんなことを言《い》い歩《ある》くだろうし、どのディレクターだって多額《たがく》の費用《ひよう》をかけて製作《せいさく》する番組《ばんぐみ》に、とんでもない失敗《しっぱい》をやる可能性《かのうせい》のある人間《にんげん》を使《つか》おうとするはずがない。昌子《まさこ》は、すべてが終《お》わりになったことを知《し》った。

同時《どうじ》にドラマも終《お》わっていた。彼女《かのじょ》はうつむき、セットのかげに置《お》いておいたバッグを持《も》ち、かけながらスタジオを出《で》た。もはや二度《にど》と通《とお》ることのない廊下《ろうか》、玄関《げんかん》を抜《ぬ》けて夜《よる》の空《くう》気《き》にふれ、やっとわれにかえった。

「これで、おしまいというわけね。」

一方《いっぽう》、なにかしら重荷《おもに》がとれたような安堵《あんど》が感《かん》じられた。いつ果《は》てるともしれない循環《じゅんかん》の渦《うず》から助《たす》け出《だ》されたような思《おも》いだった。彼女《かのじょ》の頭《あたま》には、旗野《はたの》のことが浮《う》かんできた。

「そうだわ。次週《じしゅう》の打《う》ち合《あわ》せはもうないんだから、旗野《はたの》さんの待《ま》っているバーに寄《よ》ってみようかしら。」

昌子《まさこ》はこうつぶやきながら、自動車《じどうしゃ》を拾《ひろ》おうと、大通《おおどお》りへの道《みち》を歩《ある》いた。そして、道《みち》ばたのごみ箱《ばこ》のなかにでも、もはや効《き》き目《め》を失《うしな》った本《ほん》を捨《す》ててしまおうと考《かんが》えた。だが、その前《まえ》に、さっきつけたほくろの位置《いち》がちがっていたのかもしれないと気《き》づき、それを調《しら》べるため、街灯《がいとう》の下《した》でページをめくってみた。

その原因《げんいん》はすぐにわかった。さっきからつけていたほくろの位置《いち》は、やさしく従順《じゅうじゅん》な妻《つま》を示《しめ》すものだったのだ。彼女《かのじょ》は本《ほん》を閉《と》じ、そばのごみ箱《ばこ》のなかに投《な》げ入《い》れた。

「やあ、昌子《まさこ》さん。来《き》てくれたね。」

彼女《かのじょ》がバーに入《はい》って行《い》くと、旗野《はたの》は喜《よろこ》びの目《め》を見開《みひら》いて迎《むか》えた。

「ええ。あたし、そろそろテレビの仕事《しごと》をやめようと思《おも》うの。きりがないものね。」

「よく決心《けつしん》がついたな。では、懸案《けんあん》の問題《もんだい》にでも入《はい》るか。」

「そうしましょう。」

「その前《まえ》に、ゆっくりきみの顔《かお》を眺《なが》めさせてくれ。きみはよくほくろを方々《ほうぼう》につけてたが、いったい本物《ほんもの》はどこにあったのか、さっきから思《おも》い出《だ》そうとしていたところなんだ。」

「さがしてごらんなさい。宝《たから》さがしよ。」

二人《ふたり》は顔《かお》をみつめあいながら、グラスをあけた。やがて旗野《はたの》は声《こえ》を高《たか》めた。

「あ、その右《みぎ》の耳《みみ》。それは本物《ほんもの》らしいな。だけど、前《まえ》からそんなところにあったかな。」

昌子《まさこ》は思《おも》わず指先《ゆびさき》をそこに当《あ》ててみた。だが、そこにあるものは、いつもの、はがれるほくろではなかった。自分《じぶん》では気《き》がつかなかったが生《う》まれつきそこにあったのか、いつのまにかそこにできたのか、また、つけぼくろが皮膚《ひふ》に定着《ていちゃく》してしまったのか。しかし、いまの彼女《かのじょ》にはそれはどうでもいいことだった。

彼女《かのじょ》は明《あか》るい声《こえ》で言《い》った。

「ここにほくろのある女《おんな》は、どんな性格《せいかく》と運命《うんめい》を持《も》っているかわかる……。」

そして、だれも……

飛《と》びつづける宇宙《うちゅうせん》船のなか。ここに乗《の》り込《こ》んでいるわれわれは、新《あたら》しい惑星《わくせい》を発見《はっけん》するという目的《もくてき》を持《も》って、地球《ちきゅう》を出発《しゅっぱつ》した探検隊《たんけんたい》だ。

宇宙《うちゅうくうかん》空間の旅《たび》ぐらい、退屈《たいくつ》なものはない。窓《まど》のそとの光景《こうけい》は、星々《ほしぼし》が無数《むすう》にきらめいているだけで、いっこうに変《かわ》らない。いかに美《うつく》しい眺《なが》めでも、こういつまでも同《おな》じでは、楽《たの》しむ気分《きぶん》など消《き》えてしまう。また、夜《よる》や昼《ひる》といった区切《くぎ》りがなく、季節《きせつ》の変化《へんか》だって、あるわけがない。ちょうど、時《とき》の流《なが》れが停止《ていし》してしまったような感《かん》じ。

そんな状態《じょうたい》のなかで、われわれはぼんやりと生活《せいかつ》している。しなければならぬこと、いそがしさ、そんなものは、なにもないのだ。

隊員《たいいん》は、全部《ぜんぶ》で五名《めい》。私《わたし》は副長《ふくちょう》という職《しょく》にある。ここでの最高責任者《さいこうせきにんしゃ》はもちろん隊長《たいちょう》で、彼《かれ》は宇宙《うちゅうせん》船の船長《せんちょう》でもある。そのほか、第《だい》一操縦士《そうじゅうし》、第《だい》二操縦士《そうじゅうし》、通信士《つうしんし》が乗《の》っている。いずれも男性《だんせい》で、健康《けんこう》で、優秀《ゆうしゅう》な能力《のうりょく》の持《も》ち主《ぬし》ばかり。自分《じぶん》をほめていることにもなってしまうが。

隊長《たいちょう》はどちらかというと口《くち》やかましい性格《せいかく》で、つまらないことを、いちいち注意《ちゅうい》する。隊長《たいちょう》という立場《たちば》上《じょう》いたしかたないのだろうが、宇宙《うちゅう》船《せん》のなかでは逃《に》げかくれすることもできない。うけたまわっておく以外《いがい》にない。もっとも、私《わたし》はこつをのみこみ、なにか言《い》われたら、さからうことなく「はあ、はあ。」と聞《き》き流《なが》している。ほかの者《もの》たちもそうだ。

長《なが》い時間《じかん》の退屈《たいくつ》をまぎらすため、われわれはトランプで遊《あそ》ぶのが日課《にっか》だ。何百回《なんかい》となくやった。もしかしたら、何千回《なんかい》になるかもしれない。そして、このところ私《わたし》は大《おお》きく負《ま》けている。その分《ぶん》だけ勝《か》っているのが通信士《つうしんし》で、私《わたし》はいっこうに取《と》りかえせないでいる。これまた面白《おもしろ》くないことだが、腕前《うでまえ》のちがいなのだから、あきらめるほかはない。

それ以外《いがい》には、事件《じけん》らしきことはなにもない。なにしろ長《なが》い長《なが》い旅《たび》なのだ。平穏《へいおん》で無変《むへん》化《か》な生活《せいかつ》の連続《れんぞく》。地球《ちきゅう》上《じょう》についての思《おも》い出《で》も、最初《さいしょ》のうちは話題《わだい》になったが、いまはもう話《はな》しつくし、だれも口《くち》にしなくなってしまった。

といって、これからのことに関《かん》して、議論《ぎろん》することもない。新《あたら》しい惑星《わくせい》の発見《はっけん》が目的《もくてき》な

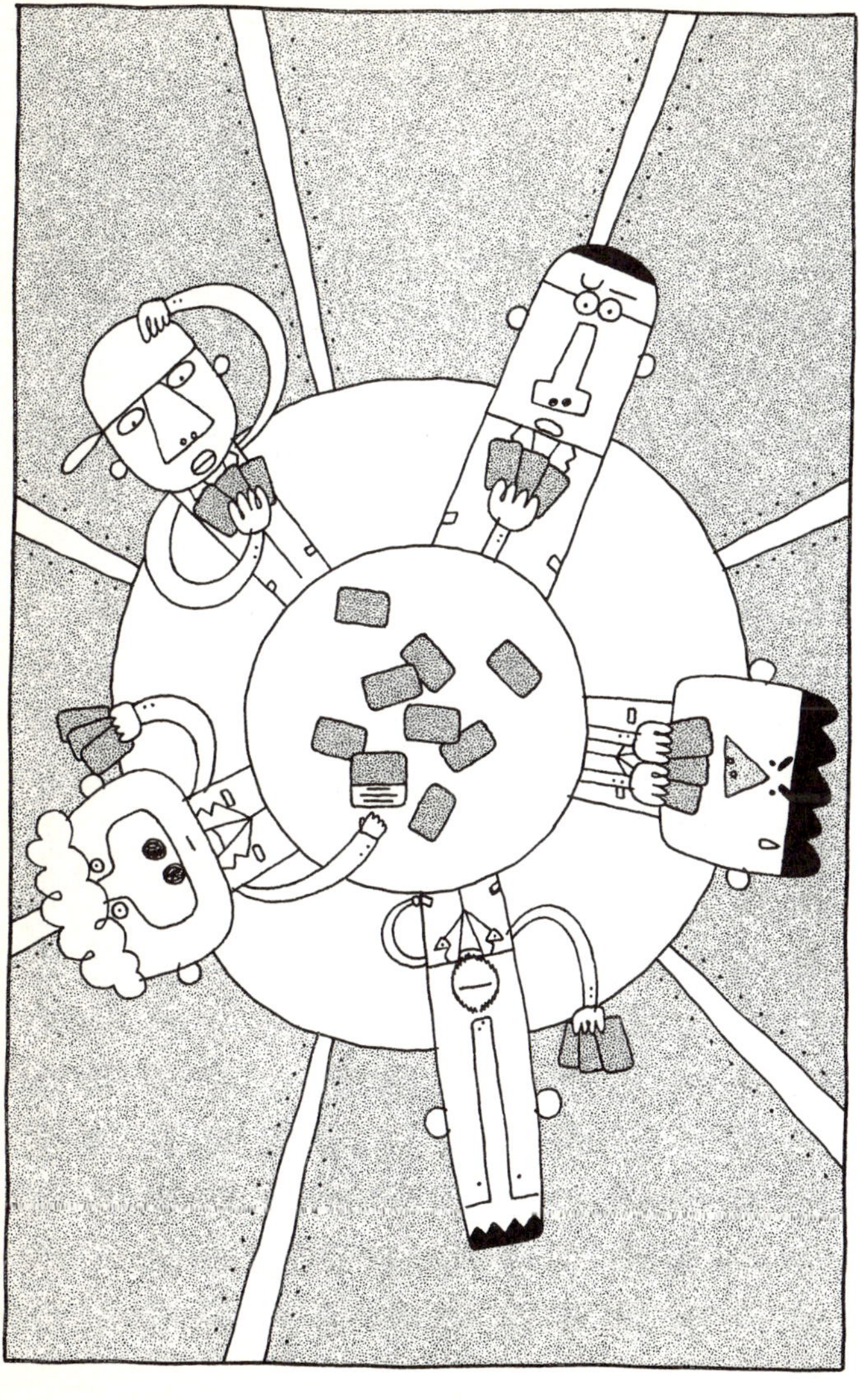

のだが、それがはたして存在《そんざい》するのかどうか、なんとも断言《だんげん》はできないのだ。飛《と》びつづけているこの方向《ほうこう》に、惑星《わくせい》がない場合《ばあい》だってありうる。途中《とちゅう》でむなしく引《ひ》きかえすことに、なるかもしれない。

だから、議論《ぎろん》に熱《ねつ》が入《はい》らないのだ。あまり期待《きたい》しすぎると、なかった場合《ばあい》の失望《しつぼう》も大《おお》きくなる。それに、仮定《かてい》の上《うえ》に立《た》った議論《ぎろん》では、発展《はってん》のしようもない。

というわけで、ただただ、なんということのない生活《せいかつ》がくり返《かえ》されてゆく。あばれたり叫《さけ》んだりしても意味《いみ》がないと、だれもが知《し》っているからだ。

その時《とき》もいつものようにトランプをやっていたのだが、私《わたし》はふと気《き》がついて言《い》った。

「隊長《たいちょう》はどこへ行《い》ったんだろう。」

「そういえば、さっきからいないな。きっと、トイレにでも行《い》ったのだろう。」

だれかが答《こた》え、しばらくトランプがつづいた。私《わたし》はまた通信士《つうしんし》に大《おお》きく取《と》られた。しかし、隊長《たいちょう》はなかなか戻《もど》ってこなかった。第《だい》一操縦士《そうじゅうし》が言《い》う。

「それにしても隊長《たいちょう》、時間《じかん》がかかりすぎるな。腹《はら》でもこわしたのだろうか。ちょっと見《み》てこよう……。」

彼《かれ》は席《せき》を立《た》ち、やがて戻《もど》ってきて、首《くび》をかしげながら言《い》った。

「……トイレにはいなかった。水《みず》でも飲《の》んでいるのかと調理室《ちょうりしつ》をのぞいたが、そこにもいない。いったい、隊長《たいちょう》はどこへ行《い》ったのだろう。」

「どこにもいないなんて、ありえないことだ。よくさがさなかったんだろう。」

私《わたし》はそばのスピーカーに口《くち》を当《あ》て、くりかえし呼《よ》んでみた。

「隊長《たいちょう》、どこですか。応答《おうとう》ねがいます。」

その声《こえ》は、船内《せんない》のどの部屋《へや》にもとどくことになっている。われわれは、耳《みみ》をすませた。しかし、どこからも隊長《たいちょう》の声《こえ》はかえってこなかった。一瞬《いっしゅん》みなは青《あお》ざめた顔《かお》を見《み》つめあった。通信士《つうしんし》は私《わたし》に言《い》った。

「隊長《たいちょう》に、なにか起《おこ》ったのでしょうか。どうしましょう。」

「手《て》わけしてさがそう。なにかにぶつかって気《き》を失《うしな》い、倒《たお》れているということも考《かんが》えられる。」

われわれ四人《にん》は担当《たんとう》の区域《くいき》をきめ、それぞれ隊長《たいちょう》の姿《すがた》を求《もと》めて船内《せんない》を歩《ある》きまわった。

私《わたし》のさがした部分《ぶぶん》にはいなかった。われわれは最初《さいしょ》の場所《ばしょ》にふたたび集合《しゅうごう》し、報告《ほうこく》を持《も》ちよった。だれの答《こた》えも同《おな》じだった。

「隊長《たいちょう》の姿《すがた》は見《み》あたりません。」

しかし、隊長《たいちょう》がいなくなるはずはないのだ。たぶん、だれかのさがし方《かた》がいいかげんだったのだろう。だれも、そんな目《め》つきでほかの者《もの》を眺《なが》めている。仕方《しかた》がないので、私《わたし》は提案《ていあん》した。

「では、こんどは、みんないっしょにさがしまわろう。見落《みお》としがないよう、しらみつぶしにさがすのだ。」

われわれは一団《いちだん》となって、部屋《へや》から部屋《へや》へとまわった。机《つくえ》の下《した》だの、戸棚《とだな》のなかだの、装置《そうち》の裏側《うらがわ》だの、人《ひと》のはいれそうな場所《ばしょ》は、すべてのぞきこんだ。

しかし、どこにも隊長《たいちょう》の姿《すがた》はない。資材貯蔵室《しざいちょぞうしつ》のドアをあけ、そのなかも調《しら》べてみた。着陸《ちゃくりく》しない限《かぎ》り用《よう》のない部屋《へや》で、そのなかにいるとは思《おも》えなかったが、万一《まんいち》ということもある。しかし、そこにもいなかった。何回《なんかい》か呼《よ》びかけてもみたが、答《こた》える声《こえ》はかえってこなかった。

どうもおかしい。形容《けいよう》しにくい、いやな予感《よかん》が、私《わたし》の背中《せなか》を走《はし》り抜《ぬ》けていった。それは、私《わたし》ばかりではなかったようだ。第《だい》二操縦士《そうじゅうし》が、口《くち》ごもりながら言《い》った。

「あの、宇宙《うちゅうせん》船のそとに出《で》たということは、考《かんが》えられないでしょうか。」

船内《せんない》にいなければ、船外《せんがい》ということになる。しかし、宇宙《うちゅうせん》船のドアというものは、ひとりで簡単《かんたん》にあけて、そとへ出《で》られるようにはできていない。各人《かくじん》が配置《はいち》について、エアーロックの二重《じゅう》ドアを操作《そうさ》しなければ、絶対《ぜったい》に開《ひら》かない。いかに隊長《たいちょう》でも、勝手《かって》なことはできないのだ。

「まあ、考《かんが》えられないな。しかし、念《ねん》のためだ。調《しら》べてみよう。」

私《わたし》は船外《せんがい》に出《で》るドアを、調《しら》べてみた。ドアがあけられたあとは、なかった。また、船外《せんがい》へ出《で》ている者《もの》があれば、その人数《にんずう》だけライトのつくしかけもあるのだが、そのライトはひとつも光《ひか》っていなかった。

さらに私《わたし》は、宇宙《うちゅうふく》服のおいてある部屋《へや》をのぞき、数《かず》をかぞえた。そこには予備《よび》のもいれて十着《ちゃく》の宇宙《うちゅうふく》服があり、ひとつもへっていない。船長《せんちょう》が宇宙《うちゅうせん》船のそとに出《で》たということは、ありえない。しかし、船内《せんない》については、さっきくまなく調《しら》べ、どこにも姿《すがた》を発見《はっけん》できなかった。どういうことなのだ、これは。

しばらく沈黙《ちんもく》がつづいた。やがて、だれかがふるえ声《ごえ》で言《い》った。

「隊長《たいちょう》はどうしたんでしょう。覚悟《かくご》のうえの、自殺《じさつ》なのでしょうか。」

「かりに自殺《じさつ》だったとしても、死体《したい》がどこかになくてはならない。電子《でんし》レンジを使《つか》えば焼《や》いて灰《はい》にすることもできるだろうが、小《ち》さすぎて人間《にんげん》ははいれないし、さっきのぞいたら灰《はい》もなかった。それに、隊長《たいちょう》は自殺《じさつ》するような性格《せいかく》の人《ひと》ではない。しかし、なにか手《て》がかりがつかめるかもしれないから、隊長《たいちょう》の机《つくえ》の引出《ひきだ》しを調《しら》べてみるとするか。」

と私《わたし》は言《い》った。隊長《たいちょう》に万一《まんいち》のことがあったら、副長《ふくちょう》である私《わたし》が指揮《しき》をとらなければならない。記録書類《きろくしょるい》のたぐいを引《ひ》きつぐ必要《ひつよう》もある。引出《ひきだ》しのなかを、調査《ちょうさ》する権利《けんり》もあるというわけだ。

みなを立《た》ち会《あ》わせ、隊長《たいちょう》の机《つくえ》の引出《ひきだ》しをあけ、私《わたし》は思《おも》わず意味《いみ》のない叫《さけ》び声《ごえ》をあげた。そこにはなにもはいっていなかったのだ。どの引出《ひきだ》しのなかも、すべてからっぽ。書類一《しょるいいち》枚《まい》、歯《は》ブラシ一本《いっぽん》、爪切《つめき》りバサミひとつなかった。隊長《たいちょう》に関連《かんれん》したものは、なにひとつない。ちょうど、この宇宙《うちゅうせん》船《う》には最初《さいしょ》から、隊長《たいちょう》が乗《の》っていなかったといった感《かん》じだった。

通信士《つうしんし》は目《め》をこすり、不安《ふあん》そうな声《こえ》で言《い》った。

「こんなことって、あるんだろうか。信《しん》じられない。隊長《たいちょう》はさっきまで、たしかにわれわれといっしょにいましたよ。ね、そうでしょう。」

だれもかれも同《おな》じ思《おも》いだった。みな、うなずきあう。しかし、隊長《たいちょう》がいたことを証明《しょうめい》できるものは、なにひとつないのだ。からっぽの引出《ひきだ》しを見《み》つめていると、なにが信《しん》じられるのかわからなくなってくる。

「どうしましょう、これから……。」

第《だい》一操縦士《そうじゅうし》、第《だい》二操縦士《そうじゅうし》、通信士《つうしんし》の三人《にん》が、私《わたし》を見《み》つめながら言《い》った。隊長《たいちょう》が消《き》えてしまったとなると、指示《しじ》を出《だ》す責任者《せきにんしゃ》は私《わたし》ということになる。

しかし、この予想《よそう》もしなかった事態《じたい》に、私《わたし》はなんと言《い》ったものか、すぐには対策《たいさく》の案《あん》も浮《う》かんでこなかった。隊長《たいちょう》が現《あらわ》れてくれるように、心《こころ》から祈《いの》った。口《くち》うるさく、やかましいやつだと反感《はんかん》を持《も》ったこともあったが、いなくなってみると、いい点《てん》だけが思《おも》い出《だ》される。私《わたし》なんかより、判断力《はんだんりょく》や統率力《とうそつりょく》ははるかに上《うえ》だ。しかし、隊長《たいちょう》をなつかしがって、だまったままでいるわけにもいかない。

「人員《じんいん》が消《き》えるなど、ありえないことだ。きっと、船内《せんない》のどこかにいるはずだ。どこか見《み》落《お》としているにちがいない。もう一回《いっかい》、手《て》わけして調《しら》べることにしよう。なにか異状《いじょう》を発見《はっけん》したら、大声《おおごえ》で知《し》らせるのだ。」

ふたたび、その作業《さぎょう》が開始《かいし》された。これで三回目《かいめ》だ。第《だい》一操縦士《そうじゅうし》、第《だい》二操縦士《そうじゅうし》が私《わたし》に報《ほう》告《こく》した。

「船内《せんない》に異状《いじょう》なしです。しかし、隊長《たいちょう》はどこにもおりません。」

だが、いくら待《ま》っても通信士《つうしんし》は戻《もど》ってこなかった。私《わたし》は腹《はら》を立《た》てた。

「あいつ、悪《わる》ふざけをしているな。ふざけてる場合《ばあい》じゃないぞ。とんでもないやつだ。なにをぐずぐずしている。」

そして、マイクをつかんでどなった。

「おい、通信士《つうしんし》、早《はや》く戻《もど》ってこい……。」

しかし、どこからも返答《へんとう》はなかった。ぶきみな静《しず》けさだけが、あたりにただよっている。しばらく待《ま》ち、私《わたし》はもう一回《いっかい》どなってみたが、やはり同《おな》じ。やつはどうしたんだろう。もしかしたら……。

われわれ三人《にん》は、船内《せんない》をひとまわりしてみた。だが、通信士《つうしんし》の姿《すがた》はどこにもない。最後《さいご》に彼《かれ》の机《つくえ》の引出《ひきだ》しをのぞき、われわれはぞっとした。隊長《たいちょう》のと同様《どうよう》、そこには、なにもなかったのだ。さっき、隊長《たいちょう》の机《つくえ》のからっぽなのを知《し》って、ふるえ声《ごえ》で叫《さけ》んだ通信士《つうしんし》。その机《つくえ》のなかがこうなっているとは……。

冗談《じょうだん》にしろ、こんなことをやるひまは、なかったはずだ。いったい、通信士《つうしんし》のやつめ、どこへ行《い》ってしまったのだろう。トランプの勝負《しょうぶ》で、私《わたし》の負《ま》けたぶんだけ彼《かれ》が浮《う》いているという点《てん》は不愉快《ふゆかい》だったが、いざ消《き》えてしまうと、彼《かれ》がいかにかけがえのない人物《じんぶつ》だったか、身《み》にしみてわかる。通信機《つうしんき》を扱《あつか》う技術《ぎじゅつ》は、だれでもいくらかは持《も》っているが、彼《かれ》にくらべればはるかに劣《おと》るのだ。

私《わたし》は第《だい》一操縦士《そうじゅうし》と第《だい》二操縦士《そうじゅうし》に、緊張《きんちょう》した声《こえ》で言《い》った。

「これは、ただごとではない事態《じたい》だ。しかし、なぜ、こんなことになったのか、さっぱりわからない。想像《そうぞう》できる原因《げんいん》について、なんでもいいから、発言《はつげん》してくれ。どんなことでもいい……。」

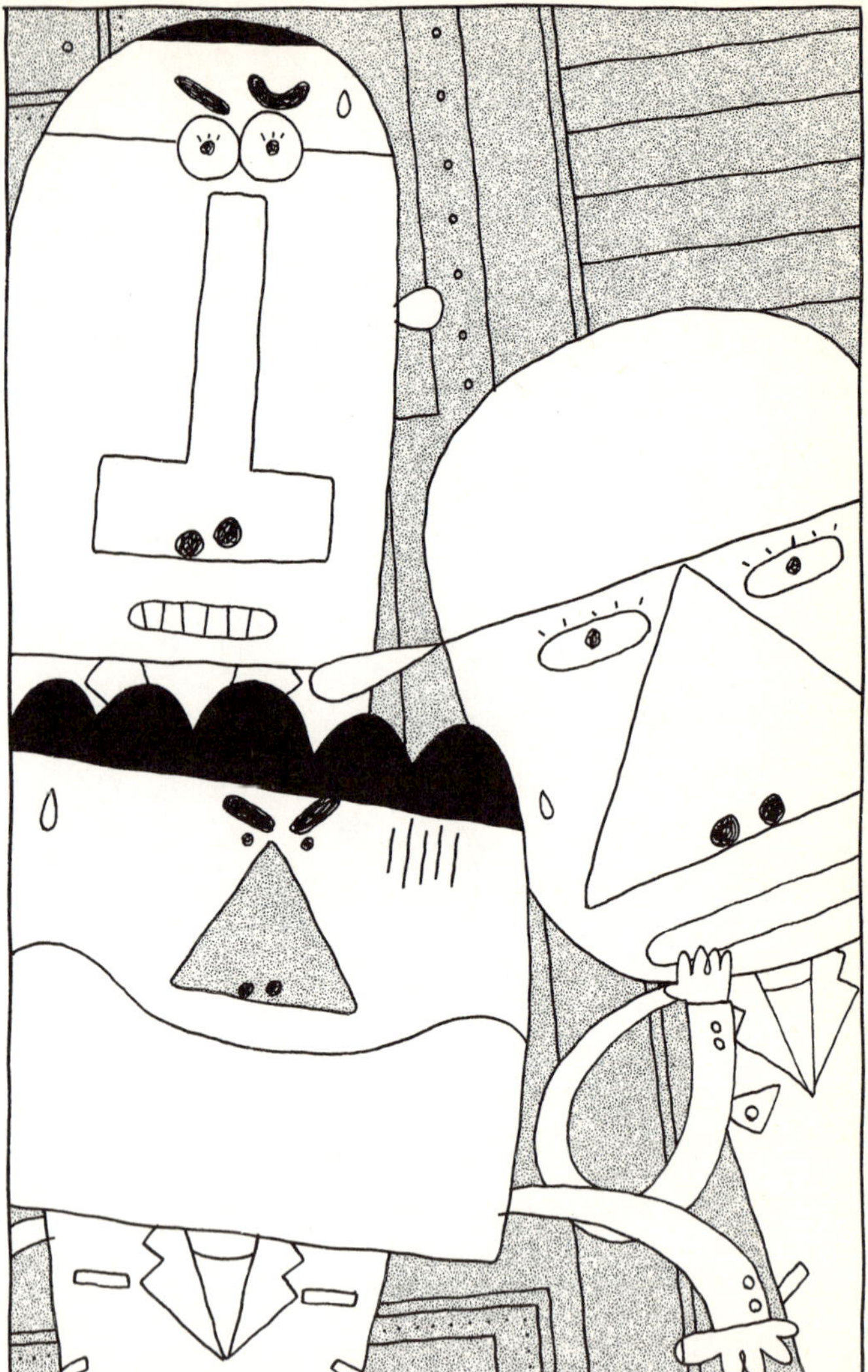

「笑《わら》われるかもしれませんが、宇宙人《うちゅうじん》のしわざじゃないでしょうか。彼《かれ》らにとっては好《この》ましくない宇宙船《うちゅうせん》、つまりこの船《ふね》のことですが、それを発見《はっけん》した。そこで特殊《とくしゅ》な方法《ほうほう》、金属《きんぞく》をへだてても作用《さよう》を示《しめ》す殺人光線《さつじんこうせん》のようなもので、まず隊長《たいちょう》を消《け》し、つぎに通信士《つうしんし》を……。」

「なるほど。」

私《わたし》は第《だい》一操縦士《そうじゅうし》の意見《いけん》にうなずいた。ばかげた説《せつ》ではあるが、そうではないという証明《しょうめい》もできない。第《だい》二操縦士《そうじゅうし》はこんなことを言《い》った。

「特殊《とくしゅ》な宇宙《うちゅう》ビールスという仮定《かてい》は、どうでしょう。それがかすかなすきまから船内《せんない》にはいり、それに感染《かんせん》すると、たちまちのうちにからだがとけて消《き》えてしまうというのは……。」

「考《かんが》えられないことではないな。しかし、服《ふく》もろとも消《き》えてしまっているのだ。さらに、机《つくえ》のなかの所持品《しょじひん》までなくなっている。宇宙人《うちゅうじん》のしわざにしろ、ビールスにしろ、この説明《せつめい》には困《こま》るぞ。」

と私《わたし》は疑問《ぎもん》を提出《ていしゅつ》した。そして、内心《ないしん》でひそかに、こうも考《かんが》えてみた。なんらかの作用《さよう》で、私《わたし》に超能力《ちょうのうりょく》がそなわったという仮定《かてい》はどうだろう。口《くち》のうるさい隊長《たいちょう》のやつ、いなければいいのに、と思《おも》ったとする。すると、それが現実《げんじつ》となって、関連《かんれん》した物品《ぶっぴん》もろとも消《き》えてしまう。また、トランプで勝《か》ちつづける通信士《つうしんし》に対《たい》しても、面白《おもしろ》くないやつだと腹《はら》を立《た》てると、それもまた現実《げんじつ》となって、彼《かれ》は存在《そんざい》することをやめ……。

しかし、そのことを口《くち》にする気《き》には、なれなかった。不意《ふい》に超能力《ちょうのうりょく》をそなえたのが、私《わたし》でない場合《ばあい》だってある。いずれにせよ、この際《さい》、気《き》まずい気分《きぶん》をひろめることはない。

われわれはそのほか、思《おも》いつくことを、かたっぱしから話《はな》しあった。空間《くうかん》のゆがみを通《つう》過《か》したため、べつな次元《じげん》に消《き》えていったのではないか。時間《じかん》の流《なが》れを乱《みだ》す力《ちから》が作用《さよう》し、過《か》去《こ》か未来《みらい》へ押《お》し流《なが》されたのではないか。

あるいは、記憶喪失《きおくそうしつ》のような一種《いっしゅ》の狂気《きょうき》によって、われわれに精神的《せいしんてき》な盲点《もうてん》ができたのではないか。そのため、隊長《たいちょう》と通信士《つうしんし》の存在《そんざい》をみとめることができなくなったということはないだろうか。

意見《いけん》はいろいろと出《で》たが、たしかめようのないものばかりだった。ただのおしゃべりと実質的《じっしつてき》には変《かわ》りない。私《わたし》は決断《けつだん》を迫《せま》られているのだ。これからどうすべきなのか、それをきめるのは私《わたし》なのだ。

ほかの二人《ふたり》は、私《わたし》をみつめ指示《しじ》を待《ま》っている。ぼやぼやしてはいられないのだ。このまだと、事態《じたい》はもっと悪化《あっか》しかねない。私《わたし》は言《い》った。

「原因《げんいん》はさっぱりわからないが、異常《いじょう》な危険《きけん》に直面《ちょくめん》していることはたしかだ。こうなったからには、地球《ちきゅう》へ引《ひ》きかえそう。進《すす》みつづけようにも、こう人員《じんいん》がへったら、かりに惑星《わくせい》をみつけたにしても、探検《たんけん》の目的《もくてき》を達《たっ》することができない。ひとまず地球《ちきゅう》へ戻《もど》ろうと思《おも》う。どうだろう。」

「賛成《さんせい》です。」

と第一《だいいち》操縦士《そうじゅうし》は指示《しじ》に従《したが》い、操縦《そうじゅう》室《しつ》に入《はい》り、装置《そうち》を動《うご》かそうとした。しかし、すぐに悲《ひ》鳴《めい》のような声《こえ》をあげた。

「これは、どういうことなんだ。装置《そうち》がまるで働《はたら》かない。これでは方向《ほうこう》を変《か》えることもできない。」

「おい、本当《ほんとう》か。なぜなんだ。」

私《わたし》が聞《き》くと、第一《だいいち》操縦士《そうじゅうし》が言《い》う。

「わけがわからない。こんなはずはないのだが。電気回路《でんきかいろ》かなにかに故障《こしょう》が起《おこ》ったのだろうか。点検《てんけん》をする必要《ひつよう》があります。手伝《てつだ》って下《くだ》さい。」

「いいとも。急《いそ》いでやろう。」

私《わたし》は宇宙《うちゅうせん》船の中央部《ちゅうおうぶ》にある管制室《かんせいしつ》へ行《い》き、第二《だい》操縦士《そうじゅうし》は後部《こうぶ》の燃料室《ねんりょうしつ》へと行《い》った。おたがいにマイクで連絡《れんらく》をとりあう。

「管制室《かんせいしつ》、どうですか。」

と第一《だい》操縦士《そうじゅうし》。

「異状《いじょう》なしだ。」と私《わたし》。

「燃料室《ねんりょうしつ》も異状《いじょう》なし。」と第二《だい》操縦士《そうじゅうし》。

どこにも異状《いじょう》はないようだ。となると、宇宙船《うちゅうせん》が操縦不能《そうじゅうふのう》におちいった原因《げんいん》はなんなのだろう。私《わたし》は聞《き》きかえした。

「操縦室《そうじゅうしつ》、なにかわかったか。」

しかし、その返事《へんじ》はなかった。くりかえして聞《き》いたが、やはり同様《どうよう》。私《わたし》はいやな胸《むな》さわぎを感《かん》じ、操縦室《そうじゅうしつ》へと急《いそ》いだ。そこに第《だい》一操縦士《そうじゅうし》の姿《すがた》はなかった。

「おい、どこへ行《い》ったんだ。早《はや》く故障《こしょう》部分《ぶぶん》を発見《はっけん》しなければならないんだぞ。」

私《わたし》は大声《おおごえ》をあげる。

「ここです。どうしました。」

答《こた》える声《こえ》があった。しかし、それは燃料室《ねんりょうしつ》から戻《もど》ってきた第二《だい》操縦士《そうじゅうし》だった。私《わたし》は彼《かれ》に言《い》う。

「どうもこうもない。今度《こんど》は第《だい》一操縦士《そうじゅうし》が消《き》えてしまった。いま、ちょっと離《はな》れたすきにだ。もう、なにもかもめちゃめちゃだ。手《て》のつけようがない。」

「どこへ、なぜ消《き》えたんでしょう。」

「わかるものか。」

私《わたし》は首《くび》を振《ふ》って言《い》った。しかし、さっきちょっと考《かんが》えた、私《わたし》に超能力《ちょうのうりょく》がそなわったせいかもしれないという仮定《かてい》は崩《くず》れた。これまでに私《わたし》は、第《だい》一操縦士《そうじゅうし》に対《たい》していやな感《かん》じを抱《いだ》いたことは、まったくなかったからだ。

その点《てん》、いくらかやましいような気分《きぶん》はなくなったというものの、喜《よろこ》ぶべきものでないことはいうまでもない。事態《じたい》は一段《いちだん》と悪化《あっか》しているのだ。

私《わたし》と第《だい》二操縦士《そうじゅうし》。宇宙船《うちゅうせん》のなかには、もう二人《ふたり》しか残《のこ》っていないのだ。それだけでも心細《こころぼそ》いのに、操縦装置《そうじゅうそうち》がおかしくなっている。引《ひ》きかえすことは不可能《ふかのう》だろう。宇宙船《うちゅうせん》は、ただ進《すす》みつづけるだけなのだ。絶望《ぜつぼう》にむかって進《すす》みつづける……。

事態《じたい》の好転《こうてん》することは考《かんが》えられない。悪《わる》くなることはあってもだ。第《だい》二操縦士《そうじゅうし》は言《い》った。

「もっとひどいことになりそうですね。」

「ああ……。」

その覚悟《かくご》はしておいたほうがよさそうだ。つまり、このままだと、さらに犠牲者《ぎせいしゃ》の出《で》ることもありうるわけだ。いままでの経過《けいか》から予想《よそう》される。

となると、つぎに消《き》えるのはだれなのだ。だれの番《ばん》だろう。私《わたし》か第《だい》二操縦士《そうじゅうし》のどちらかだ。第《だい》二操縦士《そうじゅうし》だろうか。かりにそうだとしても、いいことは少《すこ》しもない。

そのつぎは、いずれにせよ確実《かくじつ》に私《わたし》なのだ。消《き》えたあとは、どうなるのだろう。どこへ消《き》えるのだろう。それが死《し》を意味《いみ》するものなのかどうかも、それすらわからない。また万《まん》一《いち》、私《わたし》だけが消《き》えることなく残《のこ》ったとしても、ろくなことはない。操縦不能《そうじゅうふのう》におちいった宇宙船《うちゅうせん》のなかに、私《わたし》ひとりという状態《じょうたい》になるのだ。宇宙《うちゅう》のはてまで流《なが》されつづけるのだ。

この異常事件《いじょうじけん》の報告書《ほうこくしょ》を作《つく》って残《のこ》しても、だれに読《よ》まれることもないだろう。ひとりになってしまったら、孤独《こどく》にたえられなくなって、頭《あたま》がおかしくなるかもしれない。あるいは自殺《じさつ》をえらぶかもしれない。

消《き》えてしまった連中《れんちゅう》のことを考《かんが》えると、なつかしさでたまらなくなる。どこへ消《き》えてしまったのだ。もし彼《かれ》らが戻《もど》ってきてくれれば、私《わたし》はどんなことでもする。私《わたし》は第《だい》二操縦士《そうじゅうし》に言《い》った。

「まるでわけがわからんが、残《のこ》ったのはわれわれ二人《ふたり》になってしまった。気《き》をつけよう。」

「どう気《き》をつければ、いいのでしょう。」

「それもわからん。これからは決《けっ》して単独行動《たんどくこうどう》をとらないようにしよう。おたがいに、そばを離《はな》れないことだ。」

「それで大丈夫《だいじょうぶ》でしょうか。」

「しかし、ほかに注意《ちゅうい》しようがない。」

たしかにそうなのだ。目《め》に見《み》えぬ魔《ま》の手《て》を防《ふせ》ぐのに、そんな方法《ほうほう》ではだめかもしれない。われわれは非常《ひじょう》装置《そうち》のボタンを押《お》してもみた。前方《ぜんぽう》に物体《ぶったい》を発見《はっけん》した時《とき》に使《つか》うもので、逆噴射《ぎゃくふんしゃ》で速力《そくりょく》を落《おと》すためのものだ。しかし、その効果《こうか》もなかった。宇宙船《うちゅうせん》は、静《しず》かに進《すす》みつづけることをやめない。第《だい》二操縦士《そうじゅうし》は、寒《さむ》そうな身《み》ぶりで言《い》った。

「不安《ふあん》でたまりません。皮膚《ひふ》がぞくぞくします。どこからか、なにものかにねらわれているのだと思《おも》うと、落《お》ち着《つ》きません。宇宙服《うちゅうふく》を着《き》ませんか。なにかを身《み》につけていれば、いくらか安心感《あんしんかん》がえられるかもしれない。」

「それもそうだな。役《やく》に立《た》つという保証《ほしょう》もないが、やってみよう。持《も》ってきてくれ。いや、いっしょに行《い》こう。はなればなれになるのは危険《きけん》だ。」

私《わたし》たちは宇宙服《うちゅうふく》のおいてある部屋《へや》に行《い》った。それを身《み》につける。しかし、こんなことで、消《き》えるのが防《ふせ》げるのだろうか……。

その時《とき》。カチッというような音《おと》を、私《わたし》は聞《き》いた。音《おと》といっても、普通《ふつう》の音《おと》ではない。頭《あたま》の奥《おく》のほうで鳴《な》ったような音《おと》。なんだろう。それと同時《どうじ》に私《わたし》はめまいを感《かん》じ、床《ゆか》の上《うえ》に横《よこ》たわり……。

どれくらいの時間《じかん》がたったのだろう。見当《けんとう》はつかなかったが、そう長《なが》い時間《じかん》ではないようだった。眠《ねむ》いような気分《きぶん》。私《わたし》の耳《みみ》に、人《ひと》の声《こえ》が聞《き》こえてくる。

「おい、起《お》きろ。」

「さあ、目《め》をあけて、コーヒーを飲《の》め。」

などという声《こえ》だ。聞《き》きおぼえのある声《こえ》。私《わたし》はまぶたに力《ちから》をいれ、目《め》をあけた。それから、まわりで私《わたし》を見《み》おろしている人《ひと》たちの顔《かお》を見《み》た。その人《ひと》たち……。

隊長《たいちょう》、通信士《つうしんし》、第《だい》一操縦士《そうじゅうし》がそこにいるではないか。私《わたし》はこみあげてくる喜《よろこ》びを声《こえ》にして言《い》った。

「あ、みなさん、戻《もど》ってこれたんですか。よかった。一時《いちじ》はどうしようかと思《おも》いましたよ。なにしろ隊長《たいちょう》からはじまって、ひとりずつ消《き》えていったんですから。しかし、よく戻《もど》れましたね。いったい、どこへ行《い》っていたのですか。」

「まあ、その説明《せつめい》はあとにして、まずコーヒーでも飲《の》んで、目《め》をさますことだな。」

隊長《たいちょう》は言《い》った。だれかがコーヒーをさし出《だ》し、私《わたし》はそれを飲《の》んだ。濃《こ》く熱《あつ》いコーヒー、それによって私《わたし》のねむけはさめ、頭《あたま》はしだいにはっきりしてきた。私《わたし》はからだを起《お》こし、あ

たりを見《み》まわす。そのなかに、第二操縦士《だいにそうじゅうし》の姿《すがた》だけがなかった。

「第二操縦士《だいにそうじゅうし》はどうしたんです。あいつがいないようですね。みなさんが戻《もど》ったかわりに、こんどは彼《かれ》が消《き》えてしまったということですか……。」

「いやいや、そう心配《しんぱい》することはない。彼《かれ》だって、まもなく姿《すがた》を見《み》せるさ。目《め》がさめたらね。」

と隊長《たいちょう》が言《い》う。私《わたし》は聞《き》きかえす。

「目《め》がさめたらって、彼《かれ》はまだ眠《ねむ》っているというわけですか。」

「そうだよ。」

「というと、わたしも今《いま》まで眠《ねむ》っていたということですか。」

私《わたし》の質問《しつもん》に隊長《たいちょう》はうなずく。

「そうだよ。」

「ずっとですか。」

「そう、ずっとだ。」

「いったい、いつから眠《ねむ》っていたのです。」

「地球《ちきゅう》を出発《しゅっぱつ》してからだ。」

「すると、いままでのは、みな夢《ゆめ》だったということになるのかな。しかし、どういうことなんです。説明《せつめい》してください。」

私《わたし》が言《い》うと、隊長《たいちょう》が話《はな》し始《はじ》めた。

「われわれは地球《ちきゅう》を出発《しゅっぱつ》して以来《いらい》、宇宙《うちゅう》船《せん》のなかでずっと眠《ねむ》りつづけだった。今回《こんかい》の宇《う》宙旅行《ちゅうりょこう》は、これまでのにくらべ、はるかに長《なが》い距離《きょり》を飛《と》ばなければならない。そのため、乗員《じょういん》たちは全員《ぜんいん》、人工冬眠《じんこうとうみん》の状態《じょうたい》にならなければいけなかった。」

「そういえばそうでしたね。」

「乗員《じょういん》がみな、冬眠状態《とうみんじょうたい》にあっても、宇宙《うちゅう》船《せん》の計器《けいき》類《るい》は正確《せいかく》に働《はたら》き続《つづ》けている。そして、レーダーが前方《ぜんぽう》に惑星《わくせい》らしきものがあることをキャッチし、まずわたしに連絡《れんらく》し、自《じ》動的《どうてき》にわたしの目《め》をさまさせた。わたしは目《め》ざめ、これを自分《じぶん》の頭《あたま》からはずしたというわけだ。」

隊長《たいちょう》はそばにあるヘルメット状《じょう》のものを指《ゆび》さした。ただのヘルメットでなく、精巧《せいこう》な感《かん》じを与《あた》えるもので、一端《いったん》からコードが伸《の》びていた。私《わたし》は聞《き》く。

「なんでしたっけ、それは……。」

「夢《ゆめ》を見《み》せる装置《そうち》だよ。夢《ゆめ》なしで長《なが》い長《なが》い時間《じかん》を眠《ねむ》りつづけると、脳細胞《のうさいぼう》の働《はたら》きがおとろえ、頭《あたま》がぼけてしまう。といって、各人《かくじん》がそれぞれ勝手《かって》な夢《ゆめ》を見《み》ると、目《め》ざめたあと気分《きぶん》の統一《とういつ》に時間《じかん》がかかり、すぐ仕事《しごと》にかかれない。その問題《もんだい》を解決《かいけつ》するために開発《かいはつ》された装《そう》置《ち》だよ。みながヘルメットを頭《あたま》につけて眠《ねむ》ると、おたがいのヘルメットはコードで連絡《れんらく》されていて、だれもかれも共同《きょうどう》で同《おな》じ夢《ゆめ》を見《み》る。」

隊長《たいちょう》の手《て》にしているヘルメットのコードは、部屋《へや》の端《はし》にある、四角《しかく》い金属製《きんぞくせい》の装置《そうち》に伸《の》びていた。そこからは、コードが私《わたし》のほうにもきている。私《わたし》は自分《じぶん》の頭《あたま》に手《て》をやる。ヘルメットがあった。それをはずし、眺《なが》めてうなずきながら私《わたし》は言《い》った。

「そうでしたか。ずっとこれで夢《ゆめ》を見《み》ていたというわけか。われわれは、自分《じぶん》たちみんなが参加《さんか》し出演《しゅつえん》している夢《ゆめ》を、それぞれが見《み》ていたのですね。」

隊長《たいちょう》は答《こた》える。

「そういうことだ。しかし、まずわたしが目《め》ざめ、ヘルメットをはずした。そのため、共《きょう》同《どう》の夢《ゆめ》のなかから、わたしが消《き》えたというわけだろう。」

「そういうことになりますね。どうりで、いくらさがしまわっても隊長《たいちょう》を発見《はっけん》することができなかったわけだ。」

「もっとも、わたしとしては、夢《ゆめ》の世界《せかい》から自分《じぶん》が消《き》えることになるとは知《し》らなかった。これはあとから知《し》ったことだよ。さて、わたしはレーダーを調《しら》べ、前方《ぜんぽう》に存在《そんざい》するのが惑《わく》星《せい》らしいと判断《はんだん》した。それを確認《かくにん》するため、通信士《つうしんし》に詳《くわ》しい測定《そくてい》をやってもらおうと思《おも》った。そこで、彼《かれ》のヘルメットのスイッチを切《き》り、起《お》きてもらった。」

「そうでしたか。」

「測定《そくてい》の結果《けっか》、未知《みち》の新《あたら》しい惑星《わくせい》であることが、はっきりした。われわれは、それを目《め》ざさなければならない。そのためには、宇宙《うちゅうせん》船の進路《しんろ》を少《すこ》し変更《へんこう》しなければならない。わたしは、つぎに第《だい》一操縦士《そうじゅうし》に起《お》きてもらった。起《お》きてもらうたびに、夢《ゆめ》の世界《せかい》での消失《しょうしつ》さわぎを聞《き》かされた……。」

「だんだんわけがわかってきました。しかし、そういうしかけとは、出発《しゅっぱつ》前《まえ》に聞《き》きませんでしたね。もっとも、聞《き》いていたとしても、その記憶《きおく》は夢《ゆめ》の世界《せかい》まで持《も》ち込《こ》めなかったでしょうが。すっかり驚《おどろ》かされてしまいましたよ。わけもわからず、ひとりずつ消《き》えていったんですから。まさに悪夢《あくむ》だ。目《め》がさめずにあの夢《ゆめ》が続《つづ》いていたら、気《き》が変《へん》になっていたかもしれない。」

私《わたし》は息《いき》をついた。だが、隊長《たいちょう》は手《て》を振《ふ》って言《い》う。

「いやいや、そんなことはないさ。あくまで夢《ゆめ》の中《なか》のことだからな。悪夢《あくむ》を見《み》たのが原因《げんいん》で頭《あたま》がおかしくなったやつはいないよ。むしろ、少《すこ》しぐらい悪夢《あくむ》だったほうが、目《め》がさめてからほっとし、いい作用《さよう》を残《のこ》すといえるかもしれない。」

「そうかもしれませんね……。」

と私《わたし》はひとりごとのように言《い》った。ひとりずつ消《き》えていった時《とき》、さびしくてならなかった。消《き》えていった者《もの》たちの長所《ちょうしょ》ばかりを思《おも》い出《だ》し、欠点《けってん》は忘《わす》れてしまった。戻《もと》ってきてくれと心《こころ》から祈《いの》ったものだ。げんに今《いま》の私《わたし》も、みなに会《あ》えたうれしさで、心《こころ》は喜《よろこ》びにあふれている。

そのうち、私《わたし》は思《おも》いついて言《い》った。

「あ、それはそうと、第《だい》二操縦士《そうじゅうし》を早《はや》く目《め》ざめさせてやりましょう。おそらく彼《かれ》は、いま夢《ゆめ》のなかでたったひとり、恐怖《きょうふ》にふるえているはずですよ。」

「そうだな、そうしよう。」

隊長《たいちょう》は言《い》う。われわれは第《だい》二操縦士《そうじゅうし》の眠《ねむ》っているところへ行《い》った。彼《かれ》はヘルメットをかぶり毛布《もうふ》にくるまって眠《ねむ》っている。この毛布《もうふ》は体温《たいおん》を下《さ》げ冬眠状態《とうみんじょうたい》にする作用《さよう》を持《も》つものだ。隊長《たいちょう》は指《ゆび》でスイッチを切《き》る。それとともに毛布《もうふ》の温度《おんど》はあがり始《はじ》め、ヘルメットは口《くち》のあたりに薬品《やくひん》の霧《きり》をただよわせる。それらによって冬眠《とうみん》からさめるのだ。

第《だい》二操縦士《そうじゅうし》は、低《ひく》くうめき声《ごえ》をあげている。夢《ゆめ》は終《おわ》ったが、孤独《こどく》の不安感《ふあんかん》がつづいているのだろう。みなは彼《かれ》に声《こえ》をかけ、からだをたたく。

「さあ、しっかりしろ。起《お》きるんだ。」

やがて、彼《かれ》は細《ほそ》く目《め》をあけ、まず私《わたし》を見《み》つけ、そして、言《い》う。

「ああ、副長《ふくちょう》。ぶじだったんですね。どうなったかと、息《いき》のとまる思《おも》いでしたよ。なにしろ宇宙船《うちゅうせん》のなかから、とつぜん消《き》えてしまったんですからね。ぞっとしてしまいました……。」

彼《かれ》はまわりを見《み》まわし、ほかの者《もの》もいることを知《し》る。

「……全員《ぜんいん》ぶじだったのですね。いったい、これ、どういうわけですか。」

彼《かれ》は変《へん》な声《こえ》をあげた。だが、だれも笑《わら》わなかった。それに対《たい》して私《わたし》は、さっき私《わたし》がされた説明《せつめい》をしてやった。事情《じじょう》がわかるにつれ、第二操縦士《だいにそうじゅうし》は安心《あんしん》し元気《げんき》づいてきた。

「なるほど、わかりました。悪夢《あくむ》が終《お》わってほっとしましたよ。みんなとは、二度《にど》と会《あ》えないんじゃないかと、死《し》ぬよりさびしい思《おも》いでしたが、ここで、またいっしょに仕事《しごと》ができるんですから。どんな困難《こんなん》な仕事《しごと》でも、あの孤独感《こどくかん》よりはずっといい。」

私《わたし》は内心《ないしん》で、あらためて考《かんが》える。あの、夢《ゆめ》を見《み》せる装置《そうち》、うまくできていやがる。終《お》わりのほうでちょっと悪夢《あくむ》に仕上《しあ》げ、目《め》ざめた時《とき》に、みなの心《こころ》に協力《きょうりょく》しあおうという感情《かんじょう》をうえつけてしまうというわけだ。気《き》をそろえて、すぐ仕事《しごと》にかかれるように……。

ばらばらの夢《ゆめ》だったら、こうはいかないだろう。同《おな》じ夢《ゆめ》だったとしても、同時《どうじ》に目《め》ざめたのでは、これまただめだ。ひとりずつ目《め》ざめさせるところが効果的《こうかてき》なのだ。だれが開発《かいはつ》したのかしらないが、うまいしかけだ。

前方《ぜんぽう》の未知《みち》の惑星《わくせい》は、しだいに近《ちか》づきつつある。宇宙船内《うちゅうせんない》には活気《かっき》がみちてきた。隊《たい》長《ちょう》はきびきびした口調《くちょう》で命令《めいれい》する。そして、だれもが、自分《じぶん》のなすべきことをはじめた。

ある夜《よる》の物語《ものがたり》

クリスマス・イブ。

ひとりの青年《せいねん》がせまい部屋《へや》のなかにいた。彼《かれ》はあまりぱっとしない会社《かいしゃ》につとめ、あまりぱっとしない地位《ちい》にいた。そして、とくに社交的《しゃこうてき》な性格《せいかく》でなく友人《ゆうじん》もいなかった。

恋人《こいびと》がほしかったが、それもなかった。去年《きょねん》のやはりクリスマス・イブ、来年《らいねん》こそは恋《こい》人《びと》を作《つく》り、イブをいっしょにすごしたいものだなと思《おも》った。しかし、その期待《きたい》もむなしく、こよいも彼《かれ》はひとりですごさなければならなかった。

その青年《せいねん》の部屋《へや》は、せまく粗末《そまつ》で殺風景《さっぷうけい》だった。夕方《ゆうがた》にちらほら雪《ゆき》が降《ふ》り、それはやんだというものの、そとは寒《さむ》かった。その寒《さむ》さは室内《しつない》まで忍《しの》び込《こ》んでくる。暖房《だんぼう》も充分《じゅうぶん》でなく、また、つくりが粗末《そまつ》なので、寒《さむ》さを防《ふせ》ぐことがむずかしいのだった。

室内《しつない》は殺風景《さっぷうけい》で壁《かべ》に絵《え》もなく、花《はな》も花《か》びんすらない。あたたかさを目《め》に感《かん》じさせるものもなかった。クリスマス・イブといっても、それにふさわしいものは、なにもない。

ただひとつあるといえるものは音楽《おんがく》だった。青年《せいねん》は小型《こがた》ラジオから流《なが》れるクリスマスの音楽《おんがく》を、小《ちい》さな机《つくえ》にもたれて聞《き》いていた。ほかにすることもない。その音楽《おんがく》を聞《き》いていると、あたたかい曲《きょく》のはずなのに、なんとなくさびしくなってくる。自分《じぶん》がみじめでとるにたらない人間《にんげん》に思《おも》えてくるからだった。

といって、ラジオの音楽《おんがく》をとめる気《き》にもならない。そんなことをしたら、もっとやりきれない気分《きぶん》になるだろう。さびしさは一種《いっしゅ》のなぐさめなのだ。彼《かれ》は洋酒《ようしゅ》のびんを出《だ》し、それをグラスについでちょっと飲《の》んだ。「メリー・クリスマス。」と言《い》ってみたかったが、てれくさかったし、ちっともメリーじゃないと気《き》がつき、声《こえ》に出《だ》さなかった。

それでも、いくらか酔《よ》い、青年《せいねん》はうとうとした。そして、そのうち、彼《かれ》はそばに人《ひと》のけはいを感《かん》じ、はっとして顔《かお》をあげた。

そばにサンタクロースが立《た》っている。

白《しろ》いひげをはやした柔和《にゅうわ》な表情《ひょうじょう》の老人《ろうじん》。赤《あか》いゆるやかな服《ふく》を着《き》て、長靴《ながぐつ》をはき、大《おお》きな袋《ふくろ》を手《て》にさげていた。といったふうに、外見《がいけん》はサンタクロースそのものだった。しかし、いうまでもなく、青年《せいねん》は相手《あいて》を物語《ものがたり》のサンタクロースとみとめたわけではない。彼《かれ》は、だれかの悪《わる》ふざけだろうと思《おも》った。

「変《へん》な芝居《しばい》はやめて下《くだ》さい。ぼくはいま、あまり楽《たの》しい気分《きぶん》じゃないんです。ばかさわぎの仲間《なかま》入《い》りする気《き》はありません。」

サンタクロースはやさしい目《め》つきで言《い》った。

「芝居《しばい》だの、ばかさわぎだの、そんな目的《もくてき》でここを訪《おとず》れたのではありません。」

「それなら、なにかの宣伝《せんでん》ですか。むだですよ。ぼくにはお金《かね》も少《すこ》ししかない。」

「宣伝《せんでん》や販売《はんばい》に来《き》たのでもありません。わたしはサンタクロースです。」

「本物《ほんもの》のだとおっしゃるのですか。なにかの冗談《じょうだん》でしょう。」

と青年《せいねん》が言《い》うと相手《あいて》は答《こた》えた。

「わたしをよくごらんなさい。さわってもかまいませんよ。また、音《おと》もなくここに出現《しゅつげん》したことを考《かんが》えてみて下《くだ》さい。」

青年《せいねん》は見《み》つめた。相手《あいて》は欲《よく》のない表情《ひょうじょう》だった。やとわれて変装《へんそう》しているのではなさそうだった。ひげにさわってみる。つけひげでなく、心《こころ》の休《やす》まるような感触《かんしょく》があった。室内《しつない》

た。

を見《み》まわしたが、ドアには鍵《かぎ》がかかっており、普通《ふつう》の人間《にんげん》なら入《はい》ってこれないはずだっ

「ううん。たしかにあなたは、ただの人間《にんげん》じゃないみたいですね。宇宙《うちゅうじん》人かな。地球《ちきゅうしん》侵略《りゃく》のため、そんなかっこうで偵察《ていさつ》に乗《の》りこんできたのだろうか。」

「科学力《かがくりょく》にすぐれた宇宙《うちゅうじん》人だったら、なにもそんなまわりくどい方法《ほうほう》はとらないでしょう。また偵察《ていさつ》なら、もっとべつな場所《ばしょ》に行《い》くでしょう。わたしはサンタクロースです。」

相手《あいて》の言葉《ことば》に青年《せいねん》はうなずいた。宇宙《うちゅうじん》人が手間《てま》をかけ、こんな部屋《へや》に偵察《ていさつ》にやってくるわけがない。相手《あいて》の口調《くちょう》、態度《たいど》、それらのかもしだすムードに、青年《せいねん》はしだいに包《つつ》みこまれた。なごやかさ。楽《たの》しい夢《ゆめ》のなかにいるようだった。しかし、感触《かんしょく》があるのだから夢《ゆめ》ではなさそうだった。やがて彼《かれ》は言《い》った。

「あなたが本当《ほんとう》のサンタクロースに思《おも》えてきましたよ。しかし、なぜぼくのところへいらっしゃったのです。」

「ことしはどこを訪《おとず》れようかと空《そら》をただよっていたら、さびしげなものを感《かん》じた。そこで、ここへ来《き》たわけです。なにかおくりものをあげます。望《のぞ》みのものを言《い》って下《くだ》さい。」

「すると、物語《ものがたり》は本当《ほんとう》だったのですね。」

「世《よ》の多《おお》くの人《ひと》びとが、心《こころ》の奥《おく》で存在《そんざい》を期待《きたい》している。その期待《きたい》の力《ちから》によってわたしが出現《しゅつげん》し、望《のぞ》みをかなえてあげるというわけです。世《よ》の中《なか》のどこかでクリスマス・イブに一回《かい》ぐらい、奇跡《きせき》が起《おこ》ってもいいでしょう。」

「その幸運《こううん》な一回《かい》に、ことしはぼくが選《えら》ばれたというわけですか。ああ、なんとすばらしいことだろう。」

「さあ、なにが望《のぞ》みですか。」

サンタクロースはうながした。青年《せいねん》の頭《あたま》のなかに、さまざまなものが、まわりどうろうのようにあらわれ、そして消《き》えた。美《うつく》しい恋人《こいびと》。もっとすばらしい住居《じゅうきょ》。家具《かぐ》。新《あたら》しい自《じ》動車《どうしゃ》。いや、会社《かいしゃ》での昇進《しょうしん》といったことのほうがいいかな。自己《じこ》の性格《せいかく》を社交性《しゃこうせい》あるものに変《か》えてもらおうか。あるいは……。

「さあ、望《のぞ》みはなんでしょう。」

サンタクロースがまた言《い》った。だが青年《せいねん》は、いざとなると、なかなかきめられなかった。迷《まよ》っているうち、彼《かれ》の心《こころ》のなかでなにか変化《へんか》が起《おこ》った。青年《せいねん》は質問《しつもん》する。

「ぼくが辞退《じたい》したら、あなたはよそを訪《おとず》れることになるのですか。」

「それがお望《のぞ》みならばね。」

「ぼくがいま、なぜこんな気《き》まぐれを思《おも》いついたのかわからないし、ばかげたことだとも気《き》づいています。しかし、あなたのおくりものを受《う》ける権利《けんり》が、ぼくにあるかどうか。それが気《き》になってきました。権利《けんり》というより資格《しかく》といったほうがいい。ぼくよりも、もっと気《き》の毒《どく》な人《ひと》がいるはずだ。そっちへ行《い》ってあげたほうがいいんじゃないでしょうか。たとえば、このもう少《すこ》し先《さき》に、なおりにくい病気《びょうき》で寝《ね》たきりの女《おんな》の子《こ》がいる。あまりいい暮《くら》しでもないそうです。そこへあなたが出現《しゅつげん》したら、どんなに喜《よろこ》ぶかわからない。ここでぼくが品物《しなもの》をもらったりすると、あとに反省《はんせい》や後悔《こうかい》が残《のこ》りそうです。ぼくから回《まわ》されたことはだまって、その女《おんな》の子《こ》のところへ行《い》ってあげて下《くだ》さい。」

「では、そうしましょう。あなたの言《い》う通《とお》りにしましょう……。」

サンタクロースは歩《ある》き、壁《かべ》を通《とお》り抜《ぬ》けるごとく消《き》えた。あとにはなにも残《のこ》らない。しかし、青年《せいねん》の心《こころ》には、さっきまでなかったなにかが鮮明《せんめい》に残《のこ》されていた。彼《かれ》はこれからサンタクロースのやってくれることを想像《そうぞう》し、楽《たの》しさをおぼえた。満足感《まんぞくかん》があり、後悔《こうかい》はなかった。目《め》に見《み》えない、すばらしいものをもらったような気分《きぶん》だった。

そのあと、青年《せいねん》は酒《さけ》を少《すこ》し飲《の》み今度《こんど》は「メリー・クリスマス。」と声《こえ》に出《だ》して言《い》い、そして眠《ねむ》った。きれいな夢《ゆめ》を見《み》た。


病気《びょうき》のため寝床《ねどこ》に横《よこ》たわり、ひとり本《ほん》を読《よ》んでいた八歳《さい》ぐらいの女《おんな》の子《こ》がいた。そのそばにあらわれたサンタクロースは言《い》った。

「なにか欲《ほ》しいものがあるかい。それを言《い》ってごらん。」

「あら……。」

女《おんな》の子《こ》は横《よこ》になったまま、目《め》を動《うご》かして小《ちい》さく叫《さけ》んだ。そして、どういうことなの、このお店《みせ》の人《ひと》なの、つけひげなんでしょ、などと一通《ひととお》りのことを言《い》った。しかし、にせものだという点《てん》を発見《はっけん》できなかった。すなおな性質《せいしつ》でもあり、やがてサンタクロースであることをみとめた。

「ほんとのサンタクロースなのね。」

「そうだよ。欲《ほ》しいもの、望《のぞ》みのこと、なんでも言《い》ってごらん。かなえてあげるよ。」

「それならね……。」

女《おんな》の子《こ》は考《かんが》えはじめた。おもちゃがいいかしら、それよりも、お友《とも》だちが欲《ほ》しいわ。ずっと寝《ね》たきりで、話《はな》し相手《あいて》も遊《あそ》び相手《あいて》もいないんですもの。あら、それより病気《びょうき》がなおって元気《げんき》になることのほうがいいわね……。

「まだきまらないのかね。」

サンタクロースが言《い》い、女《おんな》の子《こ》は聞《き》いた。

「でも、なぜあたしのとこへ来《き》たの。」

「じつはね、名前《なまえ》は言《い》えないけど、さっきある人《ひと》のところへ行《い》ったんだよ。そしたら、こっちへ行《い》くようすすめられたんでね。」

「そうだったの。」

女《おんな》の子《こ》は軽《かる》く目《め》をとじた。あたし、ひとりぼっちかと思《おも》ってたけど、あたしのことを考《かんが》えてくれてる人《ひと》が、どこかにいたのね。女《おんな》の子《こ》はうれしげな表情《ひょうじょう》になった。自分《じぶん》が見捨《みす》てられた存在《そんざい》でないことを知《し》った。それは大《おお》きな驚《おどろ》きだった。そのためか、こんな言葉《ことば》が口《くち》から出《で》た。

「あたし、なんにもいらないわ。よその人《ひと》のところへ行《い》ってあげたら。あたしよりもっと気《き》の毒《どく》な人《ひと》がいるはずよ。」

「どんな人《ひと》だね。」

「そうね、たとえば、この先《さき》に住《す》んでいる金貸《かねか》しのおじさんなんか、どうかしら。あまり評判《ひょうばん》のいい人《ひと》じゃないの。だから、きっとお友《とも》だちがいないんじゃないかしら。今夜《こんや》なんか、つまらなそうにしているはずよ。そこへ行《い》ってなぐさめてあげたら。」

「それがお望《のぞ》みなら、そうしましょう。」

「さよなら、サンタクロースさん。」

「さよなら。」

サンタクロースは消《き》えた。しかし、女《おんな》の子《こ》の心《こころ》の楽《たの》しさはつづいていた。世《よ》の中《なか》のどこかに、あたしのことを考《かんが》えてくれている人《ひと》がいて、自分《じぶん》が辞退《じたい》してまでサンタクロースのような貴重《きちょう》な権利《けんり》を回《まわ》してくれた。そのことだけで充分《じゅうぶん》だった。からだに元気《げんき》がわいてきたようだった。生《い》きようという意欲《いよく》。それがからだのなかで大《おお》きくひろがっていった。病気《びょうき》がなおりはじめたように思《おも》えた……。

机《つくえ》にむかい、計算《けいさん》をし、帳簿《ちょうぼ》をつけている一人《ひとり》の中年《ちゅうねん》の男《おとこ》があった。そのうしろに立《た》ち、サンタクロースは声《こえ》をかけた。

「こんばんは……。」

「お金《かね》を借《か》りにいらっしゃったのなら、担保《たんぽ》か、しっかりした保《ほ》証《しょう》が必要《ひつよう》ですよ。」

「いいえ、お金《かね》を借《か》りに来《き》たのでも、借用《しゃくよう》した金《かね》を返済《へんさい》に来《き》たのでもありません。なにかお望《のぞ》みのものがあったら、さしあげようというわけです。」

「なんですって。妙《みょう》な人《ひと》だな……。」

男《おとこ》はふりかえり、サンタクロースを見《み》た。こんなお客《きゃく》ははじめてだ。こいつ、頭《あたま》がおかしいんじゃないかな。おれはつねに冷静《れいせい》な性格《せいかく》だ。だから幻影《げんえい》など見《み》るはずがない。しかし、何回《なんかい》も見《み》つめなおし、何回《なんかい》か質問《しつもん》をするうち、彼《かれ》は本物《ほんもの》のサンタクロースらしいと信《しん》じはじめた。サンタクロースは言《い》う。

「なにかお望《のぞ》みのことがありますか。」

「あるとも。ありすぎるぐらいだ……。」

男《おとこ》の頭《あたま》のなかで、金額《きんがく》の数字《すうじ》があらわれては消《き》え、しだいに大《おお》きくなっていった。それはとどまるところを知《し》らない。それに自分《じぶん》でも気《き》づき、彼《かれ》は苦笑《にがわら》いした。それでも、いちおう聞《き》いてみる。

「現金《げんきん》が欲《ほ》しいと言《い》ったらどうなる。」

「かまいませんよ。それであなたが楽《たの》しくなり、心《こころ》のなぐさめになるのでしたら。じつは、わたしをここへ回《まわ》した人《ひと》の条件《じょうけん》が、それですので。なるべくなら、その方針《ほうしん》にそいたいわけです。」

「なんだと。こういう貴重《きちょう》な権利《けんり》を、こっちにゆずってくれた人《ひと》がほかにいたのか。信《しん》じられないことだ。頭《あたま》がどうかしているんじゃないかな、その人《ひと》……。」

「名前《なまえ》は言《い》えませんが、頭《あたま》がおかしい人《ひと》ではありませんよ。よく考《かんが》えたうえで、そうきめたのです。」

「うむ……。」

男《おとこ》も考《かんが》えこんだ。さっき頭《あたま》のなかで巨額《きょがく》な数字《すうじ》を並《なら》べたことが、ちょっと恥《は》ずかしくなった。そして、自分《じぶん》にはすでに金《かね》があるのだということに、はじめて気《き》がついた。となると、望《のぞ》むのなら精神的《せいしんてき》な、金《かね》では買《か》えないもののほうがいい。こんな商売《しょうばい》をしてきたので、いままで好意《こうい》を寄《よ》せてくれる親《した》しい友人《ゆうじん》がなかった。それが欲《ほ》しい。それにしようかなと思《おも》い、すでにそれがあることにも気《き》づいた。サンタクロースをここに回《まわ》してくれた人《ひと》が、社会《しゃかい》のどこかに確実《かくじつ》にいるのだ。それなら、もうなにもいらないじゃないか。男《おとこ》は言《い》った。

「どこかよそへ行《い》ったらどうですか。」

「欲《よく》のないかたですね。」

サンタクロースに言《い》われ、男《おとこ》はてれかくしのような口調《くちょう》で言《い》った。

「欲《よく》はあるさ。しかし、欲《ほ》しいものは自分《じぶん》の力《ちから》で手《て》に入《い》れる主義《しゅぎ》なんでね。ここへ来《き》ていただいたご好意《こうい》には感謝《かんしゃ》するよ。サンタクロースなら、気《き》の毒《どく》な人《ひと》のところへ行《い》ってあげたほうがいい。」

「どんなところへですか。」

「さあね。そうだ、こんな商売《しょうばい》をしていると、社会《しゃかい》の裏側《うらがわ》の情報《じょうほう》を耳《みみ》にする。こないだ聞《き》いたのだが、なにか危険《きけん》なたくらみをやっている一団《いちだん》があるらしい。なにをやろうとこっちの知《し》ったことじゃないが、そういうやつの内心《ないしん》は荒涼《こうりょう》としたものじゃないかな。そのボスをなぐさめてやったらどうだろう。」

「では、そうしましょう。さよなら。」

「さよなら。もう二度《にど》と会《あ》えないのだろうが、あなたのことは忘《わす》れないよ。それと、あなたをここへ回《まわ》してくれた人《ひと》のことも……。」

男《おとこ》は消《き》えてゆくサンタクロースに言《い》った。男《おとこ》は帳簿《ちょうぼ》をしまい、この楽《たの》しい気分《きぶん》のまま眠《ねむ》り、夢《ゆめ》のなかでもう一回《いっかい》サンタクロースに会《あ》おうと思《おも》った。いまの商売《しょうばい》をやめるつもりはないが、営業《えいぎょう》方針《ほうしん》を少《すこ》し変《か》えるとするかな。サンタクロースをここへ回《まわ》してくれた人《ひと》が、店《みせ》に金《かね》を借《か》りに来《く》ることだってありうるし。そんなことをぼんやりと考《かんが》えながら……。

あるビルの地下室《ちかしつ》で、緊張《きんちょう》した顔《かお》の男《おとこ》がひとり考《かんが》えこんでいた。彼《かれ》がこれまでにたどってきた人生《じんせい》をひとことで言《い》えば、いいことはひとつもなかった。いやなことの連続《れんぞく》。そのため、彼《かれ》は社会《しゃかい》に対《たい》して憎悪《ぞうお》の炎《ほのお》をむけるようになった。それだけならまだしも、仲間《なかま》を集《あつ》めて現実《げんじつ》の行動《こうどう》に移《うつ》そうとしているのだった。

すなわち、ある国《くに》とある国《くに》とを対立《たいりつ》させ、それをあおり、争《あらそ》いにまで発展《はってん》させようという計画《けいかく》。へたしたら大戦《たいせん》に発展《はってん》しかねない陰謀《いんぼう》だが、それこそこの男《おとこ》の望《のぞ》むところ。おれをひどい目《め》にあわせつづけたこの世界《せかい》など、破滅《はめつ》すべきなのだ。彼《かれ》はその念《ねん》にとりつかれ、資金《しきん》や仲間《なかま》を集《あつ》め、熱狂的《ねっきょうてき》に準備《じゅんび》を進《すす》めてきた。そして、まもなく行動《こうどう》への指令《しれい》を出《だ》そうとしていた。

そこにサンタクロースがあらわれた。男《おとこ》は気《き》づき、拳銃《けんじゅう》をむけた。

「やい。変《へん》なかっこうをして、だれだ。どこかのスパイだな。だが、ここへやってきたからには、無事《ぶじ》には帰《かえ》れないぞ。」

「わたしはサンタクロースです。」

「子供《こども》だましの、ばかげたことを言《い》うな。」

男《おとこ》は拳銃《けんじゅう》をぶっぱなした。しかし、弾丸《だんがん》はカーブをえがき、一発《いっぱつ》も命中《めいちゅう》することなく、コンクリートの壁《かべ》にはねかえった。そのことで男《おとこ》は、サンタクロースであることを直感《ちょっかん》した。

「信《しん》じられないが、信《しん》ずる以外《いがい》になさそうだ。これは失礼《しつれい》なことをした。しかし、なんでサンタクロースがここへ……。」

「ある人《ひと》が、ここへ行《い》くようわたしに提案《ていあん》しましたのでね。なにかお望《のぞ》みのことがあれば、どうぞ。かなえてあげます。」

「そうだな……。」

おれの望《のぞ》みは、世界《せかい》の破滅《はめつ》だ、それを言《い》えばかなえてくれるかもしれない。しかし、その決意《けつい》は急激《きゅうげき》にうすれていた。破滅《はめつ》させようという世界《せかい》のなかに、サンタクロースをここに回《まわ》してくれた人《ひと》が含《ふく》まれている……。

決意《けつい》はにぶり、彼《かれ》の心《こころ》のなかの強固《きょうこ》なものが崩《くず》れさっていった。男《おとこ》は言《い》う。

「妙《みょう》な気分《きぶん》だ。こんな心境《しんきょう》では、望《のぞ》みのものなどきめられない。しばらく考《かんが》えさせてくれ。」

「しかし、クリスマス・イブも、もうまもなく時間《じかん》ぎれです。来年《らいねん》あらためて出《で》なおしましょうか。」

「そうだな。いや、来年《らいねん》はべつな人《ひと》のところへ行《い》ってくれ。おれの考《かんが》えは変《かわ》った。あなたがここに出現《しゅつげん》してくれたことだけで満足《まんぞく》だ。さよなら。」

「さよなら……。」

サンタクロースは消《き》えた。そして、雪《ゆき》にとざされたある場所《ばしょ》の、自分《じぶん》の家《いえ》へと帰《かえ》った。雪《ゆき》はやみ、晴《は》れた夜空《よぞら》には星《ほし》が輝《かがや》いていた。サンタクロースは袋《ふくろ》を肩《かた》からおろし、それをしまった。窓《まど》のそとの星々《ほしぼし》の光《ひかり》はなごやかだった。サンタクロースは、もしかしたら、きょう最《もっと》も楽《たの》しさを味《あじ》わったのは自分《じぶん》ではないかと思《おも》った。

午後《ごご》の恐竜《きょうりゅう》

1

男《おとこ》は目《め》をさました。ねどこのなかで軽《かる》くのびをする。どこかで、近所《きんじょ》の幼《おさな》い子供《こども》たちの、夢中《むちゅう》になってさわいでいる声《こえ》がする。

「わあ、怪獣《かいじゅう》だ。怪獣《かいじゅう》だ。」

と叫《さけ》びあっている。そのなかに、幼稚園《ようちえん》へかよっている彼《かれ》の坊《ぼう》やの声《こえ》がまざっていることも、すぐにわかった。

男《おとこ》は手《て》をのばし、枕《まくら》もとの時計《とけい》を取《と》る。カーテンごしの陽《ひ》の光《ひかり》で時計《とけい》を見《み》る。午前十時《ごぜんじ》半《はん》。

「そろそろ起《お》きるとするかな……。」

男《おとこ》はつぶやく。彼《かれ》にとって、日曜《にちよう》の朝《あさ》のこの寝坊《ねぼう》ぐらい好《この》ましいものはない。これを味《あじ》わうために毎週《まいしゅう》の勤《つと》めをしているような気《き》になることもあるのだ。

もっとも、けさは七時《じ》ごろだったか、妻《つま》に一回《かい》ゆり起《おこ》された。

「ねえ、あなた。ちょっと起《お》きてみない。面白《おもしろ》いわよ。」

と、ささやかれたような気《き》もする。

しかし、男《おとこ》はねむい声《こえ》、ふきげんな声《こえ》でどなりかえした。

「おれを起《おこ》すな。日曜《にちよう》の朝《あさ》ぐらい、ゆっくり眠《ねむ》らしておいてくれ。一週間《しゅうかん》分《ぶん》の疲《つか》れをこれで回復《かいふく》するのだ。」

そして、毛布《もうふ》を引《ひ》っぱって頭《あたま》の上《うえ》までかぶり、ふたたび眠《ねむ》りの国《くに》へと戻《もど》った。

妻《つま》も起《おこ》すのをあきらめたのだろう。男《おとこ》はいま、みちたりためざめを迎《むか》えることができた。眠《ねむ》りのなかで、なんだかわからないが不安《ふあん》にみちた夢《ゆめ》を見《み》たようにも思《おも》えた。だが、それもめざめと明《あか》るさのなかで、すぐに忘《わす》れてしまった。さらに、それを確認《かくにん》するような口調《くちょう》で男《おとこ》は言《い》ってみた。

「のどかだなあ……。」

彼《かれ》は三十歳《さい》ちょっと。努力《どりょく》したかいがあって、このあいだやっと自分《じぶん》の家《いえ》を持《も》つことができた。この家《いえ》。小《ちい》さく、都心《としん》へ通勤《つうきん》するにはけっこう時間《じかん》がかかり、借金《しゃっきん》もたくさん残《のこ》っているが、とにかく自分《じぶん》の家《いえ》なのだ。

家族《かぞく》は妻《つま》と坊《ぼう》やひとり。数《すう》カ月後《げつご》には、もうひとり子供《こども》がうまれる予定《よてい》だ。こんどは女《おんな》の子《こ》だといいな。男《おとこ》は楽《たの》しく空想《くうそう》した。高望《たかのぞ》みすればきりがないが、いまのところ大《おお》きな不満《ふまん》のない生活《せいかつ》といえた。

玄関《げんかん》から子供《こども》が、叫《さけ》び声《ごえ》とともにかけこんできた。

「わあ、怪獣《かいじゅう》だ。怪獣《かいじゅう》だ。」

男《おとこ》はそれにねころんだまま声《こえ》をかける。

「怪獣《かいじゅう》ごっこをやっているのかい。」

「あ、パパ。起《お》きていたの。」

坊《ぼう》やはあわてて声《こえ》をひそめた。パパを起《おこ》さないよう、母親《ははおや》に注意《ちゅうい》されていたのを思《おも》い出《だ》したのだ。男《おとこ》は言《い》う。

「ああ、おはよう。だれと怪獣《かいじゅう》ごっこをやってるんだい。」

「ううん、ごっこじゃないよ。本物《ほんもの》なんだよ。とってもすごいんだ。」

坊《ぼう》やの顔《かお》には、興奮《こうふん》がいっぱいにひろがっていた。楽《たの》しさできらきらする目《め》。わくわくする心《こころ》で息《いき》づいている胸《むね》。手《て》は制《せい》しきれぬリズムで休《やす》みなく動《うご》いている。

しかし、本物《ほんもの》とはなんのことだ、と男《おとこ》は思《おも》った。真《しん》に迫《せま》った遊《あそ》びとでもいった意味《いみ》なのだろう。男《おとこ》はこのさい、坊《ぼう》やの語法《ごほう》のあやまりを直《なお》してやるべきだと考《かんが》えた。来年《らいねん》は小学《しょうがっ》校《こう》だ。けじめなるものを、少《すこ》しは教《おし》えておかなければならない。

「おい、こっちへ来《き》なさい。遊《あそ》びの時《とき》には、本物《ほんもの》などと言《い》ってはいけない。」

「だって、本物《ほんもの》なんだもの。」

「本物《ほんもの》の怪獣《かいじゅう》など存在《そんざい》しないんだ。テレビに出《で》てくるのも、なかに人間《にんげん》が入《はい》っているぐらい、知《し》っているだろう。言葉《ことば》づかいはちゃんとしなさい。」

「だって、パパ……。」

坊《ぼう》やののどから不満《ふまん》げな文句《もんく》が、しかし、はずんだ声《こえ》で出《で》た。男《おとこ》の声《こえ》は大《おお》きくなる。

「だって、なんなのだ。」

「自分《じぶん》でみてごらんよ。」

坊《ぼう》やに言《い》われ、男《おとこ》はカーテンを引《ひ》き、くもりガラスの窓《まど》の戸《と》をあけた。そして、そこに見《み》た。

「うむ……。」

男《おとこ》はうなり、うなずくばかりだった。ワニのしっぽを短《みじか》くし、からだをずんぐりさせたような形《かたち》。くすんだ茶色《ちゃいろ》をしており、体長《たいちょう》は二メートル半《はん》ぐらいだろうか。のそのそと歩《ある》いている。

「マストドンザウルスっていうんだって。」

と坊《ぼう》やは言《い》った。遊《あそ》び仲間《なかま》のだれかに教《おし》えられたのだろう。近《ちか》ごろの子供《こども》には、古代怪獣《こだいかいじゅう》の名《な》にくわしいのがいる。

「ふうん……。」

男《おとこ》はため息《いき》をついた。異変《いへん》はそばの怪獣《かいじゅう》だけではなかった。あたりには妙《みょう》な植物《しょくぶつ》が何本《なんぼん》もはえている。幹《みき》にはウロコのようなものがついており、いずれも空《そら》へむかって、いやに直線的《ちょくせんてき》に伸《の》びている。なかには十メートルを越《こ》す高《たか》さのものもあった。

に。

「シダのたぐいだろうか……。」

葉《は》の形《かたち》がお正月《しょうがつ》の飾《かざ》りに使《つか》うそれに似《に》ていた。しかし、もっとずっと大《おお》きい。そのため、あたりには緑色《みどりいろ》の光《ひかり》がただよっている。こんなもの、昨夜《ゆうべ》まで影《かげ》も形《かたち》もなかったのに。

「これは、どういうことなのだ……。」

また男《おとこ》はつぶやき、そこに呆然《ぼうぜん》と立《た》ちつくした。坊《ぼう》やのほうは、少《すこ》しもじっとしていられない。雪《ゆき》のつもった朝《あさ》も楽《たの》しいが、きょうはそれよりはるかに刺激的《しげきてき》なのだ。いつのまにか坊《ぼう》やはそとへ出《で》て「怪獣《かいじゅう》だ、怪獣《かいじゅう》だ。」と叫《さけ》んでかけまわっている。

そこへ、さっきのかどうかはわからないが、またマストドンザウルスがあらわれた。男《おとこ》は気《き》がつき、あわてて叫《さけ》ぶ。

「気《き》をつけろ、坊《ぼう》や。その変《へん》なやつに近《ちか》よっちゃだめだ。あぶないぞ。逃《に》げろ……。」

そのとたん、怪獣《かいじゅう》は坊《ぼう》やにむかって、大《おお》きな口《くち》を開《ひら》いた。体長《たいちょう》の三分《ぶん》の一はありそうな口《くち》だ。ノコギリよりとがった、ギザギザの歯《は》の列《れつ》が白《しろ》く光《ひか》り……。

2

厚《あつ》いコンクリートの壁《かべ》にかこまれた、大《おお》きな地下室《ちかしつ》のなかで、大《おお》ぜいの男女《だんじょ》が忙《いそが》しげに動《うご》いている。そのなかで最《もっと》も年長《ねんちょう》の、制服姿《せいふくすがた》のひとりが叫《さけ》んだ。青《あお》ざめた顔《かお》をしており、いらいらした感情《かんじょう》のこもった口調《くちょう》だ。

「おい、XB8号《エックスビーごう》との連絡《れんらく》はまだとれないのか」

「まだです。無電《むでん》を総動員《そうどういん》し、最大《さいだい》の努力《どりょく》はしているのですが……。」

壁《かべ》ぎわに並《なら》んだ計器類《けいきるい》のランプが点滅《てんめつ》し、ピーピーいう信号音《しんごうおん》や、ブザーの音《おと》。コンピューターの磁気記憶装置《じきおくそうち》の回転《かいてん》。

「急《いそ》げ。なんとしてでも、連絡《れんらく》をつけねばならぬ。」

「はい、司令官《しれいかん》。」

おたがいに話《はな》しあうざわめき。そのなかで、だれかの驚《おどろ》きの叫《さけ》び。

「おい、なんだ。このワニのお化《ば》けのような怪物《かいぶつ》は。どこから出《で》てきたのだ。だれかのいたずらか……。」

「きゃっ、こわい……。」

女性《じょせい》のかん高《だか》い悲鳴《ひめい》。だが、それらを押《おさ》えつけるように、制服《せいふく》のいかめしい司令官《しれいかん》の声《こえ》。

「ワニがどうした。くだらんことでさわぐな。XB8号《エックスビーごう》との連絡《れんらく》をとれ。それ以外《いがい》のことは考《かんが》えるな……。」

3

窓《まど》のそとのマストドンザウルスは、すさまじさの発散《はっさん》する口《くち》を大《おお》きくあけたかと思《おも》うと、坊《ぼう》やにむかって勢《いきお》いよく閉《と》じた。それを見《み》て男《おとこ》は、のどに絶望的《ぜつぼうてき》な声《こえ》をつまらせながら、両手《りょうて》で目《め》をおおった。

しかし、子供《こども》の頭《あたま》の砕《くだ》ける音《おと》も、苦痛《くつう》の音《おと》も聞《き》こえてこない。響《ひび》いてきたのは坊《ぼう》やの笑《わら》い声《ごえ》だ。面白《おもしろ》くて面白《おもしろ》くてたまらないという、心《こころ》からの笑《わら》い声《ごえ》。

「あはは、どうだ、怪獣《かいじゅう》……。」

男《おとこ》がこわごわ目《め》をあけると、坊《ぼう》やは無事《ぶじ》だった。坊《ぼう》やは小走《こばし》りに怪獣《かいじゅう》を追《お》いかけ、手《て》の棒《ぼう》きれでたたいた。いや、本人《ほんにん》はたたいているつもりなのだが、そこにはなんの反応《はんのう》もなく、棒《ぼう》は空《くう》を打《う》つだけのように動《うご》いた。目《め》にははっきりと見《み》えているのだが、実在《じつざい》しているのではないらしい。

男《おとこ》は窓《まど》から手《て》をのばした。そこにあるシダの葉《は》をむしってみようと思《おも》いついたのだ。しかし、それはできなかった。なんの手《て》ごたえも、感触《かんしょく》すらもなかった。葉《は》は鮮明《せんめい》にそこに見《み》えているのに。男《おとこ》はむなしく何回《なんかい》か手《て》のひらを開閉《かいへい》してから言《い》った。

「夢《ゆめ》を見《み》ているのだろうか。しかし、おれはさっき目《め》をさました。眠《ねむ》っているのではない。となると、幻覚《げんかく》だろうか。だが、坊《ぼう》やも同時《どうじ》にそれを見《み》ている。坊《ぼう》やに怪獣《かいじゅう》の名《な》を教《おし》えた子供《こども》もいる。そうなると、幻覚《げんかく》なんていうものではない。どうしたんだ……。」

疑問《ぎもん》をつぶやく彼《かれ》の声《こえ》は大《おお》きくなり、それを耳《みみ》にした妻《つま》がやってきて言《い》った。

「あなた、お起《お》きになったのね。」

「ああ、おまえか。自分《じぶん》では起《お》きたつもりでいるが、とても信《しん》じられん。なんだ、これは。一夜《いちや》にして立体《りったい》テレビが開発《かいはつ》され、世界《せかい》じゅうにむけてワイド版《ばん》の放送《ほうそう》を開始《かいし》したとでも考《かんが》えるべきなのだろうか。」

「あたしにだって、わかるわけがないわ。」

「いつからこうなんだ。」

「けさからよ。だけど、朝《あさ》のうちは樹《き》もこんなに大《おお》きく茂《しげ》ってはいなかったわ。あなたに教《おし》えてあげようと起《お》こしたんだけど……。」

その記憶《きおく》は彼《かれ》にもあった。どなりかえして眠《ねむ》りつづけたことだ。男《おとこ》はうなずく。

「そうだったのか。あの、ふとったワニのような怪物《かいぶつ》も朝《あさ》からいたのか。」

「さっきまでは、もっと小《ちい》さいサンショウウオみたいなのがうろついていたわ。細長《ほそなが》く、おなかのほうが赤《あか》っぽく、ぬるぬるした感《かん》じの皮膚《ひふ》の、なんだか気持《きも》ちの悪《わる》いやつよ。」

「よく悲鳴《ひめい》をあげなかったな。」

「でも実在《じつざい》じゃないでしょ。それにそうたくさんはいなかったし、すぐになれたわ。」

女性《じょせい》や子供《こども》は、すぐ環境《かんきょう》になれてしまうもののようだな、と彼《かれ》は思《おも》った。それにくらべ、おれのような男性《だんせい》は、原因《げんいん》や理由《りゆう》を知《し》りたがる。

「それにしても、どうしてこんなことが起《お》こったのだろう。」

「蜃気楼《しんきろう》みたいなものじゃないの、そのうち消《き》えちゃうわよ。あなた、朝《あさ》ごはんなに食《た》べる……。」

妻《つま》にとっては、日常的《にちじょうてき》な仕事《しごと》のほうが重要《じゅうよう》らしかった。実体《じったい》のないものより食事《しょくじ》のほうを優先《ゆうせん》させるのは、当《あた》り前《まえ》のことかもしれない。妻《つま》は彼《かれ》にとって、この問題《もんだい》を真剣《しんけん》に論《ろん》じあうにふさわしい相手《あいて》ではなかった。

「ああ、トーストとコーヒーだけでいい。ここへ持《も》ってきてくれ。そとを眺《なが》めながら食《た》べる。」

どこからかまた、一団《いちだん》の子供《こども》たちのあげる歓声《かんせい》が聞《き》こえてきた。もう愉快《ゆかい》で愉快《ゆかい》でたまらないという、うわずった声《こえ》だ。眺《なが》めているうちに彼《かれ》の心《こころ》にも、遠《とお》いむかしの子供《こども》のころの日々《ひび》が戻《もど》ってきたようだった。すばらしい贈《おく》り物《もの》の待《ま》っていたクリスマスの朝《あさ》のめざめ。それをうんと大《おお》きくし、あたりにばらまいたようなのだ。

妻《つま》は蜃気楼《しんきろう》とか言《い》っていた。男《おとこ》は蜃気楼《しんきろう》を見《み》たことがなかった。見《み》たくて見《み》たくてたまらないが、一生《いっしょう》見《み》ずにすごしてしまうものがあるが、そのひとつだった。しかし、これ

がそうとはちょっと考《かんが》えられない。蜃気楼《しんきろう》とは、もっとぼやけたものじゃないだろうか。これはあまりにも鮮明《せんめい》すぎる。そこに彼《かれ》は、なにかたまらなく不安《ふあん》なものを感《かん》じた。

男《おとこ》はトーストをかじり、コーヒーを飲《の》んだ。この窓《まど》のそとはせまい庭《にわ》で、そのむこうは道《みち》だ。そこをとなりの家《いえ》の主人《しゅじん》が通《とお》りかかった。中年《ちゅうねん》の人《ひと》で、犬《いぬ》を連《つ》れての散歩《さんぽ》のかえりらしかった。

「おや、こんにちは……。」

声《こえ》をかけられ、男《おとこ》は返事《へんじ》をする。

「きょうは妙《みょう》なことが起《おこ》りましたなあ……。」

ほかにあいさつのしようがなかった。その時《とき》、また変《へん》な生物《せいぶつ》があらわれた。背《せ》に大《おお》きなヒレをつけた、巨大《きょだい》なトカゲのようなやつだ。ゆっくりと歩《ある》き、去《さ》ってゆく。犬《いぬ》がほえかかる。隣家《りんか》の主人《しゅじん》はそれをなだめ、おとなしくさせた。犬《いぬ》の目《め》にも見《み》えるらしい。人間《にんげん》だけの集団《しゅうだん》幻覚《げんかく》でもないらしい。男《おとこ》は聞《き》いた。

「この一帯《いったい》だけの現象《げんしょう》なんでしょうか。ずっとむこうはどうなんでしょうか。」

「あっちのほうでは、さっきとても大《おお》きなトンボが飛《と》んでましたよ。害《がい》はないといっても、いい気持《きも》ちじゃありませんね。どうやら、世界《せかい》じゅうらしいですよ。テレビをつけてごらんなさい。なにか言《い》ってますよ。要領《ようりょう》をえないことですが……。」

「そうしましょう。」

男《おとこ》はスイッチを入《い》れた。甘《あま》ったるい歌声《うたごえ》が流《なが》れ、若《わか》い女性《じょせい》の顔《かお》がうつった。別《べつ》なチャンネルを回《まわ》すと、ニュース解説《かいせつ》のアナウンサーらしいのが、まじめな表 情《ひょうじょう》でしゃべっていた。

「……この不可解《ふかかい》な現象《げんしょう》は、依然《いぜん》として世界的《せかいてき》な規模《きぼ》でつづいております。これまでの経過《けいか》をくりかえしますと、外国《がいこく》の生物学者《せいぶつがくしゃ》がプールの底《そこ》をはっている三葉虫《さんようちゅう》を発見《はっけん》し、新聞社《しんぶんしゃ》に通報《つうほう》したのが最初《さいしょ》のようです。もっとも、発見《はっけん》はしましたが、手《て》でつかもうとしてもできなかった。わが国《くに》の時間《じかん》にして、本日《ほんじつ》の午前《ごぜん》一時《じ》ごろのことです。三葉虫《さんようちゅう》とは太古《たいこ》の海底《かいてい》に栄《さか》えた原始的《げんしてき》な生物《せいぶつ》で……。」

ゲストの生物学者《せいぶつがくしゃ》が、その先《さき》をしゃべった。

「この三葉虫《さんようちゅう》は、いまから四億年以上《おくねんいじょう》も前《まえ》の、カンブリア紀《き》にすでに発生《はっせい》し……。」

要《よう》するに、化石《かせき》にしか残《のこ》っていない古《ふる》い古《ふる》い生物《せいぶつ》というらしい。それから、この現象《げんしょう》は進化《しんか》に関係《かんけい》があるらしいとも言《い》った。幻《まぼろし》としてあたりに出現《しゅつげん》しているこれらの動植物《どうしょくぶつ》は、あきらかに進化《しんか》のあとをたどっているという。学者《がくしゃ》は図《ず》をめくりながら、いろいろな古生《こせい》物《ぶつ》の名《な》を口《くち》にした。

妻《つま》の言《い》っていた大《おお》きなサンショウウオのような図《ず》もあった。さっきのマストドンザウルスの名《な》も出《で》た。しかし、その図《ず》は必要《ひつよう》なかった。その時《とき》、テレビスタジオのなかを、それがゆっくりと通《とお》りすぎていったのだ。

アナウンサーが言《い》った。

「進化《しんか》のお話《はなし》はわかりました。で、なぜこんな現象《げんしょう》が起《おこ》ったのでしょう。」

「さあ、わたしの専門《せんもん》は古生物学《こせいぶつがく》でして、それ以外《いがい》のこととなると、どうも……。」

「では……。」

アナウンサーはそれ以上《いじょう》あまり突《つ》っこまなかった。失礼《しつれい》でもあるし、解答《かいとう》が期待《きたい》できないと知《し》っているからでもあろう。それからアナウンサーは、なるべく外出《がいしゅつ》をひかえるようにと注意《ちゅうい》した。あたりに気《き》をとられ、運転《うんてん》をあやまって事故《じこ》を起《おこ》すといけないからだ。だが、だれも外出《がいしゅつ》しようとしないだろう。休日《きゅうじつ》なのだし、どこかへ行《い》かなくても、これでけっこう面白《おもしろ》いのだ。

窓《まど》のそとの樹《き》は、種類《しゅるい》が少《すこ》し変《かわ》ったのか、より高《たか》くなり、葉《は》も多《おお》くなった。

4

「おい、XB《エックスビー》8号《ごう》との連絡《れんらく》はまだとれないか。どうだ。」

制服《せいふく》の司令官《しれいかん》は表情《ひょうじょう》をひきつらせながら、ヒステリックに言《い》った。だれかが答《こた》えた。

「だめです。さっき、それらしい電波《でんぱ》が入《はい》ったのですが、うつろな笑《わら》い声《ごえ》だけでした。問《と》いかけても答《こた》えません。それに、あまりにも瞬間的《しゅんかんてき》だったので、位置《いち》のつきとめようがなかったのです。」

「呼《よ》びつづけるんだ。あのXB《エックスビー》8号《ごう》という最新原子力《さいしんげんし》潜水艦《りょくせんすいかん》は、水爆弾頭《すいばくだんとう》のミサイルを十発《ぱつ》もつんでいるんだ。まちがいがあったら大変《たいへん》なことだ。事故《じこ》で沈没《ちんぼつ》したとはっきりしてくれたら、どんなにありがたいだろう。」

「司令官《しれいかん》。沈没《ちんぼつ》を期待《きたい》するようなことをおっしゃっていいのですか。」

「もし、かりにだ、どこかの外国《がいこく》に発射《はっしゃ》してみろ。まちがいですむことではない。ただちに報復《ほうふく》がなされ、それをきっかけに全世界《ぜんせかい》が核戦争《かくせんそう》に巻《ま》きこまれる。」

司令官《しれいかん》はこまかくふるえ、そばの者《もの》は泣《な》きそうな顔《かお》になった。広《ひろ》い部屋《へや》のどこかで、また女《おんな》の悲鳴《ひめい》がした。

「あら、こんな大《おお》きな卵《たまご》が……。」

「卵《たまご》が割《わ》れて、黒《くろ》いコウモリみたいのが出《で》てきたぞ。いや、コウモリだったら卵《たまご》からうまれはしない……。」

司令官《しれいかん》はにがにがしげに言《い》った。

「よけいなことでさわぐな。そんな場合《ばあい》ではない。原子力《げんしりょく》潜水艦《せんすいかん》XB8号《エックスビーごう》との連絡《れんらく》だけを考《かんが》えろ。とりかえしのつかないことになるぞ。」

「しかし、司令官《しれいかん》。さっきからの、この幻覚《げんかく》みたいな現象《げんしょう》はなんなのでしょうか。」

「わからん。その方面《ほうめん》へ問《と》い合《あわ》せてみてくれ。生物学《せいぶつがく》の分野《ぶんや》なのか、心理学《しんりがく》の分野《ぶんや》なのか、気象学《きしょうがく》か地質学《ちしつがく》かさっぱりわからん。ああ、なにもこんな非常事態《ひじょうじたい》の時《とき》に、こんな子供《こども》の夢《ゆめ》みたいなさわぎが加《くわ》わらなくてもいいのに……。」

5

男《おとこ》は午後《ごご》のひとときを、そとをながめることですごした。

とてつもなく大《おお》きい、黒《くろ》く、三角《さんかく》のような翼《つばさ》の鳥《とり》が、どこからともなくあらわれて空《そら》を舞《ま》っていた。一羽《わ》でなく、いくつもいくつも。翼《つばさ》の裏《うら》が変《へん》に赤《あか》っぽいのもいる。

なかには、空中《くうちゅう》でおたがいに激《はげ》しく争《あらそ》っているのもある。鋭《するど》い歯《は》の並《なら》んだくちばしで、かみつきあうのだ。男《おとこ》は妻《つま》を呼《よ》んだ。

「おい、きてみろ。面白《おもしろ》いぞ。」

彼女《かのじょ》はそばへ来《き》て、空《そら》をあおいだ。

「ほんと、壮観《そうかん》ねえ。あれ、なんていう鳥《とり》なの。」

「知《し》るもんか。あるいは、翼手竜《よくしゅりゅう》とかいう種類《しゅるい》なのかもしれないな。そんな名前《なまえ》をなにかで読《よ》んだことがある。」

「長《なが》いしっぽを下《さ》げて飛《と》んでるのもあるのね。すごいわ……。」

「面白《おもしろ》いことは面白《おもしろ》いが、しかし、おれは不安《ふあん》でならない。さっきからそうなんだ。これからどうなるのか……。」

しかし、男《おとこ》には、どう不安《ふあん》なのか説明《せつめい》することができなかった。妻《つま》もしばらく沈黙《ちんもく》をつづけた。彼女《かのじょ》もまた、そんなけはいを感《かん》じたのかもしれない。

遠《とお》くから、子供《こども》たちの歓声《かんせい》が聞《き》こえてきた。

「わあ、恐竜《きょうりゅう》だぞ。大《おお》きいなあ、すごく大《おお》きいなあ……。」

それはやがて、こっちにもやってきた。丸《まる》い小山《こやま》のようなと呼《よ》ぶべき感《かん》じで、全長《ぜんちょう》は、さあ二十メートル以上《いじょう》はあるだろうか。子供《こども》たちの叫《さけ》びにまざる言葉《ことば》で、ブロントザウルスという名《な》らしいとわかった。胴《どう》からは長《なが》いくびが伸《の》び、その先《さき》に小《ちい》さな頭《あたま》がついている。

ゆっくりとゆっくりと歩《ある》いている。なにを急《いそ》ぐ必要《ひつよう》があるんだ、といわんばかりだ。午後《ご》の明《あか》るい陽《ひ》のなかの恐竜《きょうりゅう》は、堂々《どうどう》として偉大《いだい》で、どこか荘厳《そうごん》で、気品《きひん》すらあり、生命《せいめい》そのもののようだった。地球《ちきゅう》の王者《おうじゃ》にふさわしいのは、人間《にんげん》でもライオンでもなく、これ以外《いがい》にないようにさえ思《おも》われた。しかし、小《ちい》さな頭《あたま》についている目《め》は、ユーモラスなくせ

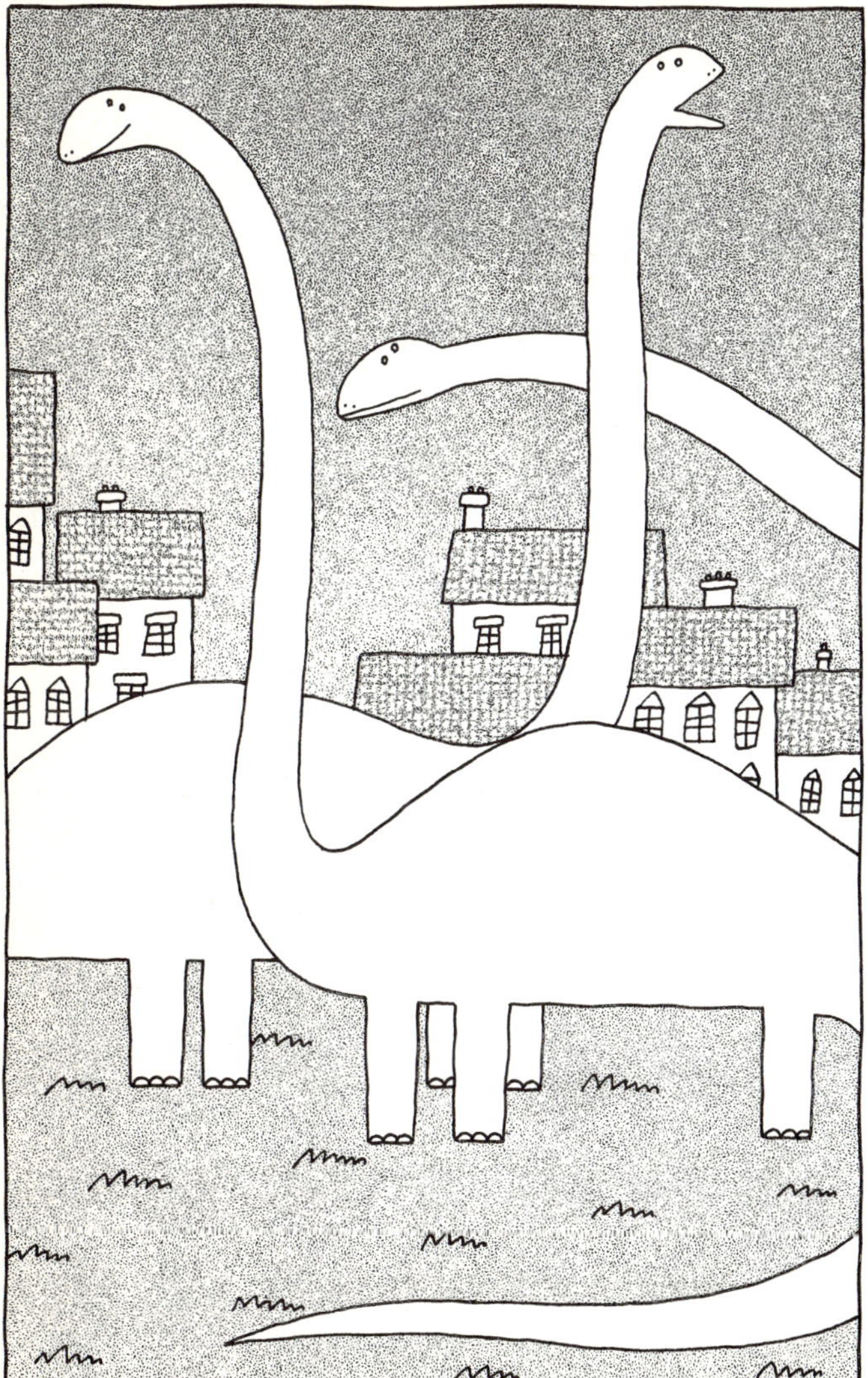

になにか悲《かな》しげで、いやに人間的《にんげんてき》なところもあった。

「あら、うちがつぶされるわ……。」

妻《つま》がかん高《だか》い声《こえ》をあげ、彼《かれ》にしがみついた。恐竜《きょうりゅう》の足《あし》が、屋根《やね》にむかってふみおろされたのだ。せっかく作《つく》った、この家《いえ》が……。

しかし、もちろんなんともなかった。ちょっと薄暗《うすぐら》くなっただけで、やがてもとに戻《もど》った。恐竜《きょうりゅう》は長《なが》いしっぽをひきずりながら、幻《まぼろし》の森《もり》のどこかへ消《き》えていった。彼《かれ》と妻《つま》は、顔《かお》を見《み》あわせて笑《わら》いあった。

男《おとこ》はふと思《おも》いついた。ちょうどいい機《き》会《かい》だ。この際《さい》、坊《ぼう》やに進化《しんか》について教《おし》えておくとするかな。しかし、それはやめておくことにした。教《おし》えようにも、彼《かれ》にはその知識《ちしき》があまりなかったのだ。それに、幼稚園《ようちえん》ていどの子供《こども》には理解《りかい》しにくく、見物《けんぶつ》して面白《おもしろ》がるだけに終《お》わってしまうだろう。

ゴジラのような形《かたち》の大《おお》きな恐竜《きょうりゅう》が通《とお》っていった。さっきのより動作《どうさ》がいくらかすばやい。男《おとこ》は百科事典《ひゃっかじてん》があったことを思《おも》い出《だ》し、ページをくって、それがイグアノドンという名前《なまえ》らしいとわかった。こんなことで百科事典《ひゃっかじてん》が役《やく》に立《た》つとは、買《か》った時《とき》には考《かんが》えもしなかったな……。

さまざまな恐竜《きようりゆう》があらわれ、去《さ》っていった。背中《せなか》にギザギザのついたやつ、つののあるやつ、時《とき》どきそれらが争《あらそ》い、また、巨大《きよだい》な翼手竜《よくしゆりゆう》も空《そら》からおりてきて、争《あらそ》いに加《くわ》わったりした。

それなのに、音《おと》はしない。静《しず》かななかで、音声部分《おんせいぶぶん》のこわれたテレビのように、激《はげ》しい争《あらそ》いのドラマが展開《てんかい》された。どこか異様《いよう》だ。

しかし、壮大《そうだい》なショーではあった。彼《かれ》と妻《つま》はいつまでも見《み》あきなかった。きっと、どこの家庭《かてい》でもそうしていることだろう。

6

「XB《エックスビー》8号《ごう》はどうした。まだわからんか。核兵器《かくへいき》をつみこんだ潜水艦《せんすいかん》は……。」

司令官《しれいかん》が叫《さけ》んだ。声《こえ》がかれかけている。しかし、答《こたえ》は変《かわ》りない。

「まだです。」

電話《でんわ》のベルが鳴《な》り、だれかがそれを聞《き》き、報告《ほうこく》した。

「X《エックス》B《ビー》8号《ごう》の艦長《かんちょう》が、特殊《とくしゅ》ガスの小型《こがた》ボンベを持《も》ち出《だ》していることが判明《はんめい》したそうです。神経性《しんけいせい》のガスで、人《ひと》の意志《いし》を麻痺《まひ》させ、どんな命令《めいれい》にも服従《ふくじゅう》させる効力《こうりょく》を持《も》っているやつです。」

それを聞《き》いて、司令官《しれいかん》は思《おも》わずすわりこんだ。しかし、なんとか立《た》ちあがりながら言《い》った。

「なんだと。特殊《とくしゅ》ガスの管理《かんり》がそんなルーズなことでどうするんだ。こうと知《し》ってたら、出航《しゅつこう》前《まえ》に艦長《かんちょう》のやつを射殺《しゃさつ》すべきだったんだ。しかし、もうまにあわぬ。おそらく、計画的《けいかくてき》な行為《こうい》だ。艦《かん》の乗員《じょういん》たちは、艦長《かんちょう》の言《い》うがままだ。どう発展《はってん》するかわからんぞ。おい、艦長《かんちょう》の精神状態《せいしんじょうたい》のデータを、担当《たんとう》の心理《しんり》学者《がくしゃ》に問《と》い合《あわ》せてくれ。早《はや》くだ。」

緊張《きんちょう》した命令《めいれい》が飛《と》んだ。そのなかで、だれかが叫《さけ》んだ。

「あ、壁《かべ》から恐竜《きょうりゅう》の首《くび》が……。」

「幻影《げんえい》のことなど、気《き》にしている時《とき》じゃない。」

7

午後《ごご》の陽《ひ》ざしが傾《かたむ》くにつれ、恐竜《きょうりゅう》の数《かず》もへり、植物《しょくぶつ》のようすも変化《へんか》していった。

「もう、これでおしまいなのかしら。」

妻《つま》に聞《き》かれ、男《おとこ》は言《い》った。

「いや、そうじゃないだろう。気温《きおん》の変化《へんか》のため、恐竜《きょうりゅう》の時代《じだい》が終《お》わったということなのだろうさ。ほら、変《へん》な形《かたち》だが、羽毛《うもう》らしきものをつけた鳥《とり》が飛《と》んでいる。ぶかっこうで大型《おおがた》のリスというか、小《ちい》さな小《ちい》さな鼻《はな》の短《みじか》いゾウといった感《かん》じの動物《どうぶつ》が歩《ある》いている。ホニュウ類《るい》の先祖《せんぞ》だ。寒《さむ》さにたえられる種類《しゅるい》だよ。」

「あら、べつにあたし寒《さむ》くないわよ。」

「いや、この幻《まぼろし》の進化《しんか》のドラマ。それが氷河期《ひょうがき》に入《はい》りかけたということさ。」

坊《ぼう》やがそとから帰《かえ》ってきた。つまらなそうな、さびしそうなようすだった。恐竜《きょうりゅう》がいなくなったからだろう。

「どうした。おなかでもすいたのか。そのへんにお菓子《かし》があるよ。」

「ううん。まだすいてないよ。小《ちい》さなお馬《うま》みたいなのが歩《ある》いていたけど、だれも名前《なまえ》を知《し》らないんだ。パパ、知《し》ってる……。」

男《おとこ》は教《おし》えるべき知識《ちしき》を持《も》ちあわせていないことを残念《ざんねん》に思《おも》った。恐竜《きょうりゅう》以後《いご》の古生物《こせいぶつ》については、百科事典《ひゃっかじてん》のどこを引《ひ》けばいいのか見当《けんとう》がつかなかった。坊《ぼう》やはまたそとへとかけだしていった。

幻《まぼろし》の植物《しょくぶつ》はいつのまにか、枝《えだ》にくねりのある見《み》なれたものとなりつつあった。

「もう、そろそろ夕方《ゆうがた》よ。これ、いつまでつづくのかしら。」

「わからんよ……。」

しかし、男《おとこ》の背中《せなか》にはその時《とき》、疑問《ぎもん》に答《こた》えるかのように、なにかぞっとするものが走《はし》った。不安《ふあん》が恐怖《きょうふ》へと高《たか》まったのだ。

8

「司令官《しれいかん》。心理学者《しんりがくしゃ》から電話《でんわ》です。」

「よし、よこせ。……もしもし、なにか判明《はんめい》したか。」

「はい、この異常《いじょう》現象《げんしょう》について、ひとつの仮説《かせつ》を立《た》てたのですが……。」

そう聞《き》いて、司令官《しれいかん》はがっかりした。

「なんだ。こっちの知《し》りたかったのは、X B 8号《エックスビーごう》の艦長《かんちょう》と精神状態《せいしんじょうたい》についてだったのだ。狂気《きょうき》の傾向《けいこう》が発見《はっけん》できたかどうか……。」

「申《もう》しわけありません。」

「しかし、まあ、聞《き》いておこう。この変《へん》な現象《げんしょう》の仮説《かせつ》とやらを。」

「簡単《かんたん》にいえば、きわめて大規模《だいきぼ》なパノラマ視現象《しげんしょう》じゃないかと思《おも》います。」

「それはなんだ……。」

「人間《にんげん》が死《し》に直面《ちょくめん》した瞬間《しゅんかん》、過去《かこ》の人生《じんせい》をごく短時間《たんじかん》のうちに、順《じゅん》を追《お》って見《み》る現象《げんしょう》のことです。あっというまに、すべてを回想《かいそう》するとでもいいましょうか。その規模《きぼ》と範囲《はんい》をぐっとひろげ……。」

司令官《しれいかん》は小声《こごえ》で聞《き》きかえした。

「人類《じんるい》のパノラマ視現象《しげんしょう》とでもいうのか。」

「いいえ、動植物《どうしょくぶつ》すべてを含《ふく》めてのものでしょう。いまの進行《しんこう》のスピードから考《かんが》えて、この現象《げんしょう》の開始《かいし》した時刻《じこく》をコンピューターにかけて逆算《ぎゃくさん》してみました。それによると、約《やく》二十四時間《じかん》ほど前《まえ》じゃないかと思《おも》います。原始生命《げんしせいめい》で人《ひと》の目《め》にはふれなかったでしょうが……。」

「なんだと。うむ……。」

外部《がいぶ》には極秘《ごくひ》にされているが、それはXB《エックスビー》8号《ごう》が一切《いっさい》の連絡《れんらく》を絶《た》ったころと一致《いっち》している。司令官《しれいかん》はいやな予感《よかん》を覚《おぼ》えた。

艦長《かんちょう》の狂《くる》った頭《あたま》が、水爆《すいばく》ミサイルを全弾《ぜんだん》ぶっぱなす決意《けつい》を、その時刻《じこく》にかためたためかもしれない。それは、もはやなにものを以《もっ》てしても阻止《そし》できない勢《いきお》いとなった。また現実《げんじつ》に、阻止《そし》する方法《ほうほう》もない。

その変化《へんか》を地球《ちきゅう》上《じょう》の全生命《ぜんせいめい》が感《かん》じとった。生命《せいめい》の持《も》つ神秘《しんぴ》な敏感《びんかん》さ、それが微妙《びみょう》に感《かん》じとり、伝《つた》えあい、この壮麗《そうれい》なパノラマ視現象《しげんしょう》をくりひろげている。全生命《ぜんせいめい》がその最後《さいご》を飾《かざ》ろうとしているので、かくも鮮明《せんめい》なのであろう。地球《ちきゅう》が太陽《たいよう》のまわりを、何億回《なんおくかい》、何十《なん》億回《おくかい》とまわりながらたどってきた生命《せいめい》の過去《かこ》。それがこの一日《いちにち》という、かすかな瞬間《しゅんかん》に再《さい》現《げん》されているのだろう。

人間《にんげん》は変《へん》に思考《しこう》する能力《のうりょく》があるため、かえってわからなかっただけなのだ。運命《うんめい》はきまったのかもしれぬ。司令官《しれいかん》は思《おも》った。もはや、いかに努力《どりょく》しても手《て》おくれなのだ。司令官《しれいかん》は受話器《じゅわき》をにぎったまま、しばらく言葉《ことば》が出《で》なかった。

部屋《へや》のなかがさわがしくなった。どこからともなく原始人《げんしじん》があらわれたのだ。男性《だんせい》もいるし、女性《じょせい》もいる。いずれも裸《はだか》で、かみの毛《け》を長《なが》くのばしている。前衛的《ぜんえいてき》な若者《わかもの》のヌーディスト大会《たいかい》という感《かん》じもするが、もっと素朴《そぼく》で健康的《けんこうてき》だ。裸《はだか》の一団《いちだん》を前《まえ》にし、目《め》のやり場《ば》に困《こま》る者《もの》、じっと見《み》つめる者《もの》、品《ひん》のない冗談《じょうだん》を言《い》う者《もの》、さわぎは大《おお》きくひろがる。

「おい、静《しず》かにしろ。電話中《でんわちゅう》だ……。」

司令官《しれいかん》がどなったが、ちょっとおさまりそうにない。原始人《げんしじん》のなかには、火《ひ》をおこそう

と木《き》をこすりあわせているのがある。超《ちょう》近代的《きんだいてき》なエレクトロニクス設備《せつび》のそろったこの地下室《ちかしつ》との対照《たいしょう》は奇妙《きみょう》だった。

また、石《いし》のヤジリで矢《や》を作《つく》り、弓《ゆみ》につがえる原始人《げんしじん》もある。人類《じんるい》の持《も》ったはじめての飛《と》ぶ武器《ぶき》。原始的《げんしてき》な火《ひ》から核兵器《かくへいき》へ。矢《や》からミサイルへ。これが文明《ぶんめい》なのだ……。

だが、司令官《しれいかん》はそんなのに目《め》をとめ、感慨《かんがい》にひたっているどころではなかった。受話器《じゅわき》にむかって大声《おおごえ》で聞《き》く。

「いまの調子《ちょうし》で進《すす》むと、現代《げんだい》まであとどれくらいの時間《じかん》があるか。」

「おそろしい計算《けいさん》なので、やる気《き》にもなれません。手《て》をつけても、やり終《お》るまでの時間《じかん》があるかどうか。……あ、この部屋《へや》に長《なが》いキバのマンモスが入《はい》ってきて……。」

9

陽《ひ》はかげろうとしている。思《おも》いがけぬ日曜日《にちようび》も終《お》ろうとしている。野生《やせい》の馬《うま》が走《はし》り、空《そら》をツルのむれが飛《と》び、クマがねそべった。

「晩《ばん》のごはん、なんにしましょう。買物《かいもの》に出《で》かけるひまがなかったので、おかずは缶詰《かんづめ》でもあけましょうか。あなた、お酒《さけ》を飲《の》む……。」

妻《つま》が聞《き》いたが、男《おとこ》はふるえながら言《い》った。

「そんなことより、坊《ぼう》やを早《はや》く呼《よ》んでこい。そのへんでシカでもながめているはずだ。」

やがて坊《ぼう》やが戻《もど》ってきた。

「パパ、なあに。」

「ここにいっしょにいなさい。うちにいるんだ。」

「もうすぐ夜《よる》になるからなの……。」

「そうだよ。夜《よる》になる。長《なが》い長《なが》い夜《よる》にね。」

妻《つま》が聞《き》きとがめ、口《くち》を出《だ》した。

「それ、どういうことなの。」

「なんでもない。わからなくていいんだよ。」

そとのたそがれのなかで、古代人《こだいじん》どうしが戦《たたか》っていた。戦《たたか》う人《ひと》たちの武器《ぶき》は、めざましく改良《かいりょう》され、強力《きょうりょく》になってゆく。近代戦《きんだいせん》……。

「もうすぐ今《いま》になるんだね。パパ、それから未来《みらい》があらわれるんでしょ。早《はや》く見《み》たいな。」

坊《ぼう》やが目《め》を見開《みひら》いて言《い》った。

「だまって、もっとそばにいなさい。おまえもだ……。」

男《おとこ》は妻子《さいし》を強《つよ》く引《ひ》きよせた。

その時《とき》、空気《くうき》をつんざく音《おと》がした。それがミサイルの音《おと》とは知《し》りようがない。しかし、その音《おと》を耳《みみ》にしてからなにもかにもが超《ちょう》高熱《こうねつ》の爆風《ばくふう》ですっとぶ、ほんの一瞬《いっしゅん》のあいだに、男《おとこ》はこの壮大《そうだい》なパノラマ視現象《しげんしょう》の最後《さいご》を見《み》た。自分《じぶん》の楽《たの》しかった少年《しょうねん》時代《じだい》、悩《なや》みの多《おお》かった学生時代《がくせいじだい》、卒業《そつぎょう》、就職《しゅうしょく》、そして結婚《けっこん》。子供《こども》の誕生《たんじょう》、やっと自分《じぶん》のものになったこの家《いえ》、これまでに健康《けんこう》で育《そだ》ってきたこの坊《ぼう》や……。

鍵《かぎ》

その男《おとこ》の人生《じんせい》は、とくに恵《めぐ》まれたものとは呼《よ》べなかった。いままでずっとそうだったし、現在《げんざい》もまたそうだった。といって、食《く》うや食《く》わずというほど哀《あわ》れでもなかった。

こんな状態《じょうたい》が、いちばんしまつにおえない。なぜなら、恵《めぐ》まれていれば、そこには満足《まんぞく》感《かん》がある。哀《あわ》れをとどめていれば、あきらめの感情《かんじょう》と仲《なか》よくすることができる。しかし、そのいずれでもない彼《かれ》の心《こころ》は、ひでりの午後《ごご》の植物《しょくぶつ》が雨《あめ》を求《もと》めるように、いつもなにかを待《ま》ち望《のぞ》みつづけていた。

そんなわけで、注意《ちゅうい》ぶかくなっていたためかもしれない。男《おとこ》はある夜《よ》、道《みち》ばたでひとつの鍵《かぎ》を拾《ひろ》った。人通《ひとどお》りのたえた静《しず》かな路上《ろじょう》。薄暗《うすぐら》い街灯《がいとう》の光《ひかり》を受《う》けて、それはかすかに輝《かがや》いていた。

男《おとこ》は手《て》にとり、ただの鍵《かぎ》と知《し》って、ちょっとがっかりした。こんなものなら靴《くつ》の先《さき》でけとばし、通《とお》りすぎてしまってもよかったのだ。しかし、拾《ひろ》ってしまうと捨《す》てるのもめんどくさく、それをポケットに入《い》れた。したがって、わざわざ交番《こうばん》へとどける気《き》にならなかったのは、いうまでもない。

数日《すうじつ》たって、男《おとこ》はポケットに入《い》れた指先《ゆびさき》で鍵《かぎ》のことを思《おも》い出《だ》した。退屈《たいくつ》まぎれに手《て》のひらにのせ、あらためて眺《なが》めた。

明《あか》るいところで見《み》ると、どことなく異様《いよう》な印象《いんしょう》を受《う》ける。ありふれた鍵《かぎ》とは、形《かたち》が大《おお》いにちがっていた。ほどこされている彫刻《ちょうこく》の模様《もよう》は、異国的《いこくてき》なものを感《かん》じさせる。だが、異《い》国《こく》といっても、具体的《ぐたいてき》にどの地方《ちほう》かとなると、まるで見当《けんとう》がつかなかった。その点《てん》、神秘《しんぴ》的《てき》でもあった。また、わりと新《あたら》しいようでもあり、遠《とお》い古代《こだい》の品《しな》のようにも思《おも》えた。いくらか重《おも》い銀色《ぎんいろ》の材質《ざいしつ》だったが、なんでできているのかわからない。硬《かた》い物《もの》でたたくと、すんだ美《うつく》しい音《おと》がした。

なにかすばらしく価値《かち》のあるもののように思《おも》えてきた。男《おとこ》はここ数日間《すうじつかん》の新聞《しんぶん》をくわしく読《よ》みなおしてみた。しかし、貴重《きちょう》な鍵《かぎ》を紛失《ふんしつ》したという記事《きじ》も、拾《ひろ》い主《ぬし》を求《もと》むという広《こう》告《こく》ものっていなかった。

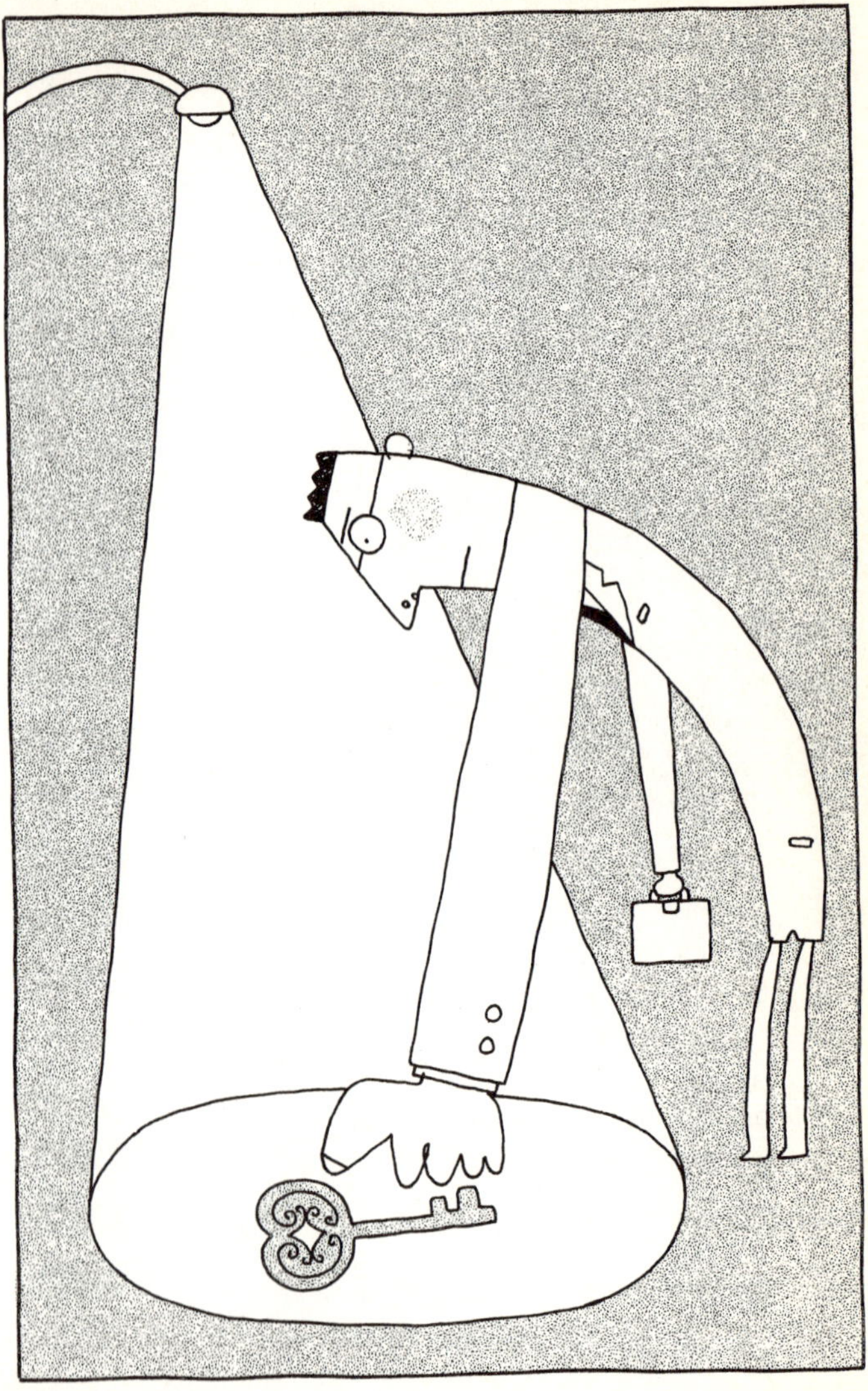

どこか金持《かねも》ちの邸《やしき》の鍵《かぎ》かもしれない。こう男《おとこ》は想像《そうぞう》した。市販《しはん》している普通《ふつう》の鍵《かぎ》を持《も》ちたがらない人《ひと》だってあるだろう。そんな人《ひと》が金《かね》にあかせて特別《とくべつ》に作《つく》らせた鍵《かぎ》ではないかと考《かん》えたのだ。

これを使《つか》えば、留守宅《るすたく》に忍《しの》びこんで、金目《かねめ》のものを持《も》ち出《だ》すことができるかもしれないな。最初《さいしょ》は軽《かる》い気持《きも》ちで思《おも》いついたにすぎなかったが、しだいに形《かたち》をとってきた。侵入《しんにゅう》した時《とき》に見《み》とがめられたとしても、拾《ひろ》った鍵《かぎ》をおとどけに来《き》たのだと言《い》えば、いちおうの言《い》い訳《わけ》にはなる。鍵《かぎ》の落《お》し主《ぬし》をたしかめるためには、それであけてみる以外《いがい》にないのだから。

うまくいけば収穫《しゅうかく》は大《おお》きく、失敗《しっぱい》しても危険《きけん》は少《すく》ない。男《おとこ》はその計画《けいかく》を実行《じっこう》に移《うつ》しはじめた。鍵《かぎ》を拾《ひろ》ったあたりの家々《いえいえ》を手《て》はじめに、いくつもの立派《りっぱ》な邸宅《ていたく》の玄関《げんかん》に近《ちか》より、ひそかに試《こころ》みた。

時《とき》にはその行為《こうい》をみつけられ、怒《おこ》られることもあった。しかし、鍵《かぎ》が合《あ》うかどうかを調《しら》べようとしただけでは犯罪《はんざい》とはいえず、怒《おこ》られる以上《いじょう》のことにはならなかった。

男《おとこ》は歩《ある》きまわる範囲《はんい》を、しだいに広《ひろ》げた。しかし、その鍵《かぎ》で開《ひら》くドアには、依然《いぜん》としてめぐりあわなかった。用事《ようじ》でどこかのビルを訪《おとず》れることがあると、そのついでに、いろいろな部屋《へや》のドアの鍵穴《かぎあな》にもさしこんでみる。

だが、ほとんどの場合《ばあい》、鍵《かぎ》は鍵穴《かぎあな》に入《はい》らなかった。入《はい》ったとしても、回《まわ》らなかった。ごくたまに回《まわ》ることがあったが、手《て》ごたえのないからまわりだった。

そう簡単《かんたん》にめぐりあえるものでないことは覚悟《かくご》していた。男《おとこ》はあきらめなかった。この鍵《かぎ》が、自分《じぶん》になにかすばらしい幸運《こううん》をもたらしてくれるように思《おも》えてならなかったのだ。

男《おとこ》は時《とき》どき、手《て》のひらの鍵《かぎ》に呼《よ》びかける。

「幸福《こうふく》への扉《とびら》を開《ひら》く鍵《かぎ》なんだろうな。」

「そうよ。」

と確答《かくとう》するかのように、鍵《かぎ》はきらりと光《ひか》るのだった。それは、鍵《かぎ》を試《こころ》みることに熱中《ねっちゅう》している男《おとこ》の、気《き》のせいなのかもしれなかった。しかし、男《おとこ》はその答《こた》えを本気《ほんき》で信《しん》じる。

「どこの、なにをあければいいのだ。」

と、つぎの質問《しつもん》をすると、鍵《かぎ》はわけのわからない光《ひか》り方《かた》をする。なにかを告《つ》げているようなのだが、あいまいで複雑《ふくざつ》で、それを読《よ》みとることは男《おとこ》にも不可能《ふかのう》だった。つまり、なんの答《こた》えも得《え》られなかったのだ。

この希望《きぼう》と絶望《ぜつぼう》とのあいだにはさまれながら、男《おとこ》は鍵《かぎ》に合《あ》う存在《そんざい》を求《もと》めて、例《れい》の行為《こうい》をくりかえしつづけた。

数《かぞ》えきれないほどの鍵穴《かぎあな》に、男《おとこ》はその鍵《かぎ》を押《お》しつけてみた。だが、どれも受《う》けつけない。むなしい拒絶《きょぜつ》だけがもたらされる。時《とき》には、もうあきらめようかとも思《おも》う。しかし、この次《つぎ》にはぴたりと合《あ》うのにめぐりあうのではないかとの予感《よかん》がし、中止《ちゅうし》の決心《けっしん》には至《いた》らないのだった。

がむしゃらに手当《てあ》たりしだいに走《はし》りまわってもだめだ。もっと系統的《けいとうてき》な、むだの少《すく》ない方法《ほうほう》を考《かんが》えるべきだ。男《おとこ》はいくらか反省《はんせい》し、錠前《じょうまえ》店《てん》に出《で》かけ、なにげない口調《くちょう》でこう聞《き》いた。

「知《し》りあいに忘《わす》れっぽくなった老人《ろうじん》がいてね、この鍵《かぎ》がなんの鍵《かぎ》だか思《おも》い出《だ》せず、困《こま》っているのです。どんなものに使《つか》う鍵《かぎ》だか、教《おし》えてもらえないだろうか。」

その店《みせ》の者《もの》は手《て》にとって眺《なが》めていたが、やがて首《くび》をかしげて言《い》った。

「うちではたいていの鍵《かぎ》を扱《あつか》っていますが、こんなのは見《み》たこともありません。個人的《こじんてき》に、趣味《しゅみ》か道楽《どうらく》で作《つく》ったものではないでしょうか。」

会話《かいわ》を聞《き》きつけ、店《みせ》の奥《おく》から年配《ねんぱい》の店主《てんしゅ》が出《で》てきたが、やはり同《おな》じ答《こた》えだった。

男《おとこ》は博物館《はくぶつかん》にも出《で》かけた。とくにたのんで、陳列《ちんれつ》してある古代《こだい》の箱《はこ》などの鍵穴《かぎあな》に入《い》れさせてもらった。しかし、どれにも合《あ》わない。博物館員《はくぶつかんいん》は言《い》った。

「その鍵《かぎ》をどこで手《て》に入《い》れ、なぜそう熱心《ねっしん》にお調《しら》べになるのかは存《ぞん》じませんが、それに合《あ》うようなものは、ここにはありませんよ。」

と資料室《しりょうしつ》に案内《あんない》し、古今東西《ここんとうざい》の鍵《かぎ》の写真集《しゃしんしゅう》を見《み》せてくれた。大《おお》きな鍵《かぎ》、小《ちい》さな鍵《かぎ》、歴史的《れきしてき》な意味《いみ》を持《も》つ鍵《かぎ》、美《うつく》しい鍵《かぎ》、最新《さいしん》の鍵《かぎ》。たくさんの種類《しゅるい》がそれにのっていた。しかし、男《おとこ》が拾《ひろ》った鍵《かぎ》と似《に》たようなのは、そのなかから発見《はっけん》できなかった。男《おとこ》はお礼《れい》を言《い》い、博物《はくぶつ》館《かん》を出《で》た。

だが、その鍵《かぎ》に合《あ》う相手《あいて》を求《もと》める努力《どりょく》はやめなかった。ここに鍵《かぎ》が存在《そんざい》するからには、どこかに、これで開《ひら》くものがなければならない。あるはずだ。あるとなれば、それをさがしあてることもできるはずだ。さがし出《だ》さなければならない。

男《おとこ》は鍵《かぎ》にとりつかれたように、鍵《かぎ》に魅入《みい》られたように、ひたすらそれを求《もと》めつづけた。

それにたどりつけた時《とき》の興奮《こうふん》、満足《まんぞく》、幸福感《こうふくかん》を空想《くうそう》すると、疲《つか》れなど気《き》にならなかった。

鍵《かぎ》についての男《おとこ》の行動《こうどう》の異常《いじょう》さは、周囲《しゅうい》の者《もの》の目《め》をひいた。もはやひそかな楽《たの》しみの段《だん》階《かい》をすぎ、なかば公然《こうぜん》としたものとなっていた。しかし、そのうわさを聞《き》き伝《つた》え、その鍵《かぎ》は自分《じぶん》のものだから返《かえ》してくれ、と現《あらわ》れる人《ひと》もなかった。冗談《じょうだん》半分《はんぶん》にそう言《い》ってくる者《もの》はあったが、その鍵《かぎ》に合《あ》うものを示《しめ》すことができず、作《つく》り話《ばなし》はすぐにばれた。

ひまがあると男《おとこ》は旅《たび》に出《で》た。きりつめた費用《ひよう》での旅《たび》だったが、期待《きたい》を追《お》っての旅《たび》であり、つらいことはなかった。そして、いろいろな建物《たてもの》を訪《おとず》れて鍵《かぎ》をたしかめたり、鍵《かぎ》がないため開《ひら》かないで困《こま》っている箱《はこ》やドアはないかと聞《き》きまわったりした。

しかし、どの国《くに》に行《い》っても、どの地方《ちほう》に行《い》っても、その努力《どりょく》はむくいられなかった。そのたびに、男《おとこ》は手《て》のひらに鍵《かぎ》をのせ、ため息《いき》をつく。吐息《といき》を受《う》けて鍵《かぎ》は少《すこ》し曇《くも》るが、すぐに輝《かがや》きをとりもどし「まだなの。」と、うながすように、からかうように、ささやくように光《ひか》るのだった。

男《おとこ》はまた気力《きりょく》をとりもどし、あてもない、しかし期待《きたい》にみちた旅《たび》をつづける。いつ終《おわ》るともしれない旅《たび》だった。

限《かぎ》りない回数《かいすう》の試《こころ》みがくりかえされ、限《かぎ》りない回数《かいすう》の失望《しつぼう》を味《あじ》わった。だが、男《おとこ》の執《しゅう》念《ねん》はさらに高《たか》まるのだった。この鍵《かぎ》で開《ひら》くものを見《み》つけさえすれば、万事《ばんじ》が解決《かいけつ》する。多《た》彩《さい》で豊富《ほうふ》な、はなやかなメロディーの流《なが》れる、信《しん》じられないようなべつな世界《せかい》が、そこに展開《てんかい》するはずなのだと。

男《おとこ》は目的《もくてき》の場所《ばしょ》に達《たっ》した夢《ゆめ》を見《み》ることがあった。それは箱《はこ》であることも、ドアであることも、ふしぎな装置《そうち》であることもあった。鍵穴《かぎあな》にぴったりとおさまり、手《て》ごたえとともに鍵《かぎ》が一回転《かいてん》するのだ。感激《かんげき》と喜《よろこ》びのため、男《おとこ》は思《おも》わず大《おお》きな叫《さけ》び声《ごえ》をあげる。しかし、自《じ》分《ぶん》の叫《さけ》び声《ごえ》で目《め》がさめ、夢《ゆめ》はそこで消《き》えてしまう。箱《はこ》のなか、ドアのかなた、始動《しどう》した装《そう》置《ち》の作用《さよう》などについては、夢《ゆめ》のなかでも知《し》ることができない。

男《おとこ》はひたすら、それだけのために生《い》きた。それが生《い》きがいだった。いらいらしたり、胸《むね》をおどらせたり、がっかりしたり、自分《じぶん》に鞭《むち》うったり、さまざまな感情《かんじょう》を波《なみ》うたせながら生《い》きつづけた。

年月《ねんげつ》は流《なが》れ、男《おとこ》はとしをとった。としをとるにつれ、あらたな感情《かんじょう》がそこに加《くわ》わった。それは疲《つか》れだった。たえまない旅《たび》と休《やす》みない努力《どりょく》のため、男《おとこ》の心《こころ》にも疲《つか》れの感情《かんじょう》が宿《やど》りはじめたのだ。また、それは肉体《にくたい》のおとろえのためでもあった。

外出《がいしゅつ》するたびに、やはり鍵《かぎ》の試《こころ》みはくりかえすのだが、その外出《がいしゅつ》の数《かず》がへったし、足《あし》の歩《あゆ》みものろくなった。そして、ついにほとんど外出《がいしゅつ》をしなくなってしまった。

それとともに、男《おとこ》の心《こころ》も少《すこ》しずつ変化《へんか》してきた。かつては考《かんが》えもしなかった、あきらめの感情《かんじょう》がめばえ、大《おお》きくなってきた。もうだめだろう。これだけ努力《どりょく》したのに、どこにも発見《はっけん》できなかった。やはり、運《うん》がなかったのだというべきなのだろう。そろそろ、本当《ほんとう》にあきらめるべき時《とき》なのかもしれない。

あるいは、この鍵《かぎ》はなんの意味《いみ》もない、ただの装飾品《そうしょくひん》のたぐいだったのかもしれない。しかし、眺《なが》めなおしてみると、実用性《じつようせい》がこめられているように思《おも》えてならなかった。男《おとこ》の未練《みれん》のためだけでもなさそうだった。

あきらめたとはいっても、思《おも》いきりよく捨《す》てる気《き》にもなれなかった。いままで肌《はだ》から離《はな》すことなく、ともに生活《せいかつ》をし、ともに旅《たび》をし、喜《よろこ》んだり悲《かな》しんだり、ともに人生《じんせい》をすごしてきた鍵《かぎ》なのだ。

男《おとこ》はひとつの案《あん》を思《おも》いつき、錠前《じょうまえ》店《てん》を訪《おとず》れ、こんな依頼《いらい》をした。

「この鍵《かぎ》に合《あ》う錠《じょう》を作《つく》ってもらえないだろうか。自分《じぶん》の部屋《へや》のドアにとりつけたいのだ。」

「妙《みょう》なご注文《ちゅうもん》ですな。鍵《かぎ》をなくしたから、錠《じょう》に合《あ》う鍵《かぎ》を作《つく》ってほしいとのおたのみはよくあり、その仕事《しごと》なら何度《なんど》もいたしました。もちろん、ご希望《きぼう》の錠《じょう》をお作《つく》りしてさしあげることもできます。しかし、お高《たか》いものにつきますよ。」

「かまわない。高《たか》くてもいい。」

男《おとこ》は心《こころ》からそう答《こた》えた。人生《じんせい》も終《おわ》りに近《ちか》づいたのだ。余生《よせい》を思《おも》い出《で》とともにすごす。それには、これが最《もっと》もふさわしい方法《ほうほう》であり、ほかにはない。

やがて錠《じょう》ができ、男《おとこ》の部屋《へや》のドアにとりつけられた。男《おとこ》はひとり部屋《へや》にこもり、ドアをしめ、鍵《かぎ》をさしこんで回《まわ》した。手《て》ごたえはからだの神経《しんけい》を微妙《びみょう》にくすぐるようだった。かすかな響《ひび》きは、こころよい音楽《おんがく》となって耳《みみ》の奥《おく》をふるわせた。

長《なが》いあいだ、あこがれつづけていた感触《かんしょく》だった。もちろん、望《のぞ》んだ形《かたち》での実現《じつげん》ではなかったが、いま、ここに鍵《かぎ》に合《あ》うドアがあるのだ。幻《まぼろし》ではなく現実《げんじつ》のドアとして。

安心感《あんしんかん》というか満足感《まんぞくかん》というか、期待《きたい》していた以上《いじょう》の、やすらぎの気持《きも》ちが心《こころ》にあふれてきた。もっと早《はや》く、これをやってみればよかったと思《おも》う。しかし、それは今《いま》だからこそいえることで、元気《げんき》だったころには、そうは考《かんが》えなかっただろうなとも思《おも》うのだった。

夜《よる》になると、男《おとこ》は久《ひさ》しぶりに、じつに久《ひさ》しぶりに、静《しず》かな眠《ねむ》りについた。長《なが》い過去《かこ》の疲《つか》れがいっぺんに出《で》たのかもしれなかった。静《しず》かな、やすらかな眠《ねむ》り……。

しかし、夜《よ》のふけたころ。男《おとこ》は鍵《かぎ》の回《まわ》る音《おと》を聞《き》き、ドアの開《ひら》くけはいを感《かん》じた。暗《くら》いなかで男《おとこ》はそれに気《き》づき、たとえようもない感情《かんじょう》にとらわれた。それは恐怖《きょうふ》。

とても信《しん》じられない現象《げんしょう》だ。一生《いっしょう》を棒《ぼう》に振《ふ》ってまで、あれだけさがしつづけたのに、ついに鍵《かぎ》に合《あ》う錠《じょう》を見《み》つけ出《だ》せなかった。あの鍵《かぎ》に合《あ》うものは存在《そんざい》しないのだ。このドア以外《いがい》には存在《そんざい》しないのだ。やっとそう悟《さと》った時《とき》、しかもその第《だい》一夜《や》に、それをあけてなにものともしれぬ人物《じんぶつ》が入《はい》ってくるとは……。

人物《じんぶつ》のけはいは近《ちか》よってきた。男《おとこ》は毛布《もうふ》のなかにもぐり、夢《ゆめ》であってほしいと祈《いの》り、これは夢《ゆめ》なのだと信《しん》じようとした。また事実《じじつ》、夢《ゆめ》なのかもしれなかった。

「ああ、この世《よ》のものとは考《かんが》えられない……。」

男《おとこ》はふるえながら言《い》った。すると、それに答《こた》えて女《おんな》の声《こえ》がした。

「ええ、そうよ。」

男《おとこ》は勇気《ゆうき》を出《だ》して質問《しつもん》することにした。女《おんな》の声《こえ》は、やさしい調子《ちょうし》をおびてはいる。しかし、あのドアをあけて入《はい》ってきた、想像《そうぞう》もつかない相手《あいて》なのだ。この世《よ》のものでないと肯定《こうてい》もしている。これからなにがおこり、どんな目《め》にあわされるかわからない。あるいは死《し》かもしれない。死《し》なら死《し》で、それも仕方《しかた》のないことだ。だが、このなぞだけは聞《き》いておきたかった。

「あなたはだれで、なんのためにやってきたのですか。」

「あたしは幸運《こううん》の女神《めがみ》。あの鍵《かぎ》は、あたしがわざと落《おと》しておいたの。力《ちから》を貸《か》してあげる人《ひと》を作《つく》ろうと思《おも》ってね。鍵《かぎ》を拾《ひろ》ったあなたが、その資格《しかく》をお持《も》ちになったわけなのよ。やっとドアを作《つく》っていただけたのね。だから、すぐにおたずねしたのよ。」

ほんとうに女神《めがみ》なのかもしれなかった。普通《ふつう》の人《ひと》のような声《こえ》ではなく、やわらかく夢《ゆめ》のなかから響《ひび》いてくるような声《こえ》だった。男《おとこ》は言《い》った。

「それなら、なぜもっと早《はや》く来《き》ていただけなかったのですか。なぜ、ドアがなければならないのでしょうか。」

「だって、幸運《こううん》を与《あた》える儀式《ぎしき》は、秘密《ひみつ》におこなわなければならないものなの。他人《たにん》の入《はい》ってくる可能性《かのうせい》のある場所《ばしょ》ではだめなのよ。本人《ほんにん》とあたしだけが入《はい》れ、ほかの人《ひと》の入《はい》れない場所《ばしょ》が必要《ひつよう》なの。」

「そうだったのか……。」

「さあ、どんな幸運《こううん》をお望《のぞ》みになる。お金《かね》でも地位《ちい》でも、すばらしい恋《こい》でも、輝《かがや》かしい栄《えい》光《こう》でも、お好《す》きなものをおっしゃってちょうだい。不老長寿《ふろうちょうじゅ》や若《わか》がえり以外《いがい》なら、なんでもかなえてさしあげるわ。」

しばらくの沈黙《ちんもく》ののち、暗《くら》いなかで、男《おとこ》の低《ひく》いしわがれた声《こえ》が答《こた》えた。

「なにもいらない。いまのわたしに必要《ひつよう》なのは思《おも》い出《で》だけだ。それは持《も》っている。」

宇宙《うちゅう》の男《おとこ》たち

「おい、望遠鏡《ぼうえんきょう》をのぞかせてくれ。地球《ちきゅう》はさらに近《ちか》づいたことだろう。」

せまい客席《きゃくせき》でのびをしながら、老人《ろうじん》はこう声《こえ》をかけた。ひと眠《ねむ》りして目《め》がさめるたびに、彼《かれ》はいつもこのことを要求《ようきゅう》する。

「いいですとも。どうぞ。」

操縦席《そうじゅうせき》の青年《せいねん》は、口《くち》もとに笑《わら》いを浮《う》かべながら答《こた》えた。

小《ち》さな惑星間連絡《わくせいかんれんらく》ロケットに乗《の》っているのは、この二人《ふたり》だけだった。火星《かせい》の基地《きち》を出発《しゅっぱつ》し、地球《ちきゅう》への航路《こうろ》をたどっていた。操縦席《そうじゅうせき》の前《まえ》にある窓《まど》の外《そと》には、静寂《せいじゃく》で透明《とうめい》な暗黒《あんこく》が限《かぎ》りなくひろがっていた。そして、その果《は》てには数《かぞ》えきれぬ星々《ほしぼし》が散《ち》っていた。虹《にじ》を凍《こお》らせて砕《くだ》き、ちりばめたとも思《おも》えるほど、色《いろ》とりどりの星々《ほしぼし》が。

「海《うみ》や山《やま》がはっきりと見《み》わけられるぐらいになったろうか。わしが地球《ちきゅう》へ帰《かえ》るのは、何十《なん》年《ねん》ぶりかになる。」

老人《ろうじん》は操縦席《そうじゅうせき》のそばで身《み》をかがめ、望遠鏡《ぼうえんきょう》に目《め》を当《あ》てた。だが、やがて目《め》をはなし、首《くび》をかしげながらつぶやいた。

「どうもよく見《み》えない。わしの目《め》もだいぶ弱《よわ》ってしまったらしい。宇宙《うちゅう》に長《なが》いことといると、いろいろと故障《こしょう》がおこる。」

彼《かれ》はポケットから目薬《めぐすり》を出《だ》して使《つか》った。その目《め》のまわりには、多《おお》くのしわが刻《きざ》まれてあった。

その様子《ようす》を見《み》ていた青年《せいねん》は、押《おさ》えきれなくなって笑《わら》い声《ごえ》をあげ、

「見《み》えないのが当然《とうぜん》です。前《まえ》にカバーがついているのですから。」

と対物《たいぶつ》レンズをおおっているカバーを外《はず》した。

「こいつめ。また一杯《いっぱい》くわせたな。」

老人《ろうじん》はどなりながら、青年《せいねん》の背中《せなか》をなぐりつけた。だが、べつに怒《おこ》っているのではなかった。この老人《ろうじん》は人生《じんせい》の大半《たいはん》を、ほうぼうの宇宙《うちゅう》基地《きち》ですごしてきた。どこの基地《きち》であろうと、そこの連中《れんちゅう》はいつも冗談《じょうだん》をとばしあう。また時《とき》には度《ど》がすぎて、悪《わる》ふざけにな

ることもある。だが、それは必要《ひつよう》なことだった。娯楽《ごらく》のほとんどない宇宙《うちゅう》の生活《せいかつ》では、だれもかれもがピエロか喜劇《きげき》の役者《やくしゃ》にならなければならないのだ。無理《むり》をしてでも人《ひと》をからかい、無理《むり》をしてでも人《ひと》にからかわれるように努《つと》めるのが、宇宙《うちゅう》で暮《くら》す者《もの》たちの義務《ぎむ》なのだ。

それは基地《きち》ばかりでなく、ロケットのなかでも同《おな》じことだった。もしもこの若《わか》い操縦士《そうじゅうし》が口数《くちかず》の少《すく》ない、まじめな男《おとこ》でもあったら、どんな乗 客《じょうきゃく》でも退屈《たいくつ》のために一日《にち》でまいってしまう。

そんなわけで、老人《ろうじん》は少《すこ》しも怒《おこ》らなかった。そればかりか、つぎにはどんないたずらをやってくれるかと、期待《きたい》さえしていた。火星《かせい》を出発《しゅっぱつ》してから、この二人《ふたり》は妙《みょう》に気《き》があっていた。老人《ろうじん》が自分《じぶん》の若《わか》い時《とき》の姿《すがた》を、その青年《せいねん》のなかに見《み》いだしていたせいかもしれなかった。

「どうです。見《み》えるでしょう。」

青年《せいねん》は望遠鏡《ぼうえんきょう》をいじり、虚空《こくう》のなかの青《あお》い光《ひかり》の点《てん》にむけて老人《ろうじん》にすすめた。

「ああ、見《み》える。青《あお》い海《うみ》、白《しろ》い雲《くも》、緑《みどり》の陸地《りくち》……。あとどれくらいだ。」

「さっき説明《せつめい》したばかりですよ。月《つき》の空港《くうこう》まであと二日《ふつか》。そこから地球《ちきゅう》までが一日《にち》です。ここまでくれば、もうすぐですよ。そう急《いそ》ぐことはないではありませんか。」

老人《ろうじん》は望遠鏡《ぼうえんきょう》をのぞきながら答《こた》えた。

「悪《わる》く思《おも》わんでくれ。なにしろ、数十年《すうねん》ぶりに帰《かえ》るんだからな。」

青年《せいねん》はふしぎそうに聞《き》きかえした。

「数十年《すうねん》とは、ずいぶん長《なが》いごぶさたですね。普通《ふつう》なら十年《ねん》に一度《ど》は休暇《きゅうか》をとって、地球《ちきゅう》へ帰《かえ》れることになっているではありませんか。それなのに数十年《すうねん》とは。若《わか》い時《とき》に宇宙《うちゅう》に出《で》てから、一度《いちど》も帰《かえ》っていないことになるではありませんか。」

「ああ、そういうことになるな。」

「どこの基地《きち》で仕事《しごと》をなさっていたのです。」

「最初《さいしょ》は月《つき》の基地《きち》で働《はたら》いた。そのころ、火星《かせい》の建設《けんせつ》がはじまった。わしはそれに志願《しがん》して加《くわ》わった。少《すこ》しでも遠《とお》くへ行《い》ってみたかったのだ。」

「わかりますよ、その気持《きも》ちは。わたしだって今《いま》は火星地球《かせいちきゅう》間《かん》の操縦士《そうじゅうし》ですが、早《はや》くもっと別《べつ》な、遠《とお》い航路《こうろ》に移《うつ》りたいと思《おも》っています。この気持《きも》ちだけは説明《せつめい》のしようがありませんね。宇宙《うちゅう》から引《ひ》きよせられるのか、地球《ちきゅう》から追《お》いたてられるのかわからないが、押《おさ》えられないなにかです。」

と青年《せいねん》はうなずき、老人《ろうじん》もまたうなずいた。

「宇宙《うちゅう》に憑《つ》かれた男《おとこ》はみな同《おな》じだな。わしは火星《かせい》で十年《ねん》ばかり働《はたら》いた。そのうち、建設《けんせつ》が一段落《いちだんらく》すると、こんどは小惑星群《しょうわくせいぐん》の調査隊《ちょうさたい》に入《い》れてもらった。わしはそこでいくつかの貴《き》金属《きんぞく》の鉱石《こうせき》を見《み》つけた。しかし、その報酬《ほうしゅう》も火星《かせい》の基地《きち》で賭《か》けごとなどで使《つか》い、また、小《しょう》惑星《わくせい》に出《で》かける、ということを何度《なんど》もくりかえした。」

「それから……。」

「やがて、木星《もくせい》の衛星《えいせい》への探検隊《たんけんたい》が編成《へんせい》され、わしはそれに志願《しがん》した。はじめは小《ちい》さな基《き》地《ち》を作《つく》り、少《すこ》しずつ大《おお》きくしていった。空《そら》にかかる驚《おどろ》くほど大《おお》きな木星《もくせい》を眺《なが》め、青白《あおじろ》い氷《こおり》だけにとざされたその世界《せかい》で、わしは何年《なんねん》かをすごした。」

「よくがまんできましたね。」

と青年《せいねん》は言《い》った。だが、その表情《ひょうじょう》はあこがれでみちていた。

「わしはそのころ、四十をちょっと過《す》ぎていた。しかし、それからまた、小惑星帯《しょうわくせいたい》の仕《し》事《ごと》にもどしてもらった。」

「なぜです。」

「なぜだかわからん。地球《ちきゅう》にもう少《すこ》し近《ちか》い所《ところ》で働《はたら》きたくなったのだ。」

「としのせいなんでしょうね。」

「おそらくそうだろう。なんの変化《へんか》もない氷《こおり》の世界《せかい》でも、時《とき》だけはたつものだ。そして、火星《かせい》の基地《きち》での仕事《しごと》に戻《もど》った。なぜか、地球《ちきゅう》がなつかしくてならなくなる。地球《ちきゅう》を望遠鏡《ぼうえんきょう》で眺《なが》める回数《かいすう》が多《おお》くなる。」

「その気持《きも》ちは、よくわかりません。」

「いまにわかるようになる。地球《ちきゅう》に引《ひ》きつけられ、宇宙《うちゅう》から押《お》しもどされるような気持《きも》ちだ。宇宙《うちゅう》がおそらく、わしを必要《ひつよう》としなくなったのだろう。」

老人《ろうじん》は目《め》をまたたいた。

「それが高《たか》まって地球《ちきゅう》へ帰《かえ》る気《き》になったのですね。しかし、それも悪《わる》くはないではありませんか。星々《ほしぼし》のあいだでの思《おも》い出《で》を持《も》って、地球《ちきゅう》で余生《よせい》をおくる。それが自然《しぜん》なのかもしれませんね。」

「ああ、だが、宇宙《うちゅう》と別《わか》れたくない気《き》もする。変《へん》なものだ。星々《ほしぼし》がわしの家族《かぞく》のようなものだからだろうな。わからん……。」

老人《ろうじん》は首《くび》をふり、青年《せいねん》は黙《だま》った。それから二人《ふたり》は箱《はこ》をあけ、簡単《かんたん》な食事《しょくじ》をとった。

ロケットのなかの時計《とけい》はかちかちと単調《たんちょう》な音《おと》をたて、地球《ちきゅう》への距離《きょり》が少《すこ》しずつ短《みじか》くなっていることを告《つ》げていた。

その時《とき》、ふいに大《おお》きな音《おと》がひびいた。同時《どうじ》に、激《はげ》しい衝撃《しょうげき》があらゆる物《もの》を揺《ゆ》り動《うご》かした。窓《まど》のそとでは、星々《ほしぼし》が銀《ぎん》の縞模様《しまもよう》となって渦《うず》を巻《ま》いて流《なが》れた。

だが、嵐《あらし》を凝縮《ぎょうしゅく》したようなその衝撃《しょうげき》は、一瞬《いっしゅん》のうちに去《さ》り、あたりにはまた、さっきまでと変《かわ》らない静《しず》かさがもどってきた。客席《きゃくせき》の老人《ろうじん》は壁《かべ》にたたきつけられ、しばらく身動《みうご》きができなかった。

しかし、彼《かれ》はやがて顔《かお》についた食事《しょくじ》の残《のこ》りをぬぐい、肩《かた》を押《おさ》えながらうめくような声《こえ》をあげた。

「おい、驚《おどろ》かすなよ。冗談《じょうだん》がひどすぎるぞ。おかげで、わしはもう少《すこ》しで、食事《しょくじ》をのどにつかえさせるところだった。地球《ちきゅう》へ着《つ》いたら空港《くうこう》で文句《もんく》をつけて、料金《りょうきん》を値引《ねび》きさせてやる。客《きやく》をこんな目《め》にあわせるとは、なんということだ。」

老人《ろうじん》はもちろん、なにかの事故《じこ》がおこったことを知《し》っていた。しかし、宇宙《うちゅう》では不安《ふあん》の悲鳴《ひめい》をあげたところで、なんの役《やく》に立《た》たないことも、よくわかっていたのだった。

「こんどは驚《おどろ》いたでしょう。さすがのあなたも。」

青年《せいねん》は操縦席《そうじゅうせき》のかげで応《おう》じた。彼《かれ》もまた、あわてることの無意味《むいみ》さを知《し》っていた。

「けがはなかったか。わしは肩《かた》を痛《いた》めた。」

「こっちはけがだらけです。無事《ぶじ》なのはしゃべっているこの口《くち》だけです。」

「それはいかんな。」

と、老人《ろうじん》は操縦席《そうじゅうせき》に近《ちか》づいた。しかし、青年《せいねん》はたちまち笑《わら》い声《ごえ》をあげた。

「というのはうそで、なんともありません。」

しかし、彼《かれ》の額《ひたい》には計器《けいき》にでもぶつけたのか、かすり傷《きず》がついていた。老人《ろうじん》は苦笑《にがわら》いをした。

「やれやれ。また一杯《いっぱい》くわされた。ところで、いまのはなんだ。隕石《いんせき》か。」

「どうも、そうらしいようです。隕石《いんせき》がどこかにぶつかったのでしょう。」

青年《せいねん》は窓《まど》からそとをのぞいた。星々《ほしぼし》の位置《いち》はさっきとずいぶん変《かわ》っていた。望遠鏡《ぼうえんきょう》も青《あお》みをおびた地球《ちきゅう》にむいてはいなかった。ロケットの進路《しんろ》がずれたことを示《しめ》している。彼《かれ》は顔《かお》をしかめ、無電機《むでんき》をいじった。だが、いくら待《ま》っても、どの基地《きち》からも応答《おうとう》はなかった。

「いまの衝撃《しょうげき》で無電機《むでんき》がこわれたようです。連絡《れんらく》がとれなくなりました。」

「冗談《じょうだん》じゃないだろうな。」

「これが冗談《じょうだん》であってくれたら、わたしは二度《にど》と冗談《じょうだん》を口《くち》にしませんよ。」

青年《せいねん》はそう言《い》いながら、壁《かべ》のボタンの一つを押《お》した。モーターのうなりがして、ロケットの胴《どう》から長《なが》い棒《ぼう》が伸《の》び出《だ》していった。この棒《ぼう》の先《さき》には鏡《かがみ》がついていて、ロケットの各部《かくぶ》を窓《まど》からしらべることができる。その鏡《かがみ》はゆっくりと角度《かくど》を変《か》え、銀色《ぎんいろ》の船体《せんたい》を前部《ぜんぶ》からそこに映《うつ》していった。

「べつに異状《いじょう》もないようだな。」

だが、鏡《かがみ》が尾部《びぶ》をうつした時《とき》、二人《ふたり》はさすがに顔色《かおいろ》を変《か》えた。噴射《ふんしゃ》の部分《ぶぶん》が、隕石《いんせき》によって醜《みにく》くつぶされていたのだ。ハンマーでたたかれた空缶《あきかん》に似《に》ていた。

二人《ふたり》は黙《だま》ったままだったが、そのうち老人《ろうじん》が言《い》った。

「これでは駄目《だめ》のようだな。」

「でも、できるだけのことはやってみます。」

青年《せいねん》は操縦盤《そうじゅうばん》をいろいろと動《うご》かしてみた。しかし、尾部《びぶ》からの炎《ほのお》の噴射《ふんしゃ》は弱々《よわよわ》しく、不規則《ふきそく》だった。ろうそくの火《ひ》が燃《も》え尽《つ》きる時《とき》のように、ため息《いき》をついていた。それにつれ、ロケットは少《すこ》し揺《ゆ》れたが、狂《くる》った進路《しんろ》をもとにもどすことは、とてもできそうになかった。

「そとへ出《で》て、故障《こしょう》の箇所《かしょ》をくわしく点検《てんけん》してきます。」

青年《せいねん》は宇宙服《うちゅうふく》をつけ、二重扉《じゅうとびら》のそとに出《で》ていった。だが、ふたたびもどってきて宇宙帽《うちゅうぼう》をとった彼《かれ》の表情《ひょうじょう》は、事態《じたい》が絶望的《ぜつぼうてき》であることを説明《せつめい》していた。それでも、老人《ろうじん》はいちおう聞《き》いてみた。

「どうだった。」

「申《もう》しわけありません。修理《しゅうり》は不可能《ふかのう》な状態《じょうたい》です。そのうえ、アンテナまでもぎ取《と》られました。救助信号《きゅうじょしんごう》も打《う》てません。せっかくここまできて……。」

彼《かれ》は口《くち》をつぐんだ。老人《ろうじん》もまたなにも言《い》わなかった。時計《とけい》はあいかわらず音《おと》をたて、一秒《びょう》ごとにロケットが地球《ちきゅう》から遠《とお》ざかりつつあることを告《つ》げていた。しかし、それを防《ふせ》げる方法《ほうほう》は、もはや残《のこ》されていないのだった。

老人《ろうじん》は、自分《じぶん》に言《い》い聞《き》かせるように言《い》った。

「いや、わしはいさぎよくあきらめよう。星々《ほしぼし》が呼《よ》びとめたのだろう。地球《ちきゅう》へ帰《かえ》ろうとは水《みず》くさいとな。」

「しかし、一生《いっしょう》を働《はたら》きつづけ、これからやっと、地球《ちきゅう》でくつろごうとなさった時《とき》で、お気《き》の毒《どく》です。」

「いや、わしは充分《じゅうぶん》に生《い》きてきたよ。真空《しんくう》や極寒《ごっかん》と隣《となり》あわせでいて、よく今《いま》まで生《い》きてこられた。わしの同僚《どうりょう》たちは、あらかた宇宙《うちゅう》で消《き》えてしまった。わしがそうなったところで、べつにふしぎでもない。それより、まだ若《わか》い、きみのほうが気《き》の毒《どく》だ。わしが地球《ちきゅう》へ帰《かえ》ろうなどと思《おも》ったため、巻《ま》きぞえにしてしまった。」

「それは仕方《しかた》ありません。職務《しょくむ》です。それに、宇宙《うちゅう》へ飛《と》び出《だ》そうと思《おも》った時《とき》に、このような事故《じこ》の覚悟《かくご》はしていました。」

少《すこ》しの時間《じかん》、沈黙《ちんもく》がつづいた。ロケット内《ない》の空気《くうき》は生気《せいき》を失《うしな》いはじめたように思《おも》えた。

ロケットは進《すす》みつづけているものの、その方向《ほうこう》にはなにひとつないのだった。

老人《ろうじん》が心《こころ》に描《えが》いてきた、温《あたた》かくにぎやかな地球《ちきゅう》をめざしているのではない。また、青年《せいねん》があこがれている未知《みち》の惑星《わくせい》をめざしているのでもない。

迎《むか》えてくれるのは、なにひとつない限《かぎ》りない空間《くうかん》、そして、死《し》。

「さて。」と老人《ろうじん》は首《くび》をかしげ「これからなにをしたものだろう。こんな事故《じこ》の時《とき》には、みなどんなことをするのだろうか。」

「隕石《いんせき》にぶつかった場合《ばあい》は、たいてい、その瞬間《しゅんかん》に死《し》んでしまいます。こんな事故《じこ》はめったにありません。ですから、わたしにも見当《けんとう》もつきません。」

「なるほど。即死《そくし》でないだけ、わしたちは運《うん》がよかったというわけだな。」

「もっとも、わたしが習《なら》った講義《こうぎ》では、冬眠剤《とうみんざい》を飲《の》んで救助《きゅうじょ》を待《ま》つように、とありました。どこかにあるはずです……。」

青年《せいねん》は座席《ざせき》の下《した》をさがした。

「あ、ありました。」

「しかし、助《たす》かる見込《みこ》みはあるまいな。」

「あまり期待《きたい》しないほうがいいでしょう。無電機《むでんき》がこわれては助《たす》けの呼《よ》びようがありません。この広《ひろ》い空間《くうかん》です。海《うみ》へ逃《に》げた一匹《ぴき》の魚《さかな》を、追《お》いかけるようなものですから。」

「ああ、わしもそう思《おも》う。そうなると、二度《にど》と目《め》ざめない眠《ねむ》りを、そう急《いそ》ぐこともあるまいな。どうだ、トランプでもやるか。わしはためた金《かね》を持《も》っているぞ。」

青年《せいねん》は笑《わら》った。

「それはいい冗談《じょうだん》だ。こんな時《とき》に金《かね》をかけてトランプをするとは、だれも今《いま》まで考《かんが》えもしなかったことでしょう。でも、残念《ざんねん》なことに、わたしはトランプを知《し》らないのです。」

「しようがないやつだな。では、わしは酒《さけ》でも飲《の》むとしよう。残《のこ》しておいてはもったいないからな。」

老人《ろうじん》は酒《さけ》のびんをさがし、ひとりで飲《の》みはじめた。いっぽう青年《せいねん》は小型《こがた》のタイプライターに紙《かみ》をはさみ、キーをたたきはじめた。老人《ろうじん》はふしぎそうに聞《き》いた。

「なにを打《う》っている。」

「通信用《つうしんよう》の小型《こがた》ロケットが一つあるのを思《おも》い出《だ》しました。それに入《い》れて地球《ちきゅう》へ送《おく》ろうと思《おも》うのです。」

「通信用《つうしんよう》ロケットなら、わしも知《し》っている。だが、それで助《たす》けを呼《よ》ぼうとしても、とても無理《むり》だ。地球《ちきゅう》へ届《とど》くまで三日《みっか》、すぐに助《たす》けに出発《しゅっぱつ》してくれたとしても、また三日《みっか》だ。そのあいだに、わしたちはわけのわからない方角《ほうがく》の、手《て》のつけようもない彼方《かなた》に流《なが》れていってしまっている。それがわかっているから、救助《きゅうじょ》には来《き》てくれまい。」

「わたしもそう思《おも》います。これは救助《きゅうじょ》を求《もと》める手紙《てがみ》ではありません。遺書《いしょ》ですよ。なにか書《か》き残《のこ》したいことがありましたら、ついでにつけたしてあげますよ。」

と、青年《せいねん》はタイプを打《う》ちながら言《い》った。

「いや、わしには身《み》よりなどない。しかし、きみの遺書《いしょ》とは興味《きょうみ》がある。どんなことを書《か》いた。さしつかえなかったら、見《み》せて欲《ほ》しいものだね。いったい、だれにあてた遺書《いしょ》なんだ。」

「両親《りょうしん》にですよ。さあ、すみました。ごらんになりますか。」

青年《せいねん》はタイプし終《お》った紙《かみ》を渡《わた》した。

〈お父《とう》さん、お母《かあ》さん。私《わたし》のロケットは、いま隕石《いんせき》に衝突《しょうとつ》し、事故《じこ》をおこしました。もう助《たす》かりそうにありません。もう一度《いちど》お会《あ》いしたいと思《おも》いますが、それも無理《むり》なようです。しかし、あまり悲《かな》しまないで下《くだ》さい。私《わたし》は子供《こども》のころからあこがれていた宇宙《うちゅう》に出《で》られ、そこで死《し》ぬのです。私《わたし》は満足《まんぞく》です。では、どうぞお元気《げんき》で。さようなら。〉

老人《ろうじん》は手紙《てがみ》を読《よ》み終《お》え、それをかえした。だが、青年《せいねん》がそれを通信《つうしん》ロケットに入《い》れようとするのを見《み》て、いぶかしげに聞《き》いた。

「そのまま入《い》れるのか。」

「なぜです。いけませんか。」

「きみの名前《なまえ》が落《お》ちているではないか。」

「名前《なまえ》など、ないほうがいいのですよ。」

「それはまた、どういうつもりなのだ。」

と、老人《ろうじん》はさらに不審《ふしん》そうな顔《かお》つきになった。青年《せいねん》は言《い》う。

「いままでに、多《おお》くの若者《わかもの》が宇宙《うちゅう》の事故《じこ》で消息《しょうそく》を絶《た》っています。」

「それはそうだ。わしの仲間《なかま》も、部下《ぶか》も、ずいぶん宇宙《うちゅう》で死《し》んだ。だが、それとどういう関係《かんけい》がある。」

「その若者《わかもの》たちの両親《りょうしん》は、おそらくあきらめきれずにいるでしょう。息子《むすこ》はどうなったのだろう。最後《さいご》に自分《じぶん》のことを思《おも》い出《だ》してくれただろうかと。そして、雲《くも》のない夜《よる》には空《そら》を見《み》あげ、星々《ほしぼし》のあいだを指《ゆび》さしてひとりでつぶやいたり、話《はな》しあったりしていることでしょう。そこにこの通信《つうしん》ロケットがもたらされる。すこしはなぐさめになるのではないでしょうか。それには名前《なまえ》が書《か》いてあっては役《やく》に立《た》ちません。」

「なるほど……。」

老人《ろうじん》は言葉《ことば》少《すく》なくうなずいた。だが、なっとくできないような様子《ようす》で、こう言《い》った。

「……いい考《かんが》えだが、きみの両親《りょうしん》のことを考《かんが》えたら、それではぐあいが悪《わる》いだろう。やはり、はっきりと自分《じぶん》たちの息子《むすこ》の名《な》があったほうがいいのではないかな。」

「いいんですよ。」

と、青年《せいねん》は笑《わら》った。

「よくはないよ。両親《りょうしん》のことを考《かんが》えたら、そんなことはできないはずだ。」

老人《ろうじん》はとがめるような口調《くちょう》になったが、青年《せいねん》は笑《わら》うのをやめなかった。

「いいんですよ。わたしは孤児《こじ》なのですから。」

老人《ろうじん》はしばらく黙《だま》っていたが、やがていっしょに笑《わら》い出《だ》した。

「また一杯《いっぱい》ひっかけられたな。これは今《いま》までの最高《さいこう》の冗談《じょうだん》だ。わしにも手伝《てつだ》わさせてくれ。」

「いいですとも。でも、どうするつもりなんです。」

「いまの遺書《いしょ》に、この文句《もんく》をつけ加《くわ》えてくれ。給料《きゅうりょう》をためたお金《かね》を、いっしょにお送《おく》りします、とな。」

やがて、署名《しょめい》のない遺書《いしょ》と老人《ろうじん》の金《かね》とを抱《だ》いた通信《つうしん》ロケットは、地球《ちきゅう》の方向《ほうこう》にむけて発射《はっしゃ》された。

光《ひかり》の尾《お》を引《ひ》いて、青《あお》く小《ちい》さな星《ほし》が地球《ちきゅう》にむかって走《はし》ってゆくのを眺《なが》め、二人《ふたり》は同《おな》じことを口《くち》にした。

「うまく届《とど》いてくれるといいが。」

光《ひかり》の尾《お》は遠《とお》ざかり、見《み》えなくなった。老人《ろうじん》は手《て》に持《も》っていた酒《さけ》のびんを見《み》た。もうなかみはなくなっていた。

「酒《さけ》もなくなったし、これ以上《いじょう》の冗談《じょうだん》は出《で》そうもない。冬眠剤《とうみんざい》とやらを飲《の》むとしようか。」

二人《ふたり》は席《せき》につき、冬眠剤《とうみんざい》を飲《の》んだ。青年《せいねん》は操縦席《そうじゅうせき》のスイッチを切《き》った。あたりは暗《くら》くなり、内部《ないぶ》の温度《おんど》は下《さが》りはじめた。窓《まど》からさしこむかすかな星《ほし》あかりのなかで、老人《ろうじん》はつぶやくように言《い》った。

「ああ、眠《ねむ》くなってきた。なんだか、わしにはおまえが息子《むすこ》のように思《おも》えてきたよ。」

「わたしもあなたが……。いや、もう冗談《じょうだん》はよしましょう。あなたは息子《むすこ》とはどんなものか知《し》らないんですし、わたしも親《おや》とはどんなものか知《し》らないんですよ。」

それから、どちらからともなく声《こえ》をかけあった。

「さよなら。」

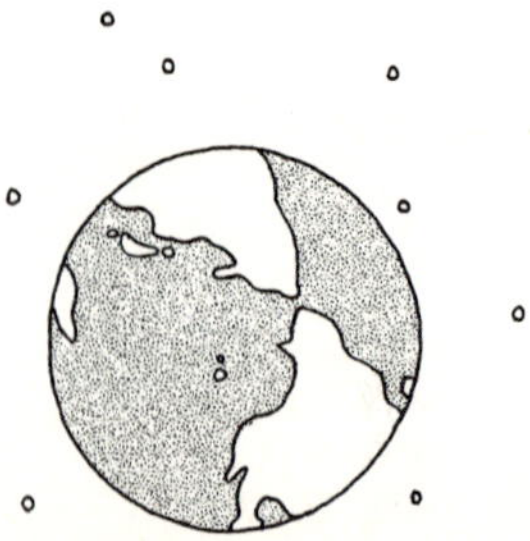

羽衣《はごろも》

風早《かざはや》の、三保《みほ》の浦《うら》わを漕《こ》ぐ舟《ふね》の、浦人《うらびと》さわぐ波路《なみじ》かな……。

春《はる》の風《かぜ》が、あたしの顔《かお》をかすめて流《なが》れている。わあ。なんという、すばらしい景色《けしき》。あたしは身《み》にまとった無重《むじゅうりょく》力ガウンで、あたたかい空気《くうき》のなかを思《おも》うままに泳《およ》ぎまわった。

なごやかな霞《かすみ》のひろがる空《そら》。山々《やまやま》は萌《も》える緑《みどり》のにおいを、いっせいに立《た》ちのぼらせている。ひときわ高《たか》く、美《うつく》しいのは、富士山《ふじさん》とかいう山《やま》だ。いま、その上空《じょうくう》でタイムマシンから出《で》てきたばかり。その山肌《やまはだ》をなでるように、やさしくはいあがっている雲《くも》。さらに北《きた》の山々《やまやま》で白《しろ》く輝《かがや》いているのは、消《き》え残《のこ》っている春《はる》の雪《ゆき》。

まっ白《しろ》いものは、もう一つ。波《なみ》の作《つく》り出《だ》す白《しろ》い泡《あわ》だ。目《め》の下《した》にある海岸《かいがん》の砂浜《すなはま》は、やわらかいカーブを描《えが》き、青《あお》い海《うみ》との区切《くぎ》りをつけている。何艘《なんそう》もの小舟《こぶね》が散《ち》らばる海《うみ》は静《しず》かで、耳《みみ》を傾《かたむ》けたら、その上《うえ》の話《はな》し声《ごえ》も聞《き》こえてきそう。

あたしは地球《ちきゅう》へ、数千年《すうせんねん》をさかのぼった過去《かこ》の地球《ちきゅう》へ、やっと来《く》ることができたのだ。ずっと思《おも》いつづけてきた、あこがれの旅行《りょこう》。見《み》あげると、ぼんやり浮《う》かぶ昼《ひる》の月《つき》が……。

月《つき》での生活《せいかつ》。あたしが毎日《まいにち》をすごしている、月《つき》での生活《せいかつ》も悪《わる》くはない。この点《てん》は、火星《かせい》や金星《きんせい》の都市《とし》でもおなじことだ。長《なが》い年月《ねんげつ》をかけて完成《かんせい》した、申《もう》しぶんのない都市計画《としけいかく》。不便《ふべん》や不快《ふかい》さを、感《かん》じたことがない。人工《じんこう》の空気《くうき》、合成《ごうせい》の食料《しょくりょう》、調節《ちょうせつ》された空気《くうき》、清潔《せいけつ》な住宅《じゅうたく》。流動《りゅうどう》プラスチックでできていて、つねに形《かたち》と色《いろ》を変《か》えつづけ、人《ひと》をあきさせない装飾品《そうしょくひん》のようなものもある。また、いまのあたしのように、整形医学《せいけいいがく》でどんな美人《びじん》にでもなれる。

ただ、ないものは……ないものはなにひとつない。だけど、あたしはなにかが欠《か》けているような気《き》がしてならなかった。それとも、なにかの力《ちから》が、あたしを誘《さそ》っていたのかもしれない。

あたしはきのう、時間旅行会社《じかんりょこうがいしゃ》を訪《おとず》れて申《もう》し出《で》た。

「あの、過去《かこ》へ旅行《りょこう》してみたいんですけど。」

事務員《じむいん》の男《おとこ》は、あいそのいい口調《くちょう》で聞《き》きかえした。

「どのような過去《かこ》でございましょう、おじょうさま。」

「過去《かこ》の地球《ちきゅう》へ行《い》ってみたいの。」

「それでしたら、わが社《しゃ》の撮影《さつえい》いたしました、立体映画《りったいえいが》をごらんになれば、それで充分《じゅうぶん》でございましょう。」

「それは何度《なんど》も見《み》たわ。よくとれていると思《おも》うわ。だけど、あれは幻《まぼろし》なのよ。あたしは時《とき》の扉《とびら》を自分《じぶん》で押《お》しあけ、過去《かこ》そのものに触《ふ》れてみたいの。ちょっとでいいわ。」

「でも、ご存知《ぞんじ》と思《おも》いますが、費用《ひよう》はお安《やす》くございません。」

「わかっているわ。ほうぼうの劇場《げきじょう》で歌《うた》ったり踊《おど》ったりして、ずっと貯《た》めてきたお金《かね》があるのよ。」

「こんなことを申《もう》しあげるのも、なんでございますが、それだけのお金《かね》があれば、アルデバラン星《せい》へのご旅行《りょこう》もできれば、空間《くうかん》に浮《う》かぶ個人住宅《こじんじゅうたく》だってお買《か》いになれます。もっと面白《おもしろ》いかと思《おも》ったと、あとで文句《もんく》をおっしゃるかたもございますので、ひとこと申《もう》しそえる規則《きそく》になっております。」

「いいの、過去《かこ》を肌《はだ》で感《かん》じることができさえすれば、後悔《こうかい》はしないわ。夢《ゆめ》にまで見《み》つづけてきたことなのですもの。」

「わかりました。しかし、これだけは誓《ちか》っていただかないと困《こま》ります。過去《かこ》を変《か》えないこと。過去《かこ》を変《か》えると、現在《げんざい》の多数《たすう》の人《ひと》の生活《せいかつ》に、なんらかの形《かたち》で迷惑《めいわく》をおよぼします。人口《じんこう》の少《すく》なかった時代《じだい》にご案内《あんない》いたしますが、絶対《ぜったい》に着陸《ちゃくりく》なさらぬよう。とくに、過去《かこ》の人《ひと》と接触《せっしょく》なさらぬよう。決《けっ》して、現在《げんざい》の物品《ぶっぴん》を過去《かこ》にお残《のこ》しにならぬよう……。」

事務員《じむいん》のくどい説明《せつめい》を、あたしは適当《てきとう》に打《う》ち切《き》った。

「わかっているわ。」

あたしはこうして、二十分間《ぷんかん》だけの旅行《りょこう》を許《ゆる》された。宇宙《うちゅう》船《せん》で地球《ちきゅう》の上空《じょうくう》へ、そして、タイムマシンで数千年《すうねん》の過去《かこ》へと。

あたしは目《め》に、肌《はだ》に、耳《みみ》に鼻《はな》に、すべての印象《いんしょう》を焼《や》きつけようと、飛《と》びまわった。やはり、来《き》てよかった。人工《じんこう》や合成《ごうせい》でない物《もの》でみちた、過去《かこ》の自然《しぜん》。

少《すこ》し高度《こうど》を下《さ》げてみると、白《しろ》い鳥《とり》が飛《と》んでいた。黄色《きいろ》いチョウも舞《ま》っている。追《お》っかけっこをして、手《て》で触《ふ》れてみたかったが、それはやめた。過去《かこ》をいじってはいけないのだ。

時計《とけい》を見《み》ると、四分《ぷん》がたっていた。あと十六分《ぷん》。あたしはひとけのない、海岸《かいがん》の松林《まつばやし》をかすめた。波《なみ》の音《おと》、海《うみ》のにおい。動《うご》きまわる波《なみ》は、あたしを誘惑《ゆうわく》していた。

ちょっとだけ、ほんのちょっとだけ、あの波《なみ》にさわってみたい。せっかく過去《かこ》に来《き》たのだもの。あたしは、その欲望《よくぼう》に負《ま》けた。

松林《まつばやし》のなかで無重《むじゅうりょく》力ガウンをぬぎ、あたしは波《なみ》うちぎわに駆《か》け寄《よ》った。海《うみ》。波《なみ》。この太陽系《たいようけい》ばかりでなく、いや、ほかの太陽系《たいようけい》のどこへ出《で》かけても見《み》ることのできない青《あお》い海《うみ》。波《なみ》は足《あし》を冷《つめ》たく、快《こころよ》く、くすぐった。未来《みらい》から帰《かえ》った子供《こども》をあやす母《はは》のように。

しっとりとした砂《すな》の上《うえ》に、あしあとが残《のこ》った。だけど、波《なみ》はすぐにそれを消《け》している。過去《かこ》になにも残《のこ》せないことは、さびしくもあった。

時計《とけい》を見《み》ると、八分《ぷん》がたっていた。あと十二分《ふん》。充実《じゅうじつ》していても、短《みじか》い旅行《りょこう》なのだ。こんどは、少《すこ》し北《きた》の山々《やまやま》の谷《たに》を飛《と》び、雪《ゆき》どけの流《なが》れのそばに咲《さ》く、花々《はなばな》でも眺《なが》めてみようかしら。

あたしは急《いそ》ぎ足《あし》で、松林《まつばやし》に戻《もど》った。そして、思《おも》わず目《め》をこすった。ないわ。たしかに、いまここに置《お》いたはずなのに。無重《むじゅうりょく》力ガウンがないと、富士山《ふじさん》の上空《じょうくう》で待《ま》つ、宇宙船《うちゅうせん》のなかのタイムマシンに帰《かえ》れなくなってしまう。あたしは青《あお》くなった。

その時《とき》、若《わか》い男《おとこ》の声《こえ》がした。

「なにをさがしておいでです。これですか。」

ふりむくと、みすぼらしいが、たくましく明《あか》るい、海《うみ》のにおいのしみこんだ青年《せいねん》が立《た》っていた。その手《て》には、銀色《ぎんいろ》の無重《むじゅうりょく》力ガウンが。あたしは、思《おも》わず呼《よ》びかけていた。

「あら、早《はや》くかえしてよ。」

過去《かこ》の人《ひと》と接触《せっしょく》するのはタブーだけど、早《はや》くそれを取《と》り戻《もど》さなければ、ほかの景色《けしき》を見《み》ることができない。

「こんな美《うつく》しい着物《きもの》は、はじめて見《み》ました。拾《ひろ》ったのはわたしです。家《いえ》へ持《も》って帰《かえ》って、宝《たから》にしたいのです。」

「そんなことは……。」

あたしはからだがふるえた。品物《しなもの》を渡《わた》したりしたら、とんでもないことになってしまう。月《つき》や、火星《かせい》や金星《きんせい》などで、楽《たの》しく平穏《へいおん》に暮《くら》している人《ひと》たち。その生活《せいかつ》をくつがえすことにもなりかねない。

あたしは押《お》し問答《もんどう》をしたが、青年《せいねん》はきかなかった。武器《ぶき》の携帯《けいたい》は許《ゆる》されなかったし、力《ちから》ずくでも勝《か》ち目《め》はない。あたしは、目《め》の涙《なみだ》を指先《ゆびさき》で押《おさ》えた。

青年《せいねん》はまぶしそうに、あたしを見《み》つめて、

「あなたは、どこからいらっしゃったのです。見《み》なれない着物《きもの》ですが。」

「月《つき》よ。月《つき》からよ。」

と、あたしは思《おも》わず答《こた》えてしまった。

「月《つき》からですって。うそでしょう。そんなでたらめでは、これをおかえしできません。」

「でも、本当《ほんとう》に月《つき》から来《き》たのよ。」

あたしは、どうしたら相手《あいて》を説得《せっとく》できるだろうと考《かんが》えながら、すわりこんでしまった。

そして、空《そら》を見《み》あげた。あと八分《ぷん》で、タイムマシンに戻《もど》らなければならないのに。

青年《せいねん》の顔《かお》には、同情《どうじょう》の色《いろ》が浮《う》かんだ。

「月《つき》からいらっしゃった、天人《てんにん》とおっしゃるのですね。それが本当《ほんとう》ならば、わたしども人《にん》間《げん》がおじゃますることはいたしません。しかし、天人《てんにん》であることを、なにかで示《しめ》して下《くだ》さい。」

「なにもないわ。どうしたらいいかしら。」

時間《じかん》をかければ、なっとくさせることができるかもしれない。でも、その時間《じかん》がない。あと六分《ぷん》。このオルゴールつきの時計《とけい》をかわりに渡《わた》せば、ガウンをかえしてくれるかもしれない。しかし、それも許《ゆる》されないことだ。すぐ海《うみ》へ捨《す》ててくれればまだしもいいが、相《あい》手《て》は家宝《かほう》にするにきまっている。

青年《せいねん》はやさしく話《はな》しかけてきた。

「本当《ほんとう》に天女《てんにょ》なら、人間《にんげん》にできない、なにかができるはずです。それを拝見《はいけん》させて下《くだ》さい。そうすれば、この衣《ころも》をおかえしします。」

あたしは、しばらく考《かんが》え、

「月《つき》の歌《うた》と踊《おど》りをお見《み》せするわ。どうかしら。」

「けっこうです。」

「じゃあ、それをかえしてよ。それを着《き》ないと踊《おど》れないの。」

「しかし、そうしたら、あなたはすぐに逃《に》げてしまうかもしれない。」

「天女《てんにょ》はうそをつかないわよ。」

時間《じかん》がないので、あたしはいらいらした口調《くちょう》で言《い》った。青年《せいねん》は顔《かお》をあからめ、ガウンをさし出《だ》した。

あたしは手早《てばや》くガウンを身《み》につけ、空中《くうちゅう》に浮《う》かんだ。時間《じかん》の許《ゆる》す限《かぎ》り、この青年《せいねん》との約束《やく》《そく》をはたしてあげよう。あたしは月《つき》で流行《りゅうこう》している歌《うた》を口《くち》にし、踊《おど》りの身振《みぶ》りをし、少《すこ》しずつ高《たか》く昇《のぼ》った。

この青年《せいねん》は、いつまでもおぼえていてくれるかしら。それとも、春《はる》のかげろうのなかから現《あらわ》れた、幻《まぼろし》と思《おも》ってすぐに忘《わす》れてしまうかしら。

あたしは目《め》で、青年《せいねん》に別《わか》れのあいさつを送《おく》った。あたしを見《み》つめる青年《せいねん》の目《め》の、なんと純真《じゅんしん》なこと。人《ひと》を信《しん》じ、欲《よく》の少《すく》ない、おだやかな人《ひと》たちの時代《じだい》、さようなら。

青年《せいねん》も、海辺《うみべ》も、松《まつ》の林《はやし》も、緑《みどり》の山々《やまやま》も、霞《かすみ》の下《した》に薄《うす》れ、小《ちい》さくなっていった。こんないい人《ひと》たちが、なぜ二千年《ねん》ほどあとに、この地球《ちきゅう》をめちゃめちゃにしてしまったのかしら。海《うみ》のすべてを蒸発《じょうはつ》させ、除《のぞ》きようのない毒《どく》と放射能《ほうしゃのう》にみちた、死《し》の世界《せかい》に変《か》える戦《たたか》いをはじめてしまったのかしら。

宇宙《うちゅう》基地《きち》に残《のこ》った人《ひと》びとが、人類《じんるい》と文化《ぶんか》とをむかし以上《いじょう》に再建《さいけん》したとはいえ、母《はは》なる地球《ちきゅう》は、もう二度《にど》と生《い》きかえってはこない。

あたしはやっと、タイムマシンに帰《かえ》りつくことができた。ふりかえったけれど、もうあの青年《せいねん》は霞《かすみ》の下《した》になっていた。

……さるほどに、時《とき》うつって天《あま》の羽衣《はごろも》、浦風《うらかぜ》にたなびきたなびく。三保《みほ》の松原《まつばら》、浮島《うきしま》が雲《くも》の、愛鷹山《あしたかやま》や富士《ふじ》の高嶺《たかね》、かすかになりて、天《あま》つみ空《そら》の霞《かすみ》にまぎれて、失《う》せにけり。

解説《かいせつ》

加藤《かとう》まさし（作家《さっか》）

SF《エスエフ》ショート・ショートの第一人者《だいいちにんしゃ》としてあまりにも有名《ゆうめい》な星新一《ほししんいち》さんですが、わたしが初《はじ》めて星《ほし》さんの名《な》を知《し》ったのは『マタンゴ』という題名《だいめい》の、東宝《とうほう》のSF《エスエフ》映画《えいが》を通《つう》じてでした。

この映画《えいが》が公開《こうかい》されたのは一九六三（昭和《しょうわ》三十八）年《ねん》ですから、すでに三十八年《ねん》もたっています。しかし、いまでも毎年《まいとし》かならず、一度《いちど》はどこかのテレビ局《きょく》で放送《ほうそう》されるほど根《ね》強《づよ》い人気《にんき》があり、しかも最近《さいきん》になって、マタンゴをテーマにした歌《うた》までがいくつか作《つく》られているほどですから、知《し》っている方《かた》も少《すく》なくないと思《おも》います。

映画《えいが》の大《おお》まかなストーリーは、こうです。

裕福《ゆうふく》で遊《あそ》び好《ず》きの都会《とかい》の青年《せいねん》たちがヨットで航海中《こうかいちゅう》、嵐《あらし》にあい、名《な》も知《し》れぬ無《む》人島《じんとう》に漂《ひょう》着《ちゃく》する。一日《いちにち》じゅう深《ふか》い霧《きり》におおわれた島《しま》には、食《た》べ物《もの》はほとんどなく、あるのは毒々《どくどく》しい色《いろ》をした、マタンゴという名《な》の新種《しんしゅ》のキノコだけだった。やがて彼《かれ》らは、人《ひと》の姿《すがた》をしたキノコの化《ば》け物《もの》におそわれ、マタンゴを食《た》べた人間《にんげん》が、自分自身《じぶんじしん》もマタンゴに変身《へんしん》してしまうことを知《し》る。わずかな食料《しょくりょう》をうばいあい、憎《にく》しみあったはてに、青年《せいねん》たちはうえにたえられず、人間《にんげん》ではなくなるのを承知《しょうち》の上《うえ》で、とうとうマタンゴを口《くち》にし始《はじ》める……。

この原案《げんあん》を考《かんが》えたのが星新一《ほししんいち》さんと、もう一人《ひとり》、わたしの父《ちち》でSF作家《エスエフさっか》の福島正実《ふくしままさみ》だったのです。子供《こども》のころ、テレビで放送《ほうそう》されたこの映画《えいが》を見《み》たわたしは、キノコ人間《にんげん》マタンゴのあまりのおぞましさに、眠《ねむ》れなくなるほどおびえてしまいました。ところが、わたしはこの映画《えいが》が公開《こうかい》された年《とし》に生《う》まれているので、大人《おとな》たちから「マタンゴ年《どし》の生《う》まれ」なんてからかわれて、ちょっと傷《きず》ついたこともあります。

一九六三年《ねん》は、星《ほし》さんや福島正実《ふくしままさみ》などが中心《ちゅうしん》になって、日本SF作家《にほんエスエフさっか》クラブが結成《けっせい》された年《とし》でもありました。クラブ結成時《けっせいじ》の会員《かいいん》には、漫画家《まんがか》の手塚治虫《てづかおさむ》さんもいます。このクラブが作《つく》られたいちばん大《おお》きな目的《もくてき》は何《なに》かというと、SF《エスエフ》を世《よ》に広《ひろ》めることだったのです。

いまでは信《しん》じられないようなことですが、当時《とうじ》はまだ、SF《エスエフ》の名《な》も、作品《さくひん》も、あまり世《せ》間《けん》に知《し》られてはいなかったのです。そこで、小説《しょうせつ》、映画《えいが》、漫画《まんが》などの分野《ぶんや》で積極的《せっきょくてき》に作《さく》品《ひん》を発表《はっぴょう》し、SF《エスエフ》を世《よ》に広《ひろ》めていこうと、SF関係者《エスエフかんけいしゃ》が力《ちから》を合《あ》わせはじめた年《とし》だったのです。

ショート・ショートの星新一《ほししんいち》さんの名《な》が、SF映画《エスエフえいが》の中《なか》にあらわれたのは、こういういきさつでした。あれから三十八年《ねん》がたつ間《あいだ》に、福島正実《ふくしままさみ》も、手塚治虫《てづかおさむ》さんも、そして星新《ほししん》一《いち》さんも、すでに故人《こじん》となってしまいましたが、彼《かれ》らの残《のこ》した作品《さくひん》は、いまでは日本《にっぽん》のS《エス》F文化《エフぶんか》の基礎《きそ》となっています。

とくに星新一《ほししんいち》さんが一九九七（平成《へいせい》九）年《ねん》十二月《がつ》に亡《な》くなられるまでに発表《はっぴょう》した作品《さくひん》は、じつに一千作《さく》をこえ、SF《エスエフ》ファンのみならず、年齢《ねんれい》や性別《せいべつ》をこえた幅広《はばひろ》い層《そう》の人々《ひとびと》に、いまもなお愛読《あいどく》され続《つづ》けています。人々《ひとびと》をひきつけてやまない、星作品《ほしさくひん》の魅力《みりょく》とはいったい、何《なん》なのでしょうか。

星《ほし》さんの作品《さくひん》の特徴《とくちょう》は、あまりに奇想天外《きそうてんがい》に展開《てんかい》していく物語《ものがたり》に、読《よ》みおわると一瞬《いっしゅん》、笑《わら》ってしまうけれど、その直後《ちょくご》に思《おも》わずゾッとさせられる、いわゆるブラック・ユーモアで創作《そうさく》されていることにあります。

宇宙《うちゅう》や未来社会《みらいしゃかい》、異星人《いせいじん》やロボットというような、一見《いっけん》、空想的《くうそうてき》で現実《げんじつ》とはかけはなれたSF《エスエフ》世界《せかい》が、わたしたちの平凡《へいぼん》な生活《せいかつ》といかに深《ふか》く結《むす》びついているか、ということを、背筋《せすじ》がヒヤリとするような読後感《どくごかん》で気《き》づかせてくれるわけです。

星作品《ほしさくひん》の魅力《みりょく》とは、現実《げんじつ》の平凡《へいぼん》な生活《せいかつ》になれきってしまったわたしたちの心《こころ》を、短《みじか》い物語《ものがたり》の中《なか》であっという間《ま》に宇宙《うちゅう》のかなたや未来《みらい》の街角《まちかど》に連《つ》れていってしまう、不思議《ふしぎ》さにあるように思《おも》います。

星新一《ほししんいち》さんは、一九二六（大正《たいしょう》十五）年《ねん》、東京《とうきょう》の本郷《ほんごう》で生《う》まれました。本名《ほんみょう》は親一《しんいち》。これは、星製薬《ほしせいやく》という当時《とうじ》有名《ゆうめい》だった製薬会社《せいやくがいしゃ》を興《おこ》した、父親《ちちおや》の星一《ほしはじめ》さんが『親切第一《しんせつだいいち》』という標語《ひょうご》を会社《かいしゃ》の経営方針《けいえいほうしん》としてかかげていたことから、これをちぢめてつけられた名《な》でした。

母方《ははかた》の祖母《そぼ》は、明治時代《めいじじだい》の文豪《ぶんごう》であると同時《どうじ》に高名《こうめい》な軍医《ぐんい》でもあった、森鷗外《もりおうがい》の実《じつ》の妹《いもうと》でした。短歌作《たんかづく》りが趣味《しゅみ》だったこのおばあさんに、幼《おさな》い星《ほし》さんは毎晩添《まいばんそ》い寝《ね》をしてもらい、ノートに書《か》いた自作《じさく》の短歌《たんか》を何度《なんど》も読《よ》み返《かえ》しているのを子守唄《こもりうた》代わりに聞《き》きながら、眠《ねむ》りについたそうです。

そういえば、星《ほし》さんの作品《さくひん》は、短《みじか》いという点《てん》では、短歌《たんか》と似《に》ているように思《おも》いますし、また、作品《さくひん》を読《よ》んだ者《もの》に、たちまち効果《こうか》があらわれるところなどは、効《き》き目《め》の高《たか》い薬《くすり》と、どこか似《に》ているような気《き》もします。幼《おさな》いころから、医学《いがく》と文学《ぶんがく》の香《かお》りに満《み》ちた雰囲気《ふんいき》の中《なか》で育《そだ》ったことが、星《ほし》さんの作風《さくふう》の基礎《きそ》になっているのかも知《し》れません。

終戦《しゅうせん》の年《とし》、一九四五（昭和《しょうわ》二十）年《ねん》に東京大学農学部《とうきょうだいがくのうがくぶ》に入学《にゅうがく》し、同大学院《どうだいがくいん》にも進《すす》む秀才《しゅうさい》でありながら、その一方《いっぽう》でどんな研究《けんきゅう》に取《と》り組《く》むときにも、

「常識《じょうしき》といわれていることの逆《ぎゃく》をやったとしたら、何《なに》が起《お》きるのか？」

というイタズラ好《ず》きの少年《しょうねん》のような興味《きょうみ》をいだいていました。常識《じょうしき》にとらわれない自由《じゆう》な発想《はっそう》は、星《ほし》さんが創作《そうさく》をするときの基本《きほん》ですが、この考《かんが》え方《かた》が、のちに星《ほし》さんの人生《じんせい》を日本初《にほんはつ》のSF《エスエフ》作家《さっか》へと、導《みちび》くことになるのです。

東大大学院《とうだいだいがくいん》を修了《しゅうりょう》した後《のち》、間《ま》もなくお父《とう》さんが亡《な》くなり、会社《かいしゃ》を継《つ》ぎます。しかしすでに経営《けいえい》はかたむいており、ほどなくして社長業《しゃちょうぎょう》から身《み》を引《ひ》きました。その頃《ころ》、アメリカのSF《エスエフ》作家《さっか》、レイ・ブラッドベリが書《か》いた『火星年代記《かせいねんだいき》』という作品《さくひん》を読《よ》んだのが、S《エス》

F《エフ》との最初《さいしょ》の出会《であ》いとなり、たちまちSF《エスエフ》の魅力《みりょく》のとりこになったのです。この頃《ころ》、多《おお》くの人《ひと》が同《おな》じように熱狂的《ねっきょうてき》SF《エスエフ》ファンになりましたが、星《ほし》さんはただ読《よ》むだけではなく、自《みずか》ら書《か》くことに挑戦《ちょうせん》したのです。このときのことについて、星《ほし》さんは、

「もしこの作品《さくひん》を読《よ》まなかったら、はたしてSF《エスエフ》を書《か》いていたかどうかわからない」

といっています。

ふつうなら、次《つぎ》の作品《さくひん》をさがし求《もと》めることだけに夢中《むちゅう》になるところを、逆《ぎゃく》に自分《じぶん》で作品《さくひん》を書《か》きはじめたのです。

そして、一九五七（昭和《しょうわ》三十二）年《ねん》にSF同人誌《エスエフどうじんし》『宇宙塵《うちゅうじん》』に載《の》った短編《たんぺん》、『セキストラ』が探偵小説《たんていしょうせつ》の巨匠《きょしょう》である江戸川乱歩《えどがわらんぽ》に絶賛《ぜっさん》されたのです。同作品《どうさくひん》は雑誌《ざっし》『宝石《ほうせき》』に転載《てんさい》され、SF作家《エスエフさっか》としてデビューしたのです。

「自分《じぶん》にはユーモアがわかる、で満足《まんぞく》せず、自分自身《じぶんじしん》がユーモラスになる努力《どりょく》をすることが大切《たいせつ》だ」

これは、星《ほし》さんがショート・ショートを書《か》くコツについて語《かた》った言葉《ことば》ですが、こうしてみると、星新一《ほししんいち》さん自身《じしん》が、ユーモアあふれる、心《こころ》の豊《ゆた》かな人生《じんせい》を送《おく》るよう努力《どりょく》した人《ひと》で

あったことがわかります。いまでも大勢《おおぜい》の読者《どくしゃ》に愛《あい》され続《つづ》けているのは、人生《じんせい》をユーモラスに生《い》きた星《ほし》さんの命《いのち》が、作品《さくひん》の中《なか》で楽《たの》しげに息《いき》づいているからなのでしょう。

さて、本書《ほんしょ》は星新一《ほししんいち》さんの作品《さくひん》の人気《にんき》投票《とうひょう》で、上位《じょうい》に選《えら》ばれた五作品《さくひん》、『おーい でてこーい』『ボッコちゃん』『処刑《しょけい》』『午後《ごご》の恐竜《きょうりゅう》』『鍵《かぎ》』に、わたしが独自《どくじ》に選《えら》んだ作品群《さくひんぐん》を加《くわ》えて構成《こうせい》してあります。上位《じょうい》五作品《さくひん》が読後《どくご》にゾッとさせる、代表的《だいひょうてき》な星作品《ほしさくひん》ですので、その他《ほか》は星作品《ほしさくひん》としてはめずらしく、読後《どくご》にホッと安心《あんしん》するか、あるいは胸一杯《むねいっぱい》に感動《かんどう》が広《ひろ》がる作品《さくひん》を選《えら》んでみました。

ここでその内《うち》のいくつかについて、解説《かいせつ》をしておきます。

まず、『おーい でてこーい』が発表《はっぴょう》された一九五〇年代後半《ねんだいこうはん》には、まだゴミ処理《しょり》は目《め》立《だ》った社会問題《しゃかいもんだい》にはなっていませんでした。生活《せいかつ》が豊《ゆた》かになり、大量消費時代《たいりょうしょうひじだい》がはじまって、毎日《まいにち》だされる膨大《ぼうだい》なゴミの処理《しょり》が深刻《しんこく》な社会問題《しゃかいもんだい》になったのは、六〇年代後半《ねんだいこうはん》からでした。常識《じょうしき》にとらわれない星《ほし》さんの想像力《そうぞうりょく》が、みごとに近未来《きんみらい》の問題《もんだい》を言《い》い当《あ》てた一作《さく》です。

『最後《さいご》の地球人《ちきゅうじん》』が発表《はっぴょう》された六〇年代前半《ねんだいぜんはん》の社会《しゃかい》は、日本《にっぽん》をはじめ世界《せかい》で人口《じんこう》の急増《きゅうぞう》が問題《もんだい》になってきた矢先《やさき》だったのです。しかし、少子化《しょうしか》の問題《もんだい》は、話題《わだい》にもなっていませんでした。いうまでもなく、少子化《しょうしか》が問題《もんだい》になっているのは、いま、わたしたちが暮《く》らしている、この時代《じだい》です。また、この作品《さくひん》の最後《さいご》で、保育器《ほいくき》の中《なか》の子供《こども》がいう言葉《ことば》、「光《ひかり》あれ」は、旧約聖書《きゅうやくせいしょ》の中《なか》で、天地《てんち》を創造《そうぞう》する神《かみ》が最初《さいしょ》に発《はっ》した言葉《ことば》です。神《かみ》のこの言葉《ことば》によって光《ひかり》が生《う》まれ、昼《ひる》と夜《よる》が分《わ》けられたとされています。

『羽衣《はごろも》』は、日本《にっぽん》をはじめアジア各国《かっこく》に伝《つた》わる天女《てんにょ》の伝説《でんせつ》を、SF《エスエフ》風《ふう》にアレンジしたものです。日本《にっぽん》では静岡県《しずおかけん》清水市《しみずし》の海岸《かいがん》、三保《みほ》の松原《まつばら》を舞台《ぶたい》にした謡曲《ようきょく》（伝統芸能《でんとうげいのう》の能《のう》の詞《し》や文章《ぶんしょう》。またはそれを声《こえ》にだして歌《うた》う古典音楽《こてんおんがく》）がもっとも有名《ゆうめい》で、古《ふる》くから親《した》しまれてきました。作品《さくひん》の最初《さいしょ》と最後《さいご》の文章《ぶんしょう》は、その謡曲《ようきょく》で使《つか》われる語《かた》りなのですが、昔《むかし》の文章《ぶんしょう》を引用《いんよう》しても筋《すじ》が通《とお》るほど、この作品《さくひん》は伝《つた》えられてきたお話《はなし》になぞらえて作《つく》られています。空《そら》から舞《ま》い降《お》りてきた天女《てんにょ》が、空飛《そらと》ぶ羽衣《はごろも》を松林《まつばやし》の中《なか》に置《お》いて波打《なみう》ち際《ぎわ》で遊《あそ》んでいる間《あいだ》に、羽衣《はごろも》を漁師《りょうし》にとられてしまうというくだりは、ほぼ同《おな》じです。星《ほし》さんはこの天女《てんにょ》を、タイム・トラベルでやってきた、遠《とお》い未来《みらい》の女性《じょせい》にしました。すると、この不思議《ふしぎ》な話《はなし》がたちまち、ほんとうにあったことのように思《おも》えますね。

このように、わたしたちが生《い》きる宇宙《うちゅう》には常識《じょうしき》ではとてもはかりきれない不思議《ふしぎ》がたくさんあることを、星新一《ほししんいち》さんはたくさんのＳＦ《エスエフ》ショート・ショートの中《なか》で、いまでも語《かた》り続《つづ》けてくれているのです。

＊著者紹介

星《ほし》　新一《しんいち》

1926～1997年。東京生まれ。東京大学農学部卒業。1957年，日本最初のＳＦ同人誌「宇宙塵」の創刊にかかわり，以後，日本ＳＦ界のパイオニアとして活躍。ショートショートの名手であり，生涯に1000をこえる作品をものした。著書に『ボッコちゃん』『悪魔のいる天国』『マイ国家』(新潮社)，子どもむけに書かれた『きまぐれロボット』(理論社)など多数のロングセラーがある。

＊選者紹介

加藤《かとう》まさし

1963年，東京に生まれる。アメリカのカリフォルニア州ラッセン＝カレッジに学ぶ。海外雑誌の翻訳などを皮切りに文筆活動に入り，各種雑誌での執筆を中心に活躍している。本シリーズに『透明人間』『ジキル博士とハイド氏』『宇宙戦争』『フランケンシュタイン』の訳書がある。桑沢慧は筆名。

＊画家紹介

あきやまただし

1964年東京生まれ。東京芸術大学デザイン科卒業。1992年,「ふしぎなカーニバル」で講談社絵本新人賞受賞。翌年,同作品で絵本作家としてデビューする。おもな絵本作品に,『もりおとこのしごと』(講談社),『とんとんとん』(金の星社),『おもいのどっち？』(岩崎書店)『まめうし』(ＰＨＰ研究所)などがある。

講談社 青い鳥文庫(SLシリーズ)

おーい　でてこーい
ショートショート傑作選

星《ほし》　新一《しんいち》

2004年3月3日　第1刷発行
2007年7月31日　第3刷発行

(定価はカバーに表示してあります。)

発行者　野間佐和子

発行所　株式会社講談社

東京都文京区音羽2-12-21　郵便番号112-8001

電話　出版部（03）5395-3536
販売部（03）5395-3625
業務部（03）5395-3615

N. D. C. 913　262p　18cm

装　丁　久住和代

印　刷　図書印刷株式会社

製　本　図書印刷株式会社

ISBN4-06-274714-6

(落丁本・乱丁本は，購入書店名を明記のうえ，講談社業務部
あてにお送りください。送料小社負担にておとりかえします。)

■この本についてのお問い合わせは，講談社児童局
「青い鳥文庫」係にご連絡ください。

「講談社《こうだんしゃ》　青《あお》い鳥文庫《とりぶんこ》」刊行《かんこう》のことば

太陽《たいよう》と水《みず》と土《つち》のめぐみをうけて、葉《は》をしげらせ、花《はな》をさかせ、実《み》をむすんでいる森《もり》。小鳥《ことり》や、けものや、こん虫《ちゅう》たちが、春《はる》・夏《なつ》・秋《あき》・冬《ふゆ》の生活《せいかつ》のリズムに合《あ》わせてくらしている森《もり》。森《もり》には、かぎりない自然《しぜん》の力《ちから》と、いのちのかがやきがあります。

本《ほん》の世界《せかい》も森《もり》と同《おな》じです。そこには、人間《にんげん》の理想《りそう》や知恵《ちえ》、夢《ゆめ》や楽《たの》しさがいっぱいつまっています。

本《ほん》の森《もり》をおとずれると、チルチルとミチルが「青《あお》い鳥《とり》」を追《お》い求《もと》めた旅《たび》で、さまざまな体験《たいけん》を得《え》たように、みなさんも思《おも》いがけないすばらしい世界《せかい》にめぐりあえて、心《こころ》をゆたかにするにちがいありません。

「講談社《こうだんしゃ》　青《あお》い鳥文庫《とりぶんこ》」は、七十年《ねん》の歴史《れきし》を持《も》つ講談社《こうだんしゃ》が、一人《ひとり》でも多《おお》くの人《ひと》のために、すぐれた作品《さくひん》をよりすぐり、安《やす》い定価《ていか》でおおくりする本《ほん》の森《もり》です。その一さつ一さつが、みなさんにとって、青《あお》い鳥《とり》であることをいのって出版《しゅっぱん》していきます。この森《もり》が美《うつく》しいみどりの葉《は》をしげらせ、あざやかな花《はな》を開《ひら》き、明日《あす》をになうみなさんの心《こころ》のふるさととして、大《おお》きく育《そだ》つよう、応援《おうえん》を願《ねが》っています。

昭和《しょうわ》五十五年《ねん》十一月《がつ》

講談社